화성과 나

화성과 나

배명훈 연작소설집

래빗홀
RABBIT HOLE

차 례

붉은 행성의 방식

폭풍이 몰아치는 밤이었다. 두 개의 거대한 폭풍이었다. 하나는 몇 주째 계속된 모래 폭풍이었다. 낮부터 거대한 먼지 구름이 하늘을 뒤덮어 날이 일찍 어두워지고 별자리가 모두 지워졌다. 풍속이 초속 20미터가 넘었지만, 폭풍 가운데 서 있어도 사람이 날아갈 정도는 아니었다. 대기압이 지구의 100분의 1도 안 되는 탓이었다. 대신 붉은 먼지가 높이 솟아올라 행성 전체를 뒤덮었다. 태양전지가 먹통이 되고, 특히 자동화된 무인 설비의 태양전지 위에 내려앉은 모래는 폭풍이 걷힌 뒤에도 시설의 에너지 효율을 크게 떨어뜨릴 것이다. 무인 설비는 대체로 거주지에서 수천 킬로미터 떨어진 곳에 설치되어 있으므로, 먼지를 떨기 위해 사람을 파견할 수 있을지는 폭풍이 지난 뒤에나 상의해볼 일이다.

시설 관리자들을 난감하게 하는 폭풍이었지만, 그래도 이 모래 폭풍은 거주지를 덮친 또 다른 폭풍에 비하면 사소할 정도로 작았다. 거대하다는 말로는 담을 수도 없을 만큼 웅장한 두 번째 폭풍의 이름은 바로 태양풍이다. 이건 나그네의 외투를 벗기는 훈훈한 햇볕 같은 게 아니라, 태양 표면에서 뿜어져 나온 초고온의 플라스마다. 전하를 지닌 작고 뜨거운 입자를 말하는데, 방사선이라는 뜻이기도 하다. 태양풍은 태양계 전체를 뒤덮는다. 지구인들이 태양풍을 크게 신경 쓰지 않는 건 지구 자체가 커다란 자석이기 때문이다. '밴앨런대'라는 이름이 붙은 거대한 자기력 방패가 초고온의 방사선 플라스마를 대부분 막아내기에. 생명체의 관점에서는 지구 자체가 신인 셈인데, 화성에는 그만한 자기장이 없다.

그래서 우연히 화성에 머물게 된 생명체는 태양풍 경보가 울리면 거주지 가장 깊숙한 곳에 모여 가만히 웅크리고 있는 수밖에 없다. 너무 자주 인간이 직접 항성을 마주 보게 하는 가혹한 환경과, 화성 표면에서 생명의 흔적을 발견할 가능성이 거의 없다시피 한 이유 같은 것들을 새삼스럽게 떠올리며. 여기서는 서로가 서로의 신이 되는 수밖에 없다는 이야기를 들은 적이 있다. 그럼 우리는 이미 다 끝장난 게 아닌가, 하고 지요는 생각했다.

음울한 침묵 속에서 지요는 지난 몇 달간 지구에서 들려온 부고를 떠올렸다.

'왜 올해 갑자기 다들 돌아가셨을까?'

더 신기한 건 끊임없이 부고를 전해오는 지구 사람들이다. 마음으로라도 함께해달라고 신경 써서 메시지를 전하는 사람도 있지만, 장례식장 위치와 발인일이 그대로 전해지는 일도 적지 않다. 어떤 무신경은 무신경으로 대응하지 않으면 마음에 상처가 남는다. 그래서 지요는 부고에 답하지 않는다. 애도는 하지만 표현하지는 않는다. 최근에는 애도도 잘 안 하게 되었다. 아무리 가까운 친척이어도, 심지어 동생이어도.

지구를 떠나기 전에 은행 대출을 다 정리한 것과 마찬가지로, 지구인의 죽음에 더는 마음의 빚을 지고 싶지 않았다. 파산할 만큼 빚이 늘어가는데 지불 수단이 하나도 안 남아 있었다. 동생이라는 빚은 화성에서 감당하기에 너무 버거웠다. 가족들에게 말한 적은 없지만, 지요는 자기가 와 있는 이곳이 이미 저승이라고 느낀다. 그 말을 들으면 누군가 또 오열하겠지. 그건 지요에게 아무 위로가 안 된다. 그 오열은 지구인을 위한 것이다.

지구인의 죽음을 애도하지 않기로 한 건 돌아가지 않겠다는 마음가짐과 맥이 닿는다. 스물다섯 명이 사는 거주지 근처에는 우주선 여섯 대가 오벨리스크처럼 세워져 있다. 넷씩, 다섯씩, 사람들이 화성으로 날아올 때마다 타고 온 것들이다. 그리고 모든 화성 거주지는, 맑은 날 화성의 희박한 대기를 걸러 그 로켓에 채워 넣을 연료를 부지런히 만들어낸다. 걸러낸 산소는 상온에 두어도 액체 상태일 때가 많다. 화성은 차가운 저승이다. 여섯 개의 첨탑이 호위하는 작은 마을. 그 종교가 의미하는 바는, 유사시에는 언제든 짐을 싸서 지구로 돌아갈 수 있다는 위안이다.

'하지만 정말 그런 날이 올까? '언제든'이라고 불리는 그 시기는 사실 지구 시간으로 26개월에 한 번씩뿐인데. 지구에 남은 사람들은 정말로 그 말에 위안을 얻는 걸까? 그냥 핑계 아닐까? 최소한 돌아올 수단은 있는 저승으로 친구나 가족을 떠나보냈다는.'

표면을 물로 감싼 작은 방 세 개에 일고여덟 명씩 모여 앉아, 마치 고해실에 들어갈 순서를 기다리듯 말없이 서로를 바라보며 태양풍을 피하는 날에는 그런 우울한 생각이 끝도 없이 이어진다. 눈 뜨고 꾸는 개꿈처럼 꼬리에 꼬리를 물고 뒤숭숭하게 이어지는 망상이었다.

'아마 나는 평생 여기서 살겠지. 식용작물 종수가 다섯 배쯤 늘어나고 맛있는 음식이라는 게 만들어지는 날을 기어이 보고 말겠지. 거주지에 투명 돔이 덮이고 나면 그때부터는 나쁘지 않을 거야. 보호복이나 호흡기 없이 건물 밖에 나가 뒹굴 수만 있어도. 아니, 사실 전기만 잘 들어오면 지금 여기도

이만큼 절망적이지는 않지.'

그렇게 폭풍이 몰아치는 밤이었다. 행성을 집어삼킨 커다란 모래 폭풍과 태양계 전체를 휘감는 압도적인 규모의 항성풍, 그리고 오벨리스크가 세워진 작은 마을.

그날 새벽, 태양풍 경보가 해제되고 모두가 자기 자리로 흩어진 지 몇 시간 뒤, 지요가 머물던 거주지에서 사람이 죽었다. 화성에서의 첫 살인이었다.

희나는 벽 너머를 바라보았다. 벽을 응시하는 것처럼 보이지만 희나의 신경이 가 있는 곳은 그 너머에 있는 심연이었다. 우주정거장의 모든 방은 벽이 둥글다. 원이거나 부채꼴이거나 시폰케이크 조각 같은 모양이다. 희나가 보고 있는 벽에는 아무것도 붙어 있지 않았다. 다른 벽에는 기계장치나 전선이나 모니터나 배관 같은 것이 빈자리 없이 붙어 있었지만 그곳만은 예외였다. 같이 일하는 동료 하나가 그곳에 그림을 그려 넣으려고 했다. 그러면서 "호러 배큐(horror vacui)"라고 영어식으로 말했다. 욕처럼 들려서 가만히 쳐다봤더니 동료가 멋쩍게 웃으며 "비어 있는 공간에 대한 공포"라고 설명해주었다. 인간은 본능적으로 여백에 공포를 느끼기 때문에

서양 예술가들은 빈 곳을 견디지 못하고 무언가로 채워 넣는 습성이 있었다는 것이다.

"여백의 미(美)라는 말은 못 들어봤어요?"

동료는 그런 말은 한 번도 들어본 적 없다며 관심을 보였다. 희나가 동양화 몇 개를 찾아서 보여주자 동료가 말했다.

"그러니까 일부러 여백을 남겨뒀다는 거죠? 남겨둔 게 아니라 이걸 그리는 게 목적인 것처럼. 와, 이건 정말……."

"우주를 그리는 방법이죠."

동료는 옛날 서양 지도 제작자들이 여백을 채우기 위해 한 짓들을 찾아서 보여주었다. 아직 탐사가 안 된 지역은 뭐가 있는지 알 수 없으므로 비워두는 수밖에 없는데, 주로 바다에 그런 공간이 많았다. 지도 제작자들은 그 자리에 거대한 범선, 혹은 크라켄, 리바이어던 같은 바다 괴물을 그려 넣었다.

"여백이 무서워서 뭘 채워 넣었다면서 굳이 바다 괴물을 그렸다고요? 공간이 그렇게 무서웠나?"

희나의 눈에 거대한 오징어 괴물은 그다지 무서워 보이지 않았다. 희나는 입맛을 다셨다.

"여기는 그냥 비워둡시다."

우주에서 제일 흔한 게 공간이지만 화성권에 나가 있는 사람들에게는 그 공간이 늘 부족했다. 인간이 안전하게 머무를 수 있는 공간은 저 커다란 행성 전체에 한 뼘밖에 없었다. 그래도 우주정거장은 사정이 나았다. 정식으로 개장하기 전이어서 그렇지만, 여섯 명이 머물기에는 꽤 넓은 구조물이었다.

머지않아 그곳은 화성으로 통하는 관문이 될 예정이었다. 지구의 우주정거장에서 출발한 우주선이 종착지로 삼는 곳. 행성 표면과 궤도 사이를 오가는 수단은 작고 가벼운 로켓일수록 좋다. 반면 행성 간 비행은 좀 큰 우주선으로 하는 게 편리하다. 이렇게 구간을 나누어야 연료 낭비가 적어진다. 큰 우주선 한 대를 행성 표면까지 내려보냈다가 다시 궤도 위로 끌어 올리는 데에는 화성 정착지 전체를 몇 년간 먹여 살릴 만큼의 돈이 든다. 대형 여객기를 동네 버스 정류장에 착륙시키는 것과 마찬가지이므로, 그런 짓은 처음부터 꿈도 꾸지 않는 편이 낫다.

또한 우주정거장은 검역소 역할도 겸하게 설계되어 있었다. 지금이야 지구에서 날아온 우주선이 아무 데나 화성 표면에 내려도 되지만, 정거장 체제가 완성되면 두 행성을 오가는 사람이나 유기물, 혹은 생명체가 아닌 것까지, 지구에서 온 건 모두 이곳을 지나게 된다. 지구와 화성 사이에 인위적으로 그어진 아주 짧은 국경선이 되는 셈이다. 정거장이 개장되고 행성 공동 검역이 시작되면 화성은 지구의 영향력으로부터 조금 더 멀어질 수 있다. 그래야 행성 전체를 아우르는 독립 공동체도 조금씩 모습을 드러낼 것이다.

희나는 화성을 비추는 모니터를 들여다보았다. 모래 폭풍이 행성 전체를 뒤덮으며 밀크티 잔 속의 우유처럼 퍼져나갔다. 찻잔 밖에 있어서 피할 수 있는 폭풍이었다. 하지만 화성의 어느 부분에 머물든 태양풍은 피할 방법이 없었다.

'이번에는 손실률이 얼마나 될까?'

희나는 화성을 둘러싼 수백 개의 소형 위성 시스템이 걱정스러웠다. 물론 회복이 빠르다는 게 이 시스템의 장점이므로, 스무 개쯤 완전히 멎는다고 해도 큰 문제가 발생하지는 않는다. 전체 용량이 줄어들 뿐, 근처에 있는 다른 위성들이 죽은 위성의 기능을 나누어 받으면 그만이다. 그 작은 위성들은 모두 완전히 대체 가능한 부속품인 셈이다. 하지만 죽은 위성을 추적해 궤도에서 치우는 일은 손이 많이 가는 작업이다. 화성 공동체 논의가 아직 본격화되지 않은 지금, 행성관리위원회의 가장 현실적인 실무 과제는 궤도를 깔끔하게 정리하는 일이다. 지구 궤도 같은 난장판이 되지 않도록 모든 위성의 궤도를 공동으로 할당하고 관리하는 작업인데, 이것만 해도 위원회의 행정력은 절반 이상 소모된다.

'그건 나중 일이고 일단 쉬자. 아무튼 지금은 폭풍 속이니까.'

지상의 거주지와 마찬가지로, 우주정거장에 나와 있는 여섯 명 모두가 태양풍을 피해 한방에 모여 있었다. 작고 둥글며 바깥에 물이 채워진 방이었다. 우주정거장이라는 작은 생태계를 영구적으로 순환하는 생활용수로 둘러싸인 방. 물은 방사선을 막아주는 작은 신이다. 그게 아니어도 여러 면에서 이미 신이지만, 그 신은 심지어 방사선도 막아준다.

희나는 비어 있는 벽을 바라보았다. 여백은 우주를 표현하는 가장 효과적인 실내장식이지만, 그 빈 벽 너머에는 진짜 우주가 펼쳐져 있다. 동료의 말처럼 인간이 비어 있는 공간에 본능적으로 공포를 느낀다면 우리는 어떻게 우주에 나와서 생활하고 있는 걸까.

실은 희나도 공포를 느낀 적이 있었다. 화성으로 날아오는 우주선 창문으로 바깥을 내다보았을 때였다. 창밖에 펼쳐진 풍경은 불빛이 없는 초원의 밤하늘과 비슷한 모습이었지만, 피부로 느껴지는 심우주는 그것과는 전혀 다른 무언가였다. 그때는 깨닫지 못했지만, 희나가 본 것은 무한한 공백이었다. 우주의 아주 작은 조각일 뿐이지만 그래도 이미 무한한 여백. 겨우 이웃 행성까지 가는 짧은 여정일 뿐인데도 사람들이 그곳을 감히 심우주라 부르는 이유가 거기에 있었다. 깊고 아득한 우주. 우주 비행이 처음도 아니었건만, 심우주를 체감하는 건 지구 근처를 도는 것과는 전혀 다른 감각이었다.

'맞아, 차라리 우주 괴물을 그려 넣는 게 덜 무섭긴 하지.'

태양에서 시작된 폭풍은 태양계의 그 넓은 공간을 가득

채웠다. 기계들은 뜨겁게 달아오른 플라스마가 회로를 태우고 지나가지 않도록 전원을 끄고 깊이 침묵했다. 희나는 방 안에 둘러앉은 다섯 명의 동료를 슬쩍 바라보았다. 이제 남은 건 우리 여섯이 전부이다. 이 큰 공백을 채울 사람은. 이대로 기계들이 다 사라져버리면 이 다섯과 어떻게든 살아나가야 한다.

몇 시간이면 지나갈 상황이었지만, 어쩐지 섬뜩해지는 상상이었다. 결국은 그게 맞기도 했다. 화성 전체로 확장해도 마찬가지다. 겨우 2,400명이 행성 하나를 꾸려가야 한다. 얼마나 많은 괴물을 그려 넣어야 그 커다란 공백이 두렵지 않을까.

희나가 속한 행성관리위원회 위원들이 내내 걱정하는 일이 있었다. 아직 안 일어났지만 언젠가 반드시 일어날 사건이었다. 더 미뤄지면 좋겠지만 이미 충분히 미뤄진 것도 사실이다.

'그 일이 일어나면 위원회가 충분히 감당할 수 있을까?'

전자 기기를 다 꺼버린 심심한 대피소 안에서 희나는 골똘히 생각에 잠겼다. 우주정거장에는 낮도 밤도 딱히 없어서 어느 시간대인지 말하기 애매한 때였다.

그런데 마치 텔레파시처럼, 그때에 맞춰 그 일이 일어난 모양이었다. 화성에서의 첫 살인이었다.

시신은 처음 발견된 자리에 그대로 놓여 있었다. 피가 바닥에 흥건했고, 가슴을 찌른 칼도 그 위에 놓여 있었다. 피살자는 지요가 머무는 지상 거주지의 온실 책임자였다. 말할 것도 없이 농업은 화성의 목숨 줄 같은 산업이지만, 온실 책임자를 대체하는 일은 어렵지 않다. 누군가를 잃으면 다른 사람이 그 일을 대신하도록 역할을 촘촘하게 포개놓았기 때문이다. 문제는 시신이 계속 그 자리에 놓여 있다는 점이었다. 첫 발견자가 보자마자 끔찍한 비명을 내질렀던 그 모습 그대로.

거주지 총책임자는 시신 주변을 사건 현장으로 보존해야 한다고 판단했다. 현명해 보이지만 멍청한 결정이었다. 아무도 손을 대지 말라니. 지요는 그날 아침에 들었던 비명이 '현장'에 그대로 보존된 것 같았다. 비명 자체는 허공으로 사라졌지만, 비명 직전까지 치달아가게 하는 끔찍함은 그대로였다.

현장은 모두가 오가는 통로 바로 옆이었다. 화성에서는 늘 공간이 모자랐다. 새로 여섯 명이 충원되기 전 열 달 동안은 개인 공간이라는 게 있을 만큼 여유가 있었다. 시설 확장 공사가 끝난 덕분이었다. 그러나 지구와 화성이 근접했다 멀어지고 그 틈에 새 우주선이 지구에서 날아오자 프라이버시의 개념이 다시 사라졌다. 원래 있던 열아홉 명은 공간을 빼앗겼다는 박탈감을 느꼈고, 새로 온 여섯은 자기들을 위해 새로 지어진 공간에 열 달 동안 다른 사람들이 살고 있었다는 사실을 꺼림칙하게 여겼다. 둘 다 틀린 생각이었지만, 둘 다 맞는 셈법이기도 했다. 요점은 공간이 늘 부족하다는 점이었다. 프라이버시를 위한 공간도 없는데 사건 현장으로 보존할 공간이 있을 리 없었다.

무엇보다 난감한 건 용의자였다. 사건 현장을 보존하는 건 그렇다 쳐도 용의자까지 보존되는 건 누가 봐도 괴상했다. 첫 발견자가 내지른 비명이 거주지 전체로 퍼져나가던 순간에 그는 피살자 옆에서 조용히 잠들어 있었다. 사람들이 모여들자 잠이 깬 용의자는 늘 하던 것처럼 자리에서 일어나 침구를 정리하고 침대 위에 멍하게 앉아 있었다. 사람을 죽인 후 얌전히 자기 자리로 돌아가 잠이 들었다가, 현장에서 그대로 깨어났다는 말이었다. 지요는 그 사실을 깨닫고 충격을 받았지만, 곰곰이 생각해보고는 마음을 가라앉혔다. 그것 말고 달리 뭘 할 수 있었을까? 달아날 수도 없고 시신을 몰래 숨길 수도 없었다. 사람들을 깨워 자랑할 일도 아니었다. 날이 밝을 때까지 조용히 잠이 드는 수밖에.

보고를 전해 듣고, 지구에서는 피의자의 신병을 확보했느

냐는 질문을 보내왔다. 거주지 총책임자는 어이없어하면서
답변을 보냈다.

"왜요? 구속이라도 하라고요? 어디로 도망치는데요? 여기
서는 몰래 도망가면 숨을 못 쉬어서 죽습니다. 아시잖아요."

피의자의 직업은 광물학자였다. 직업보다는 역할이나 임무
라고 부르는 게 나을지도 모른다. 광물학자는 화성에서 제일
흔한 직업 중 하나였고, 온실 책임자와 마찬가지로 언제든 대
체될 수 있는 역할이었다. 그는 범행을 부인하지 않았다. 알
리바이를 꾸미거나 흉기를 은닉할 공간조차 없었으므로, 그
에게는 범행을 부인할 공간이 없었다. 모든 것은 투명하게 모
두에게 공유되었다. 첫 이주 이후로 늘 그래왔듯.

"왜 그랬죠?"

거주지 총책임자가 유일하게 드러나지 않은 내면의 동기를
물었다.

"셀러리를 들여온다잖아요, 깻잎 대신."

"예?"

"저 사람이 자문하던 식물종 구성 계획이요."

광물학자는 '행성 공동 검역을 위한 식물 생태계 구성 예
비 계획' 이야기를 하고 있었다. 온실 책임자가 그 보고서를
주도하는 그룹에 속해 있었다는 건 거주지 주민 모두가 알고
있는 사실이었다. 광물학자가 말을 이었다.

"미래의 화성에도 셀러리는 꼭 필요하지만, 깻잎 같은 건 아무도 원하지 않을 거라잖아요."

"그래서, 저랬다고요?"

거주지 총책임자는 '죽였다고요?'라는 말을 하지 않으려고 우물거렸다. 피의자는 아무 대답도 하지 않았다. 옆에 서 있던 지요는, 내면 또한 이미 모두에게 공개되어 있었다는 사실을 깨달았다. 지구 시간으로 6년 반을 바로 옆에서 지켜봤는데 마음속에 숨긴다고 그걸 못 읽어낼까. 광물학자는 온실 책임자가 내내 마음에 들지 않았다. 실은 모두가 이미 알고 있는 사실이었다. 깻잎 때문이 아니라, 혹은 식물종 구성 계획 때문이 아니라, 소속감 때문에 일어난 일이었다.

온실 책임자는 지구에 투표권이 있었다. 일을 마치고 돌아오면 늘 지구의 스포츠 중계를 챙겨 보았다. 지구의 뉴스와 지구의 노래와 지구의 부동산에 관심이 있었다. 그는 언젠가 오벨리스크를 타고 돌아갈 사람이었고, 아니, 어제까지도 마음만은 지구에서 출퇴근하는 것이나 다름없는 사람이었고, 반대로 광물학자는 오래오래 화성에 남을 사람이었다. 그가 사랑하는 이 위대한 붉은 행성의 역사와 함께. 광물학자에게 '한 시즌'은 짧아도 수천만 년이었다. 온실 책임자에게 '한 시즌'은 화성의 한 해보다도 짧았다. 화성보다 훨씬 짧은 지구의 공전주기를 따르기 때문이었다.

그렇다. 모두가 이미 알고 있었다. 두 사람 사이가 위태롭다는 것을. 사람들이 몰랐던 건, 그렇다고 설마 사람을 죽일까 하는 점이었다.

'하지만 그걸 정말로 몰랐을까?'

남은 스물네 명이 함께 침묵에 빠졌다. 거주지 총책임자는 마침내 시신을 야외 창고로 옮기라고 지시했다.

화성의 인구는 2,400명을 갓 넘겼다. 인구는 행성 간 우주선이 날아오는 주기에 맞춰 26개월에 한 번씩 계단식으로 증가하고, 나머지 기간 내내 조금씩 감소한다. 줄어드는 원인은 대부분 사고사다. 의사가 워낙 많아서 병으로 죽는 사람은 의외로 드물다. 다섯 명이 한 팀이었던 초기 탐사대에서도 그중 하나는 반드시 조종사고 다른 하나는 의사여야만 했다. 심지어 의사 본인이 죽을 때를 대비해 팀원 중 한 명은 의사 면허가 있는 생물학자인 경우가 많았다. 물론 조종사도 마찬가지다. 그 다섯 명만으로 여덟 달에서 열 달 정도를 버티며 우주를 건너야 했기 때문이다. 화성에서 혼자만 할 수 있는 일이란 없다. 모든 존재는 다른 존재를 대신할 수 있도록 계획되어 있다. 죽음이 너무나 가까운 탓이다.

희나는 행성관리위원회로 전달된 사고 보고서를 꼼꼼히 읽는다. 그중 몇 건은 정말 사고가 맞는지 의심스러웠지만, 특별히 이의를 제기하지는 않았다. 위원회는 그 이의를 감당할 여력이 없었다.

인구 대부분이 조종사나 과학자, 엔지니어인 행성에서 희나의 직업은 희귀했다. 희나는 행정관료고 정치가였다. 선출되지는 않았지만 그런 일을 하도록 파견된 사람이었다. 정치가가 있으면 전쟁이 일어날 거라는 이상한 믿음 때문에 화성에는 행정관료가 극히 드물었다. 기본적으로 과학자들은 화성 현장에서는 인문학이나 사회과학이 그다지 유용하지 않다고 여겼는데, 정착 초기 화성에서는 틀린 말도 아니었다. 살아남는 것부터가 모험이었으니까. 하지만 우주선 조종사와 과학 기술자로만 구성된 세상이 다른 사람들로 이루어진 세계보다 평화로우리라는 낙관은 실로 순진한 믿음이었다. 우주선 조종사란 결국 군인의 다른 이름이었으므로, 인구의 20퍼센트가 이미 군인인 세상에 행정가 몇 명을 보탠다고 행성이 갑자기 더 살벌해질 리 없었다.

무엇보다 화성에는 더 많은 행정가가 필요했다.

— 첫 살인은 언제 일어날까?

행성관리위원회의 오랜 화두였다. 위원회는 행성 인구가 500명을 넘는 시점이 한계일 거라고 전망했다. 무조건 그 전

24

에 살인이 일어날 거라는 예언 같은 전망이었다. 누가 누구를 살해할지는 몰라도 어딘가에서 살인이 일어날 것은 분명했다. 그런데 살인은 다른 범죄와 다르다. 반드시 처벌해야 하고, 판단을 회피하거나 애매하게 처벌을 면해줄 여지도 없다. 문제는 그걸 누가 어떻게 하느냐다. 즉, 제도가 만들어져 있어야 한다. 그게 바로 희나가 궁극적으로 해결해야 할 과제였다.

조종사들이나 과학자들은 이 문제를 가볍게 생각하는 경향이 있었다.

"상식에 따라 처리하면 되잖아. 거주지마다 내부 규약이 있고, 보고 책임자가 지정돼 있을 거 아니야."

지상 거주지에서 발생한 첫 살인 사건에 관한 보고를 듣고 조종사 출신 위원 한 명이 희나에게 한 말이었다. 쉰 번째 위원으로, 가장 최근에 화성에 도착한 사람이었다. 위원으로 만들기 위해 지구에서 선발해 파견한 군인이라는 의미다. 화성권에서 오래 생활한 다른 위원들은 군인 출신이라도 그렇게까지 가볍게 입을 열지는 않았다.

"어느 상식? 눈에는 눈 이에는 이로 할까? 거주지 내규가 벌거벗겨서 곤장을 치는 거면 받아들일래? 설마 군법을 말하는 건 아니지? 에이, 설마. 그래도 민간 형법이 낫겠지? 그럼 어느 나라 법으로 할까? 당신 나라 법, 아니면 우리 나라

법? 피살자 출신지 법으로 해, 아니면 피의자 출신지로 해? 그런데 이 법들은 관할 지역이 전부 지구 대기권 안이지? 피의자가 이의를 제기하면 어떻게 할래? 판단은 누가 하지? 지구 법정에 원격으로 세울까? 화성에 변호사는 한 명도 없으니까 지구 변호사를 선임하게 할 거지? 단심제로 해, 아니면 삼심제로 해? 항소 기간에 피의자는 어디에 머물러? 집행은? 형이 정해지면 해당 거주지 구성원들이 직접 집행하게 해? 살인이니 똑같이 사형시켜? 30년 형쯤 나오면 어디에 수감해? 전문 교도관을 화성으로 보내나? 감옥은 새로 하나 짓고? 아니면 우주선 태워서 지구로 보낼래? 그러다 중간에 사고 나면 누가 책임지지? 이송 비용은 누가 부담해? 이송 기간은 수감 기간으로 계산하나? 화성 거주 기간 전부를 수감 기간으로 쳐달라고 주장하면 어쩌지?"

희나는 한참을 쏘아붙이다가 갑자기 멈췄다. 그 모든 걸다 정해야 한다. 그걸 할 엄두가 안 나서, 정말 사고가 맞는지 의심스러운 보고서를 보고도 감히 깊이 파고들지 못했다. 다른 위원들도 마찬가지였다. 언젠가는 해야 할 일이었지만 지금까지 위원회는 그 일을 맡을 여력이 없었다.

"너무 진지하게 받네. 알았어, 진정해."

질문을 던진 위원이 그냥 해본 말이었다며 얄밉게 두 손을 들어 보였다. 행성관리위원회 위원들은 화성 곳곳에 흩어져 있었다. 작게 분할된 화면에 담긴 몇몇 사람의 표정이 희나와 마찬가지로 굳어졌다.

그래도 희나가 인간에게 실망한 것은 아니었다. 그 많은 냉소와 무관심과 대책 없는 낙관주의와 정말 사고인지 의심스러운 사고사 보고서를 보고도 희나는 낙담할 여유가 없었다.

인구 500명이 한계일 거라고 전망되었지만, 행성 인구가 1,000명이 되고 1,500명이 될 때까지도 첫 살인 사건은 일어나지 않았다. 희나는 그 사실이 믿기지 않았다. 어떻게 그럴 수 있을까? 1,500명을 넘어 1,600명에 이르렀을 때는 숫자를 떠올리기만 해도 눈물이 날 지경이었다. 화성 정착지의 눈물겨운 생존 조건을 생각하면 그것은 정말 놀라운 일이었다. 그러고도 그 숫자는 점점 더 늘어갔다. 1,700을 지나 1,800명까지. 1,900명을 넘어섰을 때부터 의심스러운 사고사가 일어나기 시작했지만, 그래도 그게 어디인가 싶었다. 1,900이라니, 그렇게 긴 시간 동안 이 행성에 사는 누구도 다른 사람을 대놓고 살해하지 않았다니! 거의 굶어 죽을 만큼 불행했던 시기에조차.

그뿐만이 아니었다. 수상한 사고사 보고서 한 건이 올라오기까지, 인간이 다른 인간의 목숨을 구한 사건에 관한 보고서는 이미 수백 건이나 쌓여 있었다. 수백 건이었다. 행성관리위원회라는, 공식적인 정부도 아니고 강제력도 없으며 경계조차 점선처럼 모호한 기관에 자발적으로 보고된 사례만 해도 그만큼이었다. 감상적인 건 딱 질색이지만, 그것은 분명 인류애였다. 다른 말로는 표현할 길이 없었다.

"제가 현장에 내려가서 조사하겠습니다."

희나가 담담하게 말했다. 오래 활동한 위원들이 걱정하며 만류했다.

"모래 폭풍이 한창이라 아직 위험해요. 계기 비행도 무리고요. 착륙할 상황이 아닐 거예요. 무엇보다 조사할 게 없을 겁니다. 사건은 논쟁의 여지가 없어요. 용의자는 자백했고, 사건 현장도 기록이 끝났고."

"사건을 조사하러 가는 게 아닙니다. 저는 수사관으로 가는 게 아니에요. 제가 조사하려는 건 화성의 인간들입니다. 어떻게 지내왔고, 어떻게 살아갈 거고, 그러려면 이 사람들에게 어떤 공동체가 필요한지 단면을 들여다보고 기록으로 남길 때가 됐어요."

살인 사건은 매끈하게 봉합되어 있던 사회의 단면을 드러낸다.

"글쎄, 모래 폭풍이 그치고 나면⋯⋯."

"그럼 늦어요. 그때까지 기다리면, 공동체가 망가질 거예요."

단면이 너무 오래 벌어져 있으면 염증이 생기고 살이 썩어

들어간다. 갑자기 절박해진 희나의 목소리에 위원들이 일제히 침묵했다. 동의인지 반대인지 확신할 수 없었다.

　지요는 희나가 온다는 소식에 들떴지만, 행성관리위원회 위원들과 똑같은 우려를 희나에게 전해야 했다.

　"요즘 여기 자동 유도 장치가 제대로 작동하는지 의심스러워. 지난번 착륙 때도 오작동을 일으켰는데 그때는 조종사가 있어서 직접 카메라로 확인하면서 착륙했거든. 그때는 날도 좋았으니까. 그 뒤에 한번 정비를 하기는 했는데, 알다시피 모래 폭풍에 태양풍까지 지나가서 말이야. 정말 너 혼자 내려올 수 있을까? 나는 미뤘으면 좋겠는데. 거기도 조종사 있지 않아? 두 명 넘을 텐데."

　"지금은 둘 다 겸업 중인 엔지니어 일이 더 중요해서. 이 큰 정거장에 기술자가 둘밖에 없잖니. 한 명 빼가면 이쪽이 난감해지지. 괜찮을 거야. 지상에서 유도하기 힘들면 궤도에서 유도하면 되지. 그쪽 착륙장 데이터는 잘 정리돼 있으니까. 제일 좋은 우주선 타고 내려가지 뭐."

　희나는 화성에서 만난 사람 중 가장 적극적이고 자기주장이 강했다. 고집스러운 내면을 지닌 사람이야 얼마든지 더 있지만 그걸 내면에 숨겨두지 않고 표면에 내세우는 사람은 희나가 처음이었다. 그런 사람은 화성 이주자 선발 과정에서 전부 탈락하기 마련인데, 희나만은 달랐다. 지요는 지구의 누군가가 일부러 저런 사람을 뽑아서 보낸 게 아닐까 생각했다.

아무도 자기 목소리를 내지 않는 사회는 안전하기는 해도 건강하지는 않다. 자기 목소리를 내지 않도록 훈련된 사람은 타인을 위해서도 목소리를 높이지 않는다. 지요 자신도 그런 사람이었다. 그래서 지요는 희나를 동경했다.

지요의 임무는 기록이다. 그중에서도 특히 역사를 정리하기 위한 작업이다. "미래의 화성 역사학계가 초기 화성 문명 형성 과정을 이해하기 위해 타임머신에 태워 보낸 특별 조사원 같은 역할"을 하는 직업. 화성으로 떠나기 얼마 전, 지요의 선생님이 해주신 말이었다. 그건 아주 가치 있는 일일 거라고. 평생을 바쳐도 좋을 만큼. 지요의 역할은 역사책을 쓰는 것이 아니라 사료를 남기는 일이다. 화성 탐사에 관한 기록이야 수도 없이 생산되고 있지만, 대부분은 자연사에 해당한다. 지요가 남기는 기록은 사람에 관한 것이다. 최초의 화성인 사회, '화성 원시문명'의 참모습에 관한 사료들.

지금도 과학자들은 지요의 역할이 왜 중요한지 이해하지 못하지만, 사실 이 일은 인류의 화성 진출 전략에 잠재된 중요한 철학을 뒷받침한다. 지요를 선발한 건 소위 '화성 원주민 정책'을 지지하는 우주 관료들이었는데, 이 정책은 우주공학자 로버트 주브린의 '마스 다이렉트' 독트린에서 유래했다. 주브린은 극지방 탐사를 예로 들면서, 대규모 선단에 모든 장비를 다 갖추고 극지방 정복에 도전했던 탐사대가 뼈아픈 실패를 거듭하는 동안, 최소한의 인력과 장비만 가지고 개썰매를 이용해 탐사에 나선 팀만은 오히려 의외의 성공을 거둘 수 있었다고 주장했다. 즉, 막대한 예산을 쏟아붓는 것이 아니라 현지의 방식을 적용하는 것이 성공의 지름길이라는 것이다.

그래서 '마스 다이렉트'의 계승자들은 최초의 화성 탐사대에게 첫 '화성 현지인'이 될 것을 주문했다. 탐사대의 귀에 이 말은 '결국 돈을 조금만 쓰고 화성을 정복하라는 소리'로 들렸다고 한다. 하지만 이 전략의 숨은 뜻은, 맨 처음 화성에 도착한 사람들이 현지의 생활양식이나 문제 해결 방법을 고안해내면, 다음에 오는 사람들이 그 방식에 따라 좀 더 빠르게 화성에 정착할 수 있으리라는 것이었다.

그러니까 지요의 임무는, '마스 다이렉트'라는 화성 정책의 대전제 중 하나를 완성하는 것이었다. 기록을 남겨야 다음으로 전해지니까. 지금은 '마스 다이렉트'가 화성 정책의 주류가 아니지만, 그게 먹히는 분야는 아직도 적지 않다. 예를 들면, 화성에서는 하루에 네 끼를 먹는 것이 가장 적당하다는 발견부터가 그렇다. 화성에 처음 온 사람 모두가 똑같은 시행착오를 거칠 필요 없이 그냥 네 끼를 먹으면 되는 것이다. 쭉 그래온 것처럼.

"말하자면 화성에서 살인 사건을 처리하는 방법을 새로 개발해야 하는 거구나."

"그렇지."

희나의 얼굴이 밝아졌다. 자기가 하려는 말을 지요가 대신 찾아준 것이 반가워서였을 것이다. 희나가 말을 이었다.

"지구에서도 압력이 들어오고 있어. 사건이 너무 절묘해서 그래. 어느 날 자고 일어났더니 시신이 놓여 있더라는 게 너무 정통 추리소설 오프닝 같잖아. 별의별 사람들이 다 달려든다. 화성에서는 사건의 맥락이 어떻게 달라지는지도 잘 모르면서."

"어떻게 다른 거지?"

"지구에서는 저게 토머스 홉스가 던진 문제잖아. 자연 상태에서 인간의 능력은 비교적 동등해서, 아무리 힘이 약한 사람도 여럿이 공모하거나 밤에 자고 있을 때 칼로 찌르면 가장 힘이 센 사람을 죽일 수 있다는 이야기. 이것 때문에 생기는 혼란을 막으려고 사람들이 사회계약을 해서 국가를 만든다는 게 홉스식 스토리지. 그렇게 만들어진 사회니까 살인 사건이 발생하면 탐정이 출동해서 문제를 해결하고 사회를 원상 복구해야 하는 거야."

"홉스랑 추리소설이 그렇게 연결되는 거였어?"

"아니, 보통은 연결 안 시키는데, 생각해보면 그렇잖아. 둘다 영국에서 만들어진 이야기고, 밤에 자다가 죽은 시신에 집착하는 것도 그래. 홉스가 던진 문제를 홈스가 해결하는 것 같지 않아? 그러고는 다들 안심하는 거지. 세상이 제대로 돌아가고 있다고."

"듣고 보니 그러네."

"그래서 자꾸 지구에서 이놈 저놈 말을 얹는 거야. 화성에서 첫 살인 사건이 벌어졌으니 수사관을 보내서 질서를 회복하라고. 자기 아는 거 나왔다 이거지."

"그 탐정이 너고?"

"지구에서는 그걸 기대하는 건데, 사실은 아니지. 나한테는 아직 회복할 질서라는 게 없으니까. 화성의 규칙은 아직 안 만들어졌잖아. 사회계약 같은 거 아무도 시도를 안 했고, 사실 미리 만들 수도 없었을 거야. 원래 법은 일이 일어난 뒤에 사후적으로 생겨나는 거니까. 지금이 적절한 시점인 건 맞는데, 지구에서 바라는 대로 서둘러서 사건을 처리하면 이상한 일이 벌어지고 말 거야."

"무슨 일?"

"화성의 규칙이 아니라 지구의 규칙으로 사건을 해결하게 되는 거지. 말이 좋아서 지구의 규칙이지, 사실 그게 단일한 무언가가 아니잖아. 첫 우주선이 궤도로 나간 순간에도 지구는 이미 국가 단위로 쪼개진 행성이었다고. 화성은 아직 안 쪼개졌고. 한번 갈라지면 붙이기 힘들어. 무엇보다 그 규칙들이 우리한테 안 맞아. 여기는 지구가 아니니까. 겪어봐서 잘 알 거야."

지요는 살인을 저지르고도 아무 데도 가지 못하고 그 자리에서 조용히 잠이 들었던 광물학자의 얼굴을 떠올렸다. 그 기묘한 장면 속에는 좁은 곳에서 살아가는 화성 사람들의 운명이 담겨 있었다. 공동체를 떠나면, 공동체가 제공하는 생명 유지 수단의 울타리를 벗어나면, 몇 시간도 안 돼서 숨이 끊어져 죽을 테니까. 지요가 한숨을 내쉬며 말했다.

"알지, 너무 잘 알지."

"그 이야기를 들어야 해. 지금 당장. 나도 다 알지만, 다시 듣는 게 중요해. 그걸 정리해서 지구 사람들의 입을 틀어막을 보고서를 써내야 하고. 안 그러면 엉뚱한 소리가 자꾸 퍼져나갈 거야. 화성 사람들도 각자 자기가 속해 있다고 믿는 집단의 상식을 들고나올걸. 누구는 국가주의자고 누구는 화성분리주의자고. 그럼 공동체 쪼개지는 거 금방이다, 이런 모래알 같은 상태로는. 그래도 위원회에서 계속 준비해온 일이라 대응할 방법이 없지는 않아. 계획도 있고. 대비할 시간이 충분했으니까. 지구를 설득하는 것도 불가능한 일이 아니야. 중요한 건 화성 행성관리위원회가 보낸 특별 대사가 그 자리에 가 있는 거지. 바로 지금, 바로 그 장소에."

지요는 희나에게서 카리스마를 느꼈다. 지요는 희나의 예측 가능한 고집스러움을 사랑했다. 자기 목소리를 낼 줄 아는 사람만이 다른 사람을 위해서도 소리를 높인다. 지요는 새삼 그 발견을 떠올렸다. "조만간 한번 들를게"처럼 들리는 희나의 지상 방문 계획도 사실 말처럼 간단한 이야기는 아니었을 것이다. 조종사도 아닌 사람이 이 모래 폭풍 시즌에 혼자 화성 표면으로 내려가겠다는데, 우주정거장 사람들이라고 만류하지 않았을 리 없었다.

"그럼 어서 와. 안 오면 안 되겠네. 내가 깃발 들고 나가서 환영해줄게. 해보니까 학이시습지(學而時習之)는 하나도 안 기쁜데 유붕자원방래(有朋自遠方來)는 즐거울 것 같아. 와, 진짜 얼마나 멀리서 오는 거야?"

"어마어마하게 멀지. 우주 괴물을 다섯 마리는 그려 넣을 만큼."

희나와 지요는 같은 우주선을 타고 지구에서 화성으로 날아왔다. 출발하기 전에 짧게 자른 머리카락이 꽤 길어질 만큼의 시간이었다. 둘은 오래오래 긴 대화를 나누었다. 늘 희나가 주도하게 되지만, 사실은 지요가 더 오래 간직하게 될 대화이기도 했다.

"저 사람들은 거주지를 건설하러 가는 거고, 나는 제도를 디자인하러 가는 거잖아. 나중에 보면 내가 설계한 게 더 근사할걸."

지요는 희나가 그렇게 말하던 순간을 생생하게 기억했다.

"그 근사한 걸 내가 다 기록한다는 거지? 와!"

다섯 명으로 이루어진 이주팀이었다. 조종사 한 명에, 엔지니어 한 명, 의사 겸 유전학자 한 명에, 정치인 한 명, 마지막으로 문헌 전문가 한 명으로 구성된 신기한 팀이었다. 의사면허가 있는 디지털 문헌정보학자이기는 했지만. 같은 거주지에서 살 예정은 아니어서 화성에 도착하면 모두 뿔뿔이 흩어질 운명이라는 점도 특이했다. 그래서 지요는 그 시간이 아까웠다. 희나와 함께할 시간이 그 몇 달뿐이라는 게.

"나는 지구의 국가주의가 화성에 그대로 옮겨 가지 못하게 할 거야."

희나가 가끔 혼잣말처럼 말했다. 그게 희나 스스로 정한 자신의 임무였다. 그 시절부터 이미 그랬다.

'호러 배큐' 이야기를 들은 후, 희나는 지요와 함께 심우주를 바라보던 나날을 자주 떠올렸다. 비어 있는 공간이 두려운 인간은 거기에 괴물을 그려 넣는다. 크라켄이나 리바이어던 같은.

'여기서 또 홉스가 튀어나온단 말이지. 어쩌면 원래부터 한 맥락이었을지도 몰라.'

홉스의 이야기에서 리바이어던은 '자고 일어났더니 시신이 발견되는 사태'를 해결하기 위해 인간들이 사회계약을 맺어가며 창조했다는 괴물이고, 그 정체는 결국 국가다. 그러니 언제나 문 앞까지 다가와 있는 거대한 우주의 공백이 두려운 화성인들은 그 자리에 국가를 그려 넣으려 할 것이다. 제일 쉬운 선택이지만, 옳은 방향은 아니다. 오래 봐서 익숙한 괴물이기는 하지만 괴물이 아닌 건 아니다. 지구에서 리바이어던은 사람을 엄청나게 많이 잡아먹은 괴물이었다. 그 괴물은 화성을 잘게 쪼갤 것이다. 한입에 삼키지는 못해도 쪼개놓을 수는 있을 테니까. 누구와도 잘 지내는 게 화성인의 첫번째 덕목이지만, 옳지 않은 것과 잘 지낼 수는 없다. 적어도 희나는 그러지 않기로 했다. 그것 또한 희나의 임무였다.

지요는 광물학자가 머무는 곳을 찾아갔다. 통로로 사용되지 않는 맨 끝 방이었다. 그는 묶여 있거나 갇혀 있지 않았다. 탈출할 곳이 딱히 없었으므로, 다만 남들이 일하러 나간 뒤에도 거주지 구석방에 혼자 가만히 앉아 있을 따름이었다.

"저를 지구로 보낼까요?"

그가 지요에게 물었다. 보내는 사람이 누구인지 주어가 빠진 문장이었다. 그걸 아는 화성인은 아무도 없었다. 지요는 고개를 저었다. 모르겠다는 의미였다.

광물학자는 조용히 처분을 기다리고 있었다. 범행을 부인하지도, 환경을 탓하지도 않았다. 다만 몇 번이고 그 순간을 떠올리며 오래오래 반성할 뿐이었다. 지요는 동그랗게 굽은 그의 어깨가 처량해 보인다고 생각했다. 그런 생각을 해도 되는지 흠칫 놀랐다가, 곧 희나가 올 예정이어서 다행이라고 안도했다. 광물학자의 어깨가 측은하게 보여도 되는지 아닌지는 희나가 와서 말해줄 것이다. 혹은 측은하게 보여도 되는지 아닌지를 함께 정하자고 말해줄 것이다.

"행성관리위원회에서 사람이 올 거예요."

지요가 광물학자에게 말했다.

"예."

"당신 이야기를 들어줄 거예요!"

광물학자가 눈을 치켜떴다. 그러더니 급히 사과했다.

"죄송해요. 좋은 일처럼 말씀하셔서 저도 모르게 당황했어요. 제가 저지른 일에 대해서 조사받는 건데. 다른 뜻은 없었어요."

"예."

지요는 마지막 말을 마음속에만 담아두었다. '어쩌면 조금은 좋은 일일지도 모르거든요.' 오래 보고 지낸 광물학자에게 그 말은 들렸을 수도 있고 아닐 수도 있었다.

지상으로 내려가는 우주선에 탑승하기 전날, 희나가 지요에게 말했다.

"지구에서는 사람이 죽어서 시신으로 발견되는 게 사건이잖아. 화성에서는 뭐가 사건인지 알아?"

"글쎄. 사람이 매일 같은 것만 하루 네 끼씩 먹는 거? 과학자들이 열심히 땅을 파고 들어가서 오늘도 생명의 흔적을 발견하지 못하는 거? 와 새롭다!"

"음, 그것도 사건이지만, 진짜는 따로 있어."

"뭔데?"

지요가 적절히 추임새를 넣었다. 딱 희나가 원하는 반응이었다. 희나는 점점 정치인처럼 말하고 있었지만 지요는 그게 싫지 않았다.

"다음 날 아침에 사람이 죽지 않고 살아서 발견되는 것. 이 행성에서는 그게 사건이야. 여기는 차가운 지옥이지만 우리는 매일 그 사건을 일으키고 있어. 그것도 아주 많이. 공동체의 모든 자원을 다 쏟아부어서 아침마다 일으키는 기적이지."

"멋지다, 그 말. 연설에 써먹을 거야?"

"그럴까? 그것도 나쁘지 않지만, 그보다는 어딘가에 기록해줘, 네가. 오래오래 역사에 남게."

"야, 이건 좀 거대한 청탁이다. 학자로서 내 양심이……. 엇, 그런데 나 양심 어디에 뒀더라? 어, 아침까지 있었는데. 아까 산책하러 나갔다가 언덕에 흘리고 왔나?"

"야, 이 엄혹한 모래 폭풍 시즌에!"

"그러게. 찾으러 나가야 하나?"

외출복을 챙겨 입고 거주지 밖으로 마중을 나갔다. 친구와 나눈 실없는 농담을 떠올리자 지요는 피식 웃음이 났다.

거주지 총책임자를 비롯한 몇 사람이 이미 바깥에 나와 있었다. 붉은 먼지가 하늘을 뒤덮었고, 오벨리스크가 늘 보던 자리에 세워져 있었다. 지구에서 보던 것보다 훨씬 작은 태양이 먼지 너머에서 희미하게 빛나고 있었다. 포보스가, 공전 속도가 너무 빠른 나머지 서쪽에서 떠서 동쪽으로 져버리는 화성의 작은 위성이, 잠시 태양을 가리고 지나갔다. 모두의 마음에 불길한 예감이 떠올랐다.

짧은 일식으로 캄캄해진 하늘에 희나가 탄 우주선이 모습을 드러냈다. 밀도가 낮은 대기이지만, 우주선은 원을 크게 그리며 마찰을 오래 받아 서서히 속도를 떨어뜨린다. 그러면서 빛을 뿜어낸다.

'운동에너지가 열에너지로 바뀌면서 밝은 빛을 내는 거지 우주선이 불길에 휩싸인 건 아니야.'

지요는 스스로를 다독였다. 잠시 후 불꽃이 사라졌다. 웬만큼 속도가 느려지면서 마찰열이 함께 줄어든 탓이었다. 고도가 더 낮아지면 우주선은 연료를 아래로 분사해 공중에 거의 멈춰 선 다음 천천히 땅에 내려앉을 것이다.

지요는 한참을 기다렸다. 그런데 아무리 기다려도 불꽃이 보이지 않는다. 궁금증이 고개를 들 때쯤, 기대한 것보다 먼 데서 지면을 향해 터져 나오는 불꽃이 보였다. 모래 먼지가 짙게 일어나는 바람에 우주선의 모습을 알아보기 어려웠다.

'어? 분사가 너무 늦잖아.'

지면과의 거리를 잘못 측정한 로켓이 너무 낮은 곳에서 연료를 분사한다. 시야를 가린 먼지와 자주 오작동하던 계기 탓이다. 우주선은 아직도 빠르게 낙하하는 중이고 속도를 줄일 거리는 충분하지 않다.

'저러면 안 되는데!'

지요는 빈 주먹을 움켜쥐었다. 거짓말처럼 눈앞에 그 광경이 펼쳐졌다.

아래로 불을 뿜으며 추락하는 우주선은 생각보다 빨리 땅바닥에 내려앉는다. 너무 일찍 주저앉은 우주선이 엔진을 끄지 못한 채 옆으로 쓰러진다. 오벨리스크가 바닥에 고꾸라지는 순간, 방향을 잃은 엔진이 앞으로 튀어 나가며 우주선의 몸통이 부러진다. 그러자 먼지를 뚫고 커다란 섬광이 일어나 모래와 암석과 우주선의 파편을 멀리멀리 날려 보낸다.

'안 돼! 희나야!'

지요는 그 자리에 우뚝 멈춰 서서 섬광이 사라지는 모습을 바라보았다. 산소가 안정적으로 공급되고 있지만 숨을 쉬기가 어려웠다. 시간이 똑같이 흐르고 있지만 발은 한 걸음도 내디뎌지지 않았다.

내일 아침에도 희나가 죽지 않고 발견되는 것. 그런 기적이 일어나줄까.

마음에 글자가 새겨졌다. 날카롭게 각인된 헛된 희망이 칼날이 되어 가슴 깊이 파고들었다. 지구의 죽음에 애도하지 않기로 한 기록자의 영혼이 비석처럼 가만히 먼지바람을 맞고 서 있었다.

화성에서 가장 아픈 날이었다. 너무 많은 것을 잃어버린 날.

그러나 그 사고는 이야기의 진짜 결말이 아니었다.

"화성인을 정의하는 가장 중요한 키워드가 뭘까요? 모험심? 호기심? 아니면 고집?"

어느 매체와의 인터뷰에서 희나가 받은 질문이었다. 인터뷰를 마무리하기 위한 가벼운 질문이었지만, 희나는 망설이지 않고 단호하게 대답했다.

"아니요, 의외로 회복력이에요. 무슨 일을 겪어도 화성인은 반드시 회복하거든요. 그래서 지금까지 살아남은 거예요. 사실 처음부터 그렇게 설계가 돼 있죠. 위성도 조종사도 필수 인력이나 핵심 장비도, 서로서로 임무가 포개져 있어요. 하나를 잃어도 다른 개체가 이어받도록. 애초에 그렇게 구성해서 화성으로 보내진 거예요. 같은 우주선을 타고 심우주를 건너서."

끝내 시신을 수습하지 못한 친구의 빈 무덤에 지요는 이런 비문을 남겼다.

기적처럼 살아서
화성의 죽음을 애도하리

눈물이 멎은 날, 지요는 화성에서 일어난 첫 살인 사건의 용의자인 광물학자를 찾아가 희나의 임무를 대신했다. 마치 희나의 우주선이 무사히 지면에 안착한 것처럼, 희나가 던질 질문을 던지고 희나가 들을 대답을 듣고, 희나가 쓸 보고서를 썼다. 새 결말의 시작이었다.

이 결말의 끝은 이랬다. 그렇게 아주 긴 시간이 흐른 뒤에, 이지요는 화성 통합정부 수립의 최대 공헌자로서 초대 행성 공동체 최고집행관으로 선출되었다. 기적처럼 깨어난 매일 아침을 바친 집요하고 끈질긴 노력의 결과였다.

그 후로도 오랫동안 화성인들은 여백을 직시하는 법을 잊지 않았다. 붉은 행성의 광대한 여백에는 리바이어던이 한 마리도 그려지지 않았다. 희나가 남긴 커다란 빈자리는 지요로 가득 채워져 있었다. 붉은 행성의 방식이었다.

김조안과 함께하려면

김조안에게 연락하는 방법은 나에게 연락하는 법과 크게 다르지 않다. 컴퓨터로 이메일을 보내거나 휴대전화로 메시지를 보내거나. (물론 컴퓨터로 메시지를 보내거나 휴대전화로 이메일을 보내도 좋다.) 바로 답이 오지는 않겠지만 그건 나한테 연락할 때도 마찬가지다. 평범하게 소셜미디어에 근황을 올려두는 방법도 나쁘지 않다. 이건 특히 김조안이 좋아하는 방식이다. 물론 반응은 영영 없을 수도 있다. 아무튼 요령이 따로 있는 건 아니라는 말이다. 그런데도 김조안의 친척들은 자꾸만 나에게 소식을 전한다.

출근하자마자 나는 김조안의 조카 이영성의 전화를 받았다. 그래, 김조안한테 전화를 걸 수는 없겠지. 김조안의 집은 대가족이다. 아파트에 사는 사람답지 않게 김조안은 엘리베이터에서 만난 이웃과 쓸데없이 오래 인사를 나누는 경향이 있었는데 알고 보니 그 사람들이 다 이모며 사촌이며 조카였다. 이영성은 사촌 언니의 아들로 김조안과는 나이 차이가 열두 살밖에 안 났다. 대학교를 졸업하고 제빵사 공부를 다시 시작했다는데, 나는 영성이의 진로에 아무 관심이 없었고 영성이도 딱히 나에게 꿈 이야기를 하고 싶은 건 아니었다. 그저 이 아이는 나에게 소문을 내려는 것이다. 흘러 흘러 언젠가 김조안의 귀에도 들어갈 자연스러운 스토리텔링을. 그래야 언젠가 김조안이 돌아왔을 때 자기 인생이 어디쯤 흘러가고 있는지 설명하기가 쉬워진다. 다들 그런 욕심이다.

"영성아."

"네?"

나는 5분 만에 영성이의 말을 잘랐다. 현관문에 '가톨릭 신자의 집'이라는 스티커가 붙어 있는 807호 언니 내외의 원래 의도가 뭐였든 영성이는 늘 '엉성이'로 불렸다. 그럴 운명이었다.

"조안 이모랑 나랑 옛날 옛날에 헤어진 건 알지?"

"아, 그거요? 알아요. 그런데 이모가 아니고 종이모(從姨母)예요."

"이 꼰대. 아무튼 식구들 다 아는 거 맞지?"

"네, 그런데 왜요?"

왜요라니? 그런데 왜요라니? 이 세상에서 진정으로 나를 받아들여준 집단은 이 집안이 유일할지도 모른다. 딱히 받아들여지고 싶지는 않았지만.

"다들 나한테 집안 이야기를 못 해서 안달이라 그러지. 조안 이모 연락처 쭉 안 바뀌는 거 알지? 거기는 통신회사도 없고 아무것도 없어서 앞으로도 계속 바뀔 일이 없는데."

"알지만 이게 편하잖아요. 그리고 종이모고요."

"나는 불편하지 않을까? 너네 집안 혹시 시조가 해병대니? 한번 발 들이면 영원히 못 나가는 거야?"

"시조요? 아, 농담이구나. 역시 아저씨는 웃겨서 좋아요. 솔직히 웃음은 별로 안 나지만 관계를 매끄럽게 하는 효과는 있어요. 그러니까 힘내세요!"

김조안이 사는 곳은 화성이고, 보통 사람은 화성 주민의 생활 리듬을 파악하기가 까다로운 게 사실이다. 저놈의 행성은 왜 하루가 24시간이 아니고 37분이 더 붙어 있는 거냐고 사람들은 늘 불평하지만, 애초에 '한 시간'이라는 게 지구가 한 바퀴 돌아 제자리에 오는 데 걸리는 시간을 적당히 스물넷으로 나눈 것이니 화성을 탓할 일은 아니다. 지구 이외의 행성은 다 어긋나게 되어 있는데 그나마 화성은 맞춘 듯 지구와 가까운 편이다.

문제는 생활 리듬이다. 잠자는 시간이 매일 30분씩 늦춰진다고 주장하는 아랫집 만화가처럼(나와 충간소음 분쟁 중이다), 화성의 생활 주기는 지구와 계속 어긋난다. 어떨 때는 지구와 크게 다르지 않은가 싶다가도 보름이면 밤낮이 완전히 바뀌고 만다. 매일 지켜보는 사람이 아니라면 언제 연락해야 일하느라 한창 바쁜 시간을 피할지, 혹은 한밤중에 벨을 울리지 않을 수 있는지 알기가 까다롭다. 아니, 찾아보면 금방 알 수야 있지만, '찾아보고 연락해야지' 하고 마음먹는 순간 그 연락은 다음 날로 미뤄지고 만다. 그런 여러 이유로, 중요하지 않은 소식은 직접 전하는 것보다 중간에 슬쩍 흘려놓는 게 마음 편하다. 누군가 일상적으로 연락을 주고받는 사람이 있다면 그 사람 귀에 들어가도록.

그래, 내가 바로 그 사람이기는 하지. 매일 화성을 들여다보는 사람. 그렇다고 일상적으로 연락하는 사이는 아닌데.

전화를 끊고 책상 앞에 앉았다. 내 방 한쪽 벽에는 커다란 스크린이 붙어 있었다. 그 안에는 행성 두 개가 같은 방향으로 천천히 돌고 있다. 하나는 (아직) 푸른색이고 하나는 붉은색인데 스크린에 표시된 크기는 둘이 비슷하다. 화면에는 두 행성의 주요 거주지 현지 시각이 표시되어 있다. 요즘 김조안이 사는 동네는 지금 막 노을이 질 무렵이다. 지금 연락하면 일 마치고 30분쯤 뒤에 기분 좋게 받아 보겠지. 나는 두 행성 사이의 거리를 광속으로 환산한 숫자를 보며 생각한다. 엉성이가 제빵을 다시 배운다는 이야기를 들으면 김조안도 순간 발끈할 거야. 처음부터 제빵이나 하라고 했었으니까, 괜히 경영학 같은 이름만 거창한 데에 기웃거릴 생각하지 말고. 이영성은 그 충고를 귓등으로도 듣지 않았다. 그래놓고 이제 와서 소문을 흘리는 것이다. 무려 종이모의 전 남친에게.

내가 김조안에게 연락하는 방법도 남들과 다르지 않다. 나는 사실상 아무도 아니니까. 다만 내가 관심이 더 많을 뿐이다. 아주 작은 차이지만 이건 역시 결정적이다. 헤어진 지 몇 해가 지난 지금도 나는 그만큼 김조안에게 가깝다.

컴퓨터를 켜서 김조안에게 보내는 메시지 화면을 띄웠다. 첫인사를 어떻게 시작할까 고민하다 보니 금세 30분이나 지나 있었다. 김조안은 내 시간을 너무 많이 잡아먹어. 나는 한숨을 쉬며 창을 닫아버렸다. 전할 말이 있는 사람은 직접 연락하라지.

김조안이 다니던 중학교 교문 위에는 커다란 전광판이 달려 있었다. 어느 날 학원을 마치고 집으로 가는 길에 나는 그 전광판에서 '김조안'이라는 이름이 번쩍번쩍 빛나는 광경을 목격했다. 무슨 육상대회에서 전국 2등을 했다는 내용이었다. 와, 저 이름은 너무 가명 같은데. 게다가 김씨야. 외국 영화배우 이름에 아무렇게나 한국 성을 갖다 붙인 이름이잖아.

그래서 다음번에 김조안의 이름이 전광판에 걸렸을 때 나는 그 이름을 단번에 알아보았다. 이번에는 무슨 지역 대회 4강에 오른 배구 선수 명단에서였다. 동일인일 리 없다는 생각이 들기는 했지만, 거기까지는 동일인이래도 이상할 게 없었다. 키도 큰데 발도 빠른 운동 천재라면(미쳤다!), 두 종목 석권도 아니고 2등과 4등 정도는 도전해볼 수 있으니까. 문제는 다음이었다. 무슨 외국 기관이 선정한 "미래를 이끌어 갈 젊은 수학 영재 7인" 중 하나인 김조안을 앞의 둘과 연결하는 건 조금 난감했다. 게다가 중학생이? 운동부는 보통 수학 시간에 체력을 보충하지 않나? 우리 학교 운동부만 그런가?

나는 그 학교에 김조안이 최소 두 명 이상 있을 거라고 확신했다. 영어 스피치 대회에서 수상한 김조안은 젊은 수학 영재 캐릭터와 합치기로 했다. 전혀 다른 종류지만 일단 둘 다 공부니까. 그런데 그게 다가 아니었다. 달 탐사로봇 디자인 대회 청소년부 대상을 받은 김조안은 어느 쪽에 넣는 게 적당할까? 어느 방송국의 댄스 오디션 3차까지 진출한 김조안은? 나는 가끔 그 모든 걸 동시에 하고 있는 인간을 상상해보았다. 신나게 춤을 추며 영어로 된 수학 문제를 풀고 있는 인간 같은. 내가 상상할 수 있는 범위 밖이었다.

본 적도 없는 김조안 때문에 머릿속이 괜히 복잡해졌을 무렴, 김조안네 학교에 다니는 학원 친구에게 물었다.

"너네 학교 전교 1등 있잖아, 혹시 게임도 잘해?"

"누구? 전교 1등이면 걔 말하는 건가?"

그런데 친구의 입에서 나온 이름은 김조안이 아니었다.

"그럼 전교 2등?"

이번에도 마찬가지였다. 5등까지 내려갔지만 그런 이름은 없었고, 그 아래 등수는 늘 바뀌어서 순서대로 이름을 댈 방법이 없었다.

"아 됐어. 그게 중요한 게 아니고, 그래서 김조안은 한 명이야?"

나는 결국 몰래 품고 있던 질문을 끄집어내고 말았다. 김조안의 이름을 소리 내어 말한 건 그때가 처음이었다. 친구가 어리둥절한 표정으로 반문했다.

"김조안을 알아? 그런데 질문이 그게 뭐야? 한 명이냐니?"

그 학교 학생들은 교문 위 전광판을 안 보고 다니는 게 분명했다.

제일 좋은 대학을 들어갈 것 같지는 않지만 언젠가 제일 먼 데까지 날아갈 사람. 친구는 김조안을 그렇게 설명했다. 어느 방향으로 날아갈지는 아무도 모르지만 아무튼 경쟁이 가능한 상대는 아니라는 것이었다. 재능 배분이 그렇게 비효율적인 걸 보면 혹시 외국에서 살다 왔나 싶기도 한데, 초등

학교 1학년부터 친구와 같은 학교를 다녔다니 외국에서 산 적이 있었대도 이후 성장 과정과 큰 관련은 없어 보였다.

아무튼 한 명이란 말이지. 나는 감탄과 자괴감이 반씩 섞인 묘한 기분이 되었다. 그 많은 일을 정말 혼자 다 했다고? 나이도 나랑 같은데 나는 뭐지? 나중에 알았지만, 김조안을 대하는 첫 번째 요령은 '그럼 나는 뭐지?'를 생각하지 않는 것이다. 고민하나 마나 어차피 우리는 다 원숭이이므로. 김조안이라는 관념이 내 머릿속에 단일한 실체로 자리 잡은 날이었다.

실물을 본 건 그보다 뒤였다. 김조안을 처음 본 날에는 눈이 많이 내렸다. 나는 버스 정류장에 앉아 있었는데, 집으로 가는 버스를 벌써 두 대나 보낸 참이었다. 앉으면 따뜻해지는 온열 의자의 마력 때문이었다. 다음 버스를 탈까 하고 고개를 드는데 누군가가 눈길을 뚫고 걸어오고 있었다. 두꺼운 외투에 파묻혀 있었지만 김조안이 다니는 학교의 여자 교복이었다(교복 아래 운동복을 보고 알아보았다). 키가 조금 작은 편이어서 손에 든 장우산이 파라솔처럼 커 보였다. 그 사람이 바로 김조안이었는데, 그날도 김조안의 손에는 정체를 알 수 없는 무슨 운동용품 가방이 들려 있었고, 나는 거기에 붙어 있는 이름표를 보고 그 사람이 김조안인 걸 알았다.

"엇, 김조안이다!"

머릿속으로만 상상하던 김조안이 눈앞에 나타난 순간, 나는 그만 소리 내어 이름을 말하고 말았다. 우산에 쌓인 눈을 털고 온열 의자에 앉으려고 다가오던 김조안이 의아한 얼굴로 그 자리에 우뚝 멈춰 섰다.

내가 당황한 건 키 때문이었다. 지역 대회 4강에 든 배구 선수랬는데, 이 키는 평균보다도 작은 편 아닌가? 나는 김조안이 든 우산을 바라보았다. 평범한 장우산이었다. 카페 파라솔을 뽑아 들고 온 게 아니었다. 착시가 아니고, 정말 그 키라는 소리였다. 관념과 실체의 불일치. 김조안이 예고도 없이 눈앞에 나타났을 뿐만 아니라 내가 상상하던 것과는 전혀 다른 모습으로 등장한 탓에 나는 그만 생각으로만 할 말을 입 밖으로 꺼내놓고 말았다.

김조안의 반응은 슬금슬금 뒤로 물러나는 것이었다. 아무리 생각해도 모르는 사람이라는 확신이 든 모양이었다. 나는 자리에서 벌떡 일어났다. 김조안이 빠르게 두 걸음 더 물러섰다. 펜싱이든 뭐든 어느 격투 스포츠의 방어 동작이 분명했다. 따끈하게 데워진 내 엉덩이에 찬바람이 닿았다.

"리베로였거든?"

나중에 김조안이 따지듯 말했다. 왠지 자유로운 영혼의 별명처럼 들리는 '리베로'는 배구 경기에서 키가 제일 작은 선수들이 맡는 포지션이고, 김조안은 중학교에 들어간 후 성장이 멈췄다.

김조안과의 관계는 처음부터 파국이었다. 처음 만난 장면이 바보 같아서가 아니라(김조안은 이 만남을 좋아했고 오래 기억해주었다) 김조안 때문이었다. 중학교를 졸업하고 나는 남들처럼 고등학교에 진학했는데, 김조안은 몇 달 뒤에 대학교에 들어갔다. 같은 기간에 대학교를 다니기는 했으나 나는 학부생이었고 김조안은 박사논문을 쓰고 있었다! 운전면허는 내가 두 달 먼저 땄지만 내가 딴 건 자동차 면허고 김조안이 딴 건 비행기 조종 면허였다(자가용 비행기는 없었다). 우리는 이미 다른 행성에 사는 것 같았다.

우리가 만난다는 말을 들으면 사람들은 내가 어떻게 김조안과 사귈 수 있는지를 궁금해했다. 아니, 신기해했다. 애초에 이건 "그래서 둘이 어떻게 됐는데?"의 문제가 아니라 "왜 그 둘이 이어진 건데?"의 문제였던 셈이다.

"뭐래니? 잘생겼잖아. 다른 이유가 필요하대? 그거 남자가 한 말이지?"

"아니, 그게 아니고, 너는 방송 나가면 연예인도 보고 그런다며?"

"나를 수족관 오징어로 보는 그 연예인들 말하는 건가? 상관이 있나? 그리고 너도 나쁘지 않아. 그러니까 힘내. 그래도 애는 맹하고 착하잖아."

스무 살 김조안이 격려하듯 말했지만, 나에게는 조금도 위안이 되지 않았다. 누가 봐도 위로가 되는 말은 아니었다.

스물다섯 김조안은 같은 말을 조금 다르게 표현했다.

"와, 충격! 나 졸업하면 어디 외국 오지에 가서 농사짓고 살아야 한다는데? 거기 영어도 안 통한대. 그 나라 말도 사투리만 통할 지경이라. 그래도 너는 따라올 거지, 물어볼 필요도 없이?"

김조안은 명성에 어울리지 않게 농업을 전공했는데 실제로 하는 건 유전학이었다.

"그렇기는 하지만."

"거봐, 그거면 됐어. 따라만 와, 데리고 갈 거니까."

김조안을 대하는 두 번째 요령은 늘 떠날 준비를 하는 것이다. 김조안 같은 생명체는 도저히 한곳에 머무를 수가 없었다. 전교 몇 등 안에는 못 들어도, 인류 공동체가 지구인을 대표하는 사람을 300명만 뽑아서 우주로 보낸다면 그 안에는 반드시 들어갈 사람이었으니까.

그래서 서른 살의 김조안은, 따라오기만 하면 어디든 데려가겠다는 약속을 지키지 못할 상황에 이르고 말았다.

"나 화성에 가."

"뭐? 어디를 가?"

밤이었다. 김조안이 손가락으로 하늘을 가리켰다.

"저기 불그스름한 별 있지? 보여? 저건 별이 아니고 행성인데 저기 가서 농사지으면 어떻겠느냐고 제의가 왔어."

"농사를 지으라고? 갑자기? 어느 외국 시골이 아니라 밤하늘에서? 그냥 제의가 들어왔다는 거야, 벌써 가기로 했다는 거야?"

"가."

마른하늘에 날벼락 같은 말이었다. 나는 다음 질문을 속으로 삼켰다. 그럼 나는?

김조안 곁에 머물려면 '그럼 나는?'을 생각해서는 안 된다. 늘 떠날 준비를 해야 하지만 언제나 내 자리가 확보되는 건 아니다. 어디론가 떠날 줄은 알았지만, 설마 화성까지 가버릴 줄 누가 상상이나 했을까? 이건 처음부터 모순이었고, 그래서 처음부터 파국이었다. 지구 안에서야 어떻게든 됐겠지만, 김조안은 행성 하나로 감당할 수 있는 사람이 아니었다.

이런 파국의 문제는 그럭저럭 견딜 만하다는 점이다. 결말이 정해져 있지만 지금 당장 끝나지는 않는다. 그때까지는 뭐든 해볼 수 있다. 즐거운 날도 행복한 날도 적지 않다. 시작한 날과 끝난 날을 특정할 수는 없지만 우리가 만난 기간은 20년이 넘는다. 그 시간이면 웬만한 커플은 보통 파국을 맞는다.

그러니 억울할 건 없다. 그 안에 마음이 변한다면 말이다.

그날 오후에는 회의가 잡혀 있었다. 화성으로 이주할 사람을 선발하기 위한 예비심사였다. 선발위원이 전 세계에 흩어져 있어서 회의는 원격으로 진행되었다. 최종 심사는 만나서 하게 될지도 모른다.

어느 나라 할 것 없이 각국 정부 대표들은 화성 이주민을 능력 위주로 선발하자고 주장한다. 내가 참석한 모든 회의에서 빠짐없이 나오는 이야기다. 자기 나라 사람을 더 많이 보내겠다는 이야기보다 오히려 이게 먼저다. 나는 반대한다. 능력이란, 특히 화성에서 살아가는 데 필요한 능력이란, 행성 전체에 고르게 분포할 수 있는 자질이 아니다. 단 몇 개의 나라에 쏠려 있는 자원이다. 여기는 지구고 다른 행성에서 생존하는 재주는 어디까지나 사치다. 내 직위는 '행성 관료'이고 지구 전체를 대표한다. 나는 화성이 특정 인종이나 문화권의 사람들로 채워지지 않도록 '지구인'을 고르게 선발해서 화성에 보내야 한다고 주장한다. 이른바 "인위적인 개입"이다 (비난으로 하는 말이다). 그런데 그게 내 역할이다.

"매번 그렇게 무능한 사람을 보내자고 주장하는 이유가 뭡니까?"

이런 공격적인 질문을 받으면 나는 이렇게 대답한다.

"화성 문명을 빨리 완성하려고요."

"그게 무슨 소립니까? 능력 있는 사람을 보내야 사회가 빨리 자리를 잡죠."

"쓸모 있는 사람들만 보내서는 100년이 지나도 사회가 완성되지 않아요. 쓸모 있는 인간이란 결국 다른 목적을 위해 사용될 사람들이니까요. 문명이 완성되는 건 다른 목적이나 임무를 지니지 않은, 쓸모없는 사람이 화성으로 건너가는 순간부터입니다. 다음 단계를 위해 지금을 희생하지 않고 지금 당장 행복할 궁리만 하면 되니까요. 그 시기를 앞당기자는 겁니다. 그래 봐야 이 선발 명단에 올라온 사람들이 실제로 쓸모없는 사람들도 아니고요. 제가 뭐 예술가를 보내자고 한 것도 아니지 않습니까?"

아리스토텔레스를 인용해서 하는 말이지만, 각국 대표는 내 말에 관심조차 기울이지 않는다. 이 또한 그들의 역할이다.

하지만 심사 결과가 그들의 주장대로 관철되지는 않는다. 지구 측 대표라는 지위와 역할을 만든 게 바로 그 사람들의 정부이기 때문이다. 말하자면 이 회의는 모든 참여자의 입장을 기록으로 자세히 남기기 위해 마련된 무대다. 이 연극은 26개월마다 반복된다. 화성으로 떠나는 우주선이 출발하는 주기와 같다.

나는 내 역할을 좋아한다. 나는 어느 나라에 속한 사람이 아니고 단지 지구인일 뿐이다. 지구에 사는 사람은 다 지구인이지만, 내 지위는 국제법으로도 엄연히 '지구인'이다. 실무적으로는 외교관과 비슷하지만 완전히 같지는 않다.

김조안과 함께하기 위해 어디까지 떠나봤냐고 누가 물으면 나는 여기까지 와봤다고 말할 것이다. 한 발만 더 가면 나도 우주인이 되었겠지만 무슨 수를 써도 그 선까지는 넘을 수가 없더라고.

이 직업에 관한 힌트를 준 건 바로 김조안이었다.

"뭘 해야 너를 영원히 따라다닐 수 있을까?"

김조안의 화성행이 결정되기 훨씬 전에 한 질문이었다.

"영원히 따라오게?"

김조안이 눈을 반짝였다.

"그냥 생각해보는 거야. 만약에 영원히 따라다니기로 한다면."

"기상학을 해야겠지."

김조안이 아무렇지도 않은 투로 말했다. 그건 정말이지 의외의 대답이었다.

"기상학? 외계기상학 같은 걸 공부하라는 거야?"

"아니, 일기 예보하는 그 기상학."

나는 한참이나 그 말의 의미를 생각했지만 도무지 무슨 의미인지 짐작할 수 없었다.

"그걸 하면 어떤 길이 생기는데?"

"모르지, 아직 없는 길이니까. 그런데 뭔가가 생겨날 거야. 자, 지금부터 충격 대예언! 일단 기상학을 공부해서 기상고시 비슷한 게 생기면 첫 번째로 응시해. 이름이 뭐든 고위직 행정관료를 뽑는 기후기상학 시험 같은 게 생기면 말이야. 첫 시험이 제일 쉬울 거야. 사람들이 잘 모를 때거든. 그런 시험이 안 생기면 정보가 국제 관료조직 내부에서만 돈다는 뜻이어서 길을 찾아내기가 더 까다로워진다는 건데, 그건 그때가서 생각하고. 아무튼 그걸 하면 직장을 포기하지 않고도 웬만한 데는 다 따라다닐 수 있어."

"확실해?"

"아니. 일단 나도 내가 무슨 일을 하고 살지 몰라서 구체적이지는 않아."

"그런데도 인생을 걸라고?"

"애 봐, 누가 인생을 걸래? 그냥 생각해본 거야. 만약에 그러기로 결심한다면 말이야."

종말의 시대에 기상학은 망가지는 행성을 자세히 들여다보는 학문으로 바뀌었다. 기존 모델이 먹히지 않게 되고, 관측 장비를 아무리 많이 설치해도 날씨는 늘 예측을 벗어났다. 우리는 함께 멸망해가고 있었다. 다른 종이 더 빨리 멸종했고 인류와 그 주변 종은 오래 살아남았다. 이 정도 기후 변화를 일으킨 종이 인류가 아니었다면 인류는 그 종을 상대로 전쟁을 벌였을 것이다.

예측보다는 기록이 유용해진 시대에, 확정된 파국을 지켜보는 일은 기상학의 새로운 임무가 되었다. 그것은 국경을 훌쩍 뛰어넘어 행성 전체에 걸쳐 일어나는 변화였고, 그래서 기상학은 행성의 학문이 되었다(주로 종말의 기록이었다). 파국이 눈앞에 이르자 마지못해 만들어진 새로운 지구 공동체의 행정 관료는 신기하게도 기상학자로 채워졌다. 그런 조직이 몇 개가 있었는데, 어느 기관이나 사정은 다 비슷했다. 아주 오랫동안, 중간 과정이 어떻든 법학을 공부한 사람이 결과적으로 고위 관료 자리를 차지해버린 것처럼, 이제는 기상 관련 직책으로 경력을 시작한 관료가 그 역할을 대신했다. 이런저런 구체적이고 복잡한 과정을 거쳐 결국 정부와 초국가적 기구의 요직에 오르는 식으로. 모로 가도 서울로는 가게 되어 있었다.

김조안은 어떻게 이걸 미리 알았을까? 그것도 중간 과정은 생략하고 딱 결론만.

그러니까 김조안과 함께하기 위한 세 번째 요령은 기상학을 공부하는 것이었다. 그렇게 하면 동네에 갇힌 삶이 아니라 행성의 일상을 살아볼 수 있다. 그래 봐야 서로 다른 행성이지만. 그래도 공통의 화제는 생긴다. 비슷한 시각도 조금은 지니게 된다.

이 느린 파국의 제일 큰 문제는 역시 그럭저럭 견딜 만하다는 점이다. 좋은 날도 있고, 자연재해가 덜한 해도 있다. 인류는 빨리 멸종하는 종이 아니기에 인생은 잡초처럼 이어지고, 사진으로 남길 행복한 날도 많다. 그래도 돌아보면 모든 순간이 다 슬펐다. 그걸 부인할 수는 없었다.

지구를 대변하지 않아도 됐다면, 나는 망가지는 지구를 끈질기게 들여다보지 않았을 것이다. 금방 눈을 돌리고 말았겠지. 일상의 행복은 아직도 곳곳에 널려 있었으니까. 내 사무실에 걸려 있는 스크린에는 행성 전역에 퍼져 있는 수많은 관측 장비를 통해 수집한 상세한 파국의 정황이 실시간으로 표시되고 있었다. 그것은 너무나 슬픈 일이어서, 나는 책상 바로 맞은편에 있는 그 벽을 늘 외면한다. 일하는 내내 약간 삐딱하게 앉아서 피할 데 없는 그 벽을 끝까지 내외한다. 동경해마지않는 나의 김조안이 지구를 떠나서도 몇 해 동안이나 나를 그리워하게 한 대가였다.

서른다섯 살의 김조안은 자기가 여전히 나를 그리워하는 이유를 이렇게 말했다.

"너는 지구에서의 내 삶이었잖아. 너는 내 정체성이야. 여기서는 다들 이런 식으로 생각하게 돼."

화성에서 보내온 영상에 담긴 말이었다. 이것도 이미 위태로운 고백이었을 것이다. 나여야 하는 이유가 나에게 있지 않았으므로. 혹은 그걸 살피지 않을 만큼 무신경한 고백이었으므로.

그래서 서른여덟 살의 김조안은 더는 나와 일상적으로 연락을 주고받지 않게 되었다. 오래전부터 예정된 결말이었다. 끝이 언제였는지는 정확하게 집어낼 수 없다. 파국은 사람들의 상상과 달리 아주 조금씩 천천히 진행된다. 그래서 견딜 만하고 끝난 뒤에도 생각보다 아프지 않다. 그저 시간이 다 됐을 뿐이다.

김조안이 화성으로 떠나기 전 몇 달은 아무 생각 없이 즐거운 나날이었다. 화성으로 가게 된 건 김조안조차 미리 계획하지 못한 일이었지만, 김조안은 그보다 훨씬 오래전부터 집을 사는 데 관심이 없었다. 한곳에 머무르기 어려운 인생이라는 걸 일찍이 깨달은 탓이었다. 그래서 김조안에게는 쓸 돈이 많았는데(김조안은 돈도 잘 굴린다), 그 돈은 곧 쓸모가 없어질 예정이었다. 화성에는 쇼핑몰이 없으니까.

우리는 오래 바닷가에 머물렀다. 나야 바다는 어디나 다 똑같다고 여기지만, 김조안은 이 바다에서 저 바다로 세계 곳곳을 돌아다니고 싶어 했다. 화성에는 바다가 없어서일 것이다. 풍족하고 여유로운 시간이었다. 함께할 시간이 얼마 남지 않았지만, 김조안은 조바심을 내는 법이 없었다. 그래서 나도 그랬다.

우리는 종일 멍하게 수평선이나 파도나 구름을 바라보았다. 그렇게 세월을 흘려보내도 시간을 잘못 쓰는 게 아니었다. 오히려 가장 가치 있게 보내는 방법이었다. 대신 우리는 술에 취해 있지 않았고, 또렷한 정신으로 시간을 흘려보냈다.

"돌아올 수는 있는 거지?"

노을을 바라보며 내가 물었다.

"있지. 재사용 로켓이라고 하잖아. 교통수단으로 쓰다가 주거 시설로도 쓰다가 마지막에는 또 교통수단으로 쓸 수 있어. 캠핑카처럼."

"캠핑카 좋네. 낭만적으로 들리고. 연료도 가지고 가?"

"아니. 현지에서 만들 수 있어. 수소와 산소니까. 벌써 모아놓은 거 많을걸. 화성은 중력이 작아서 연료를 덜 써도 우주로 탈출할 수 있고."

"그래서, 돌아올 거야?"

결정적인 질문이었지만, 김조안은 대답하지 않았다. 다시 돌아올 생각이었으면 남은 돈을 이렇게 미련 없이 써버리지 않겠지.

김조안과의 추억은 가장 아름다운 순간조차 끝이 뭉툭하다. 날카롭지 않고 윤곽이 흐릿한 기억뿐이다. 그 기억을 날카롭게 벼려두었다가는 영혼을 베일 것 같아서였을까. 흑백은 아니고 분명 색채가 있지만 화창한 햇살은 비추지 않는다. 김조안과의 추억에는 모든 페이지에 먹구름이 끼어 있다. 옛날 네덜란드 풍경화처럼 머지않아 한바탕 비가 쏟아질 기세다.

우리는 자주 손을 잡고 걸었다. 김조안의 손은 강하고 거칠지만 나와 마주 잡은 동안에는 힘이 들어가 있지 않았다. 그렇게 쉴 수 있으면 그만이지, 나는 생각했다. 나는 김조안이 그 순간을 오래오래 간직하기를 굳이 바라지 않았다. 그 시간은 다른 시간을 위해 존재하지 않고, 오롯이 그 순간만을 위해 존재했다. 그래서 완전했다. 아리스토텔레스식으로 완전한 시간.

휴가가 끝나가는 어느 날, 한마디 말도 없이 해변을 끝에서 끝까지 걸어간 긴 산책의 끝에 김조안이 말했다.

"우주선 발사 날에는 보러 오지 마."

느릿느릿, 모래밭에 우리 발자국이 800개쯤 더 찍힌 다음 내가 대답했다.

"알았어."

오래 숨죽이고 기다리고 있었던 듯 김조안이 그제야 걸음을 멈추고 바다 쪽으로 돌아섰다. 그러고는 내 얼굴을 보지 않고 짧게 말했다.

"미안."

"괜찮아. 안 미안해해도."

김조안이 내 손을 꽉 쥐었다. 하루하루 닳아서 맨질맨질해진 나날이었다.

화성에서 김조안은 농사를 잘 지었다. 자기 집 화분은 곧잘 죽였는데.

김조안의 농작물은 지구로 반입할 수 없다. 지구에서 가져간 종 그대로가 아니라 사실상 외계 생명체로 진화한 탓이다. 그러니까 김조안은 농사를 지었다기보다는 화성에서도 잘 자라는 종을 새로 만든 셈인데, 모르는 사람이 보기에는 그 둘이 크게 다르지 않았다. 화성에서는 새로운 종을 창조해낸 사람이 그 작물을 키워서 수확하는 일도 직접 해야 한다.

'풍작을 축하하는 화성 농부' 영상은 지구에서도 꽤 널리 알려졌다. 화성 행성관리위원회가 적극적으로 알린 덕분이었다. '요즘은 화성에서도 이렇게 다양한 농작물이 생산된다. 그러니 이제 미식가들도 화성 이주를 망설일 필요가 없다!' 이런 메시지였다. 영상에는 김조안이 웃음을 가득 머금은 얼굴로 말하는 장면이 들어 있었다.

"이 깻잎 맛은 정말 기가 막힌데, 뭐라고 설명하면 좋을까요? 네? 아, 홍보국에서 말하지 말라네요. 지구분들에게는 비밀로 하라고. 직접 와서 드셔보세요!"

까르르 터지는 웃음소리. 색채가 가득하고 윤곽선이 선명한 영상이었다. 따스할 리 없는 화성의 햇살이 온실 안을 밝게 비추고 있었다.

그 웃음은 진심이었다. 공간 전체를 채운 행복한 분위기. 거기에는 다른 사람들이 있었다. 나는 이제 될 수 없지만 다른 누군가는 맡아도 되는 역할, 김조안의 웃음이 전해지는 매질이 되는 것. 이제 김조안은 여기가 아니라 저기에 속해 있었다.

이쪽에 속한 사람들은 좀 특이한 방식으로 그 순간을 함께했다. 그 옛날 김조안이 다니던 중학교 교문 전광판처럼, 김조안네 아파트에는 가끔 현수막이 걸렸다(종이 재질이다).

〈㉓ 704동 주민 출신 김조안, '풍작을 축하하는 화성 농부' 영상 조회 수 1천만 돌파! ㉛〉

현수막 사진을 찍어 보내면 김조안은 반드시 회신을 해왔다.

"하아, 미치겠다. 여기까지 와서 내가 이 망신을 당하다니. 이거 사실적시에 의한 명예훼손 아니냐? 한두 번도 아니고, 이거 생각하면 내가 진짜 자다가도 벌떡벌떡 일어나. 이런 걸 찍어서 제보하는 너도 너고. 고맙다고 하기에는 아까 너 표정이 너무 밝았어. 좀 심각하게 반응해야 하는 거 아니야? 수

신제가치국평천하(修身齊家治國平天下)랬는데 집안 단속을 너무 느슨하게 하고 왔어. 계백 장군 심정이, 아, 이건 아니다. 기억에서 삭제해. 아무튼 나도 사회적 위신과 체면이 있지, 이 나이 먹어서 살지도 않는 동네에 이름이 팔려야겠냐? 이보게, 지구 측 공무원 양반, 행성 외교 차원에서 뭔가 좀 해 봐. 제발 당장 가서 떼줘. 아파트는 다음 달까지 허물어버리고."

김조안의 가족은 과학자들이 제시한 적 없는 특이한 방식으로 행성 사이 먼 우주를 건너 의사소통을 했다. 아직도 김조안이 지구에 자아를 남겨두었다는 사실은 꽤 놀라웠다. 아마 본인도 몰랐을 것이다. 그 자아에 대고 소리를 지르는 건 다소 이례적인 문화를 지닌 도시 대가족만이 찾아낼 수 있는 독특한 연락 방식이었다.

나도 자주 거기에 끼었다. 김조안과 내 관계가 공식적으로 무엇이든(묻는 사람도 없다) 나는 늘 그 가족의 일부로 받아들여졌다. 그래서 나는 현수막을 떼러 가지 않았다.

김조안이 지구를 떠나던 날에도 나는 약속대로 발사장으로 가지 않고, 김조안의 어두운 과거를 영상으로 복습했다. 김조안의 사촌 동생이 보내준 김조안의 배구 선수 은퇴 경기 영상이었다.

중학교에 들어간 뒤로 키가 크지 않은 건 배구 선수를 꿈

꾸던 김조안에게는 넘을 수 없는 좌절이었다. 결국 김조안은 리베로로 밀려났다. 모든 리베로가 그 자리로 '밀려나는' 건 아니지만 김조안은 분명 밀려났다고 느꼈다.

"이거 조안 언니가 엉엉 우는 걸 볼 수 있는 귀한 자료예요. 궁지에 몰린 적이 있어야 말이죠. 우울할 때 가끔 보면 재밌어요."

사촌 동생이 말했다. 김조안은 분명 절박해 보였다. 리베로는 수비를 전담하는 포지션이어서 세터나 공격수처럼 주목받는 역할은 아니다. 물론 그 영상에서는 김조안이 주인공이었다. 가족의 시선이었다. 가끔 들리는 목소리로 보건대 김조안의 부친이 찍은 듯했다.

어두운 과거의 기록이라고는 했지만, 사실 김조안은 결기로 가득 차 있었다. 다만 궁지에 몰려 있었을 뿐이다. 상대 공격수는(같은 편 선수들도) 딱 보기에도 김조안보다 훨씬 컸다. 그리고 김조안이 지키는 코트를 향해 시원시원한 스파이크를 뻥뻥 때려댔다. 지난 몇 년간 키를 따라잡지 못한 김조안은 몸을 웅크리고 그 공격을 기다렸다. 공격은 거침이 없었다. 상대 주공격수는 힘을 제대로 실어서 때릴 줄 알았다. 그래서 김조안의 손이 닿지 않는 코트 구석으로 빠르고 정확하게 공을 때려 넣었다.

그리고 바로 그 순간이었다, 김조안의 몸이 휙 날아오른 것은.

손이 닿지 않아야 할 먼 곳으로 쭉 뻗은 팔이 길게 뻗어나갔다. 그러더니 기적처럼 손이 먼저 목적지에 도착했다. 맹렬한 기세로 날아온 공은 내려앉을 바닥을 찾지 못했다. 김조안의 손에 걸린 배구공은 코트 위로 하릴없이 떠올랐다. 가로로 길게 뻗은 김조안의 몸은 공이 날아가는 방향을 확인한 뒤에야 바닥을 뒹굴었다. 카메라는 한 바퀴를 굴러간 김조안이 곧바로 자세를 잡고 튀어 오르듯 일어서는 장면까지 빠짐없이 담아냈다. 거친 숨을 몰아쉬는 건 랠리가 끝난 다음이었다.

그 경기에서 김조안은 그런 수비를 다섯 번이나 해냈다. 몸을 날리는 김조안은 누구보다 재빠르고 부지런했다. 눈빛 또한 악착같이 살아 있었다. 하지만 그보다 놀라운 건 김조안의 손에 걸린 공이 날아가는 방향이었다. 공은 단지 막히기만 한 게 아니라 공중으로 떠올라 정해진 누군가에게로 반드시 날아갔다. 다섯 번 모두 같은 사람에게로, 반격을 준비하며 네트 앞에서 기다리고 있는 세터의 이마를 향해 정확히 날아갔다. 간신히 막아내기만 한 게 아니라 다음 단계로 무사히 차례를 넘긴 셈이다.

그렇지만 팀은 아쉽게 패했고, 예고대로 김조안은 서럽게 울었다. 경기에 져서이기도 하고 은퇴 경기여서이기도 했을 것이다. 울음 중간중간에는 가끔 알아들을 수 있는 말이 섞여 있었다.

"조안! 괜찮아. 잘했어. 완전 멋졌어!"

팀 동료인 듯한 누군가가 위로하자 김조안이 대답했다.

"아니야. 더 잘 올릴 수 있었는데. 방향은 맞았는데 너무 낮게 올렸어. 미안해. 그 포인트만 잡았으면 따라갈 수 있었는데."

궁지의 궁지까지 몰린 경기에서도 김조안은 할 수 있는 최선을 다하고, 그러고도 채우지 못한 약간의 빈칸을 엉엉 울면서 아쉬워했다. 그런 건 교문 위 전광판에는 절대로 실리지 않을 정보였다. 그날 누가 가장 간절했을까?

누군가를 선발해서 화성에 보낸다면 분명 저런 사람을 보내고 싶을 것이다. 나는 그날 김조안이 로켓을 타고 화성으로 떠나야만 하는 이유를 완전히 이해해버리고 말았다. 절대 이해하지 않으려 했는데, 은퇴 경기를 치르는 중학생 김조안은 누구라도 설득해버릴 만큼 곧고 강인했다.

그래, 저게 김조안이지. 어디든 가겠다면 가게 하는 수밖에.

우리는 사랑했을까? 물론이다. 그런데 왜 헤어졌을까? 그건 우리 잘못이 아니다. 다른 누구의 잘못도 아니고 굳이 따지자면 지구와 화성의 잘못이다. 두 행성이 바로 우리의 몬터규

와 캐풀렛이었다. 우리는 격정적으로 저항하지 않았다. 10대를 훌쩍 넘긴 나이여서 운명에 맞설 용기가 소진된 탓이었는지도 모른다. 게다가 우리는 재사용 로켓이 아니어서, 수소와 산소를 모아 다시 한번 부스터를 가동할 수도 없었다.

우리는 그냥 헤어졌다. 완전히 설득되고 이해했기 때문일 것이다. 김조안이 거기에 있어야 하는 이유를, 그리고 내가 거기까지 갈 수 없는 이유를. 옆에서 보기에 우리는 별 계기도 없이 서서히 멀어진 것처럼 보였다. 일상적인 만남이 반복되다 차츰차츰 시작된 관계였듯, 헤어질 때도 똑같이 차근차근 멀어졌다. 연락이 서서히 뜸해지다 마침내 완전히 끊어지는 방식이었다. 벌써 1년 반이 넘도록 연락을 주고받지 않았고, 마지막 연락도 사무적인 이메일에 조금 사적인 안부 인사를 끼워 넣은 정도가 다였다.

말하자면 우리에게는 은퇴 경기가 없었다. 그래도 서로 최선은 다했다고 믿는다. 나는 사무실 복도를 지나며 가끔 그런 생각을 한다. 이만큼이나 멀리 팔을 뻗었잖아. 지구의 파멸이 훤히 내다보이는 곳까지, 굳이.

저녁에는 기후 패러다임 이행 컨퍼런스 환영 만찬에 참석하게 되어 있었다. 국제회의였고[국제(國際)는 '국가 사이'라는 뜻이다], '지구 측' 대표는 다만 장소를 제공할 뿐이었지만, 전문가들이 모여 행성 전체를 집어삼킨 돌이킬 수 없는 파멸

을 논의하기에는 더없이 유용한 자리였다. 지구의 기후는 이제 파멸의 시대로 옮겨 가 있었다. '기후 패러다임 이행'이란 쉽게 말하면, 예전에는 재난으로 분류되었던 이상 고온이나 대홍수 같은 상황을 계절풍이나 스콜처럼 일반적인 현상으로 인식하고 다시 분석해야 한다는 의미다. 경각심을 내려놓자는 말이 아니라, 이미 늦었으니 재난을 예외로 분류하지 말고 정상적인 변수로 다루어야 한다는 취지에 가깝다. 그래서 다른 데서는 하면 안 되는 '망한 행성'에 관한 농담을 잔뜩 주고받을 수 있는 자리이기도 했다.

만찬장에 들어서자 분위기가 침울했다. 와하하 떠드는 웃음소리를 기대했으나 그날은 아니었다. 나는 아무에게도 말을 걸지 않고 빈 테이블에 가서 앉았다. 절망적인 예측이라도 나왔나? 그런 건 어차피 분기마다 나오는데. 그때마다 이렇게 침울하긴 했지.

누군가 잔뜩 찡그린 얼굴로 나에게 다가왔다. 가끔 본 적 있는 유럽연합 쪽 관료였다. 그는 거의 울먹이는 목소리로 모두를 놀라게 한 소식을 전했다. 탐험에 가까운 현장 관측으로 유명한 기상학자 한 사람이 스스로 목숨을 끊었다고 했다. 젊고 당돌해서 모두가 사랑한 사람이었다. 렘브란트 전시실에 잘못 걸어놓은 클림트 그림 같던 사람. 날마다 조여오는 파멸의 기운마저도 어쩌면 이겨버릴 것 같던 동료. 결국 그건 아무도 이겨낼 수 없는 슬픔으로 밝혀졌다.

사무실에 돌아와 30분쯤 빈 벽을 바라보았다. 불을 켜지 않아서 어두운 방 안에는 비슷한 속도로 돌아가는 두 개의 행성만이 스크린 위에서 은은하게 빛나고 있었다. 막막한 우주 공간에 두 개의 행성이 나란히 떠 있다는 것. 그것만으로는 아무 위로도 되지 않았다. 다시 한번 그 사실을 깨닫게 되는 밤이었다. 그래도 나는 스크린을 끄지 않았다. 곁눈으로라도 항상 행성을 의식하는 것. 그게 내가 할 수 있는 최선이었다.

스크린에 띄워져 있는 정보 몇 개는 오늘 세상을 떠난 기상학자가 설치한 관측 장비에서 전해진 것이었다. 좀처럼 사람의 발길이 닿지 않는 외진 구석. 그래서 그 여자의 작업은 탐험 같았다. 그는 누구도 보지 않으려는 곳을 오래 가만히 들여다보았다. 그곳에는 분명 어마어마한 절망이 자라나고 있었을 것이다.

나는 격정적이었던 그의 목소리를 떠올렸다. 학계나 정부, 국제기구를 가리지 않고 재앙에 무신경한 사람은 누구든 들이받기를 주저하지 않던 사람. 컨퍼런스에 참석한 사람 중 그에게 당해보지 않은 사람은 거의 없었다. 나도 마찬가지였다. 그래서 모두가 그를 애지중지했다.

나는 내가 그의 죽음을 그토록 안타까워할 줄은 몰랐다.

개인적인 친분은 전혀 없었지만, 그 죽음은 내 안의 일부가 사라지는 경험이었다. 나의 일부분이 항복을 선언하고 쓰러지는 것이나 다름없었다. 그게 아플 거라는 걸 왜 몰랐을까. 아주 조금 김조안을 원망했다. 김조안이 힌트를 주지 않았다면 기상학 같은 건 시작도 안 했을 텐데.

걸을 수 있을 만큼 마음이 단단해지자 나는 사무실을 나와 엘리베이터로 걸어갔다. 늦은 시간이라 복도에는 불이 꺼져 있었다. 자동 센서 등은 작년에 다 없앴다. 에너지를 아끼기 위해서였다. 원래는 에너지를 아끼려고 설치한 등이었을 텐데 이제는 그마저도 사치가 되었다. 나는 비상구 표시등을 따라 복도 끝으로 걸어갔다. 우리는 어느새 어둠에 익숙해졌다.

그런데 모퉁이를 돌자 갑자기 시야가 확 밝아졌다. 낯선 일이었다. 엘리베이터 문 옆에는 작은 등이 켜져 있어서 불 꺼진 복도보다 밝기는 했다. 그래도 그 정도는 아니었다.

그건 빛이 아니라 쏟아져 들어오는 정보 같은 것이었다. 식별해야 할 무언가, 시야에 들어온 다른 것에 비해 읽어낼 맥락과 정보가 유난히 많은 어떤 존재. 내 눈과 신경세포가 그런 대상을 발견한 모양이었다. 신경이 쭈뼛 곤두섰다. 무슨 일이 일어난 건지 알기까지는 시간이 걸렸다. 아주 짧은 순간이었지만 어리둥절한 상태로 체감하기에는 충분히 긴 시간이었다.

그것은 너무나 뜻밖의 사건이었다. 거기에는 김조안이 앉아 있었다.

김조안이 돌아왔다고? 그건 아무도 해준 적 없는 이야기였다. 그 얼굴을 알아보자마자 내 뇌가 한 일은 저게 정말 김조안이 맞는지 확인하는 일이었다. 다음은 김조안이 돌아온다는 소식을 들은 적이 있는지 기억을 더듬는 작업이었다. 너무 짧은 순간이라 두 작업은 계속 충돌했다. 김조안일 리가 없어. 하지만 저건 김조안이 맞아.

시간이 지나자 정신이 들었다. 10초도 안 되는 시간이었다. 나는 이제 확신할 수 있었다. 아무도 없는 소파에서 꾸벅꾸벅 졸고 있는 저 사람은 분명 김조안이 맞았다.

언제 돌아온 거지? 왔으면 연락을 하지. 아침에 받은 전화는 또 뭐야? 엉성이를 시켜서 내가 알고 있는지 떠본 건가? 아무래도 그런 모양이었다. 엉성이가 마지막에 덧붙인 말이 떠올랐다. "역시 아저씨는 웃겨서 좋아요. 솔직히 웃음은 별로 안 나지만 관계를 매끄럽게 하는 효과는 있어요. 그러니까 힘내세요!" 갑자기 힘을 내라니 뭔 소린가 했는데 이 순간을 위해 한 말인 듯했다.

서프라이즈구나. 여기까지 왔으면 방으로 곧장 찾아오든

지. 아, 그 소식을 전해 들은 거군. 여기서 기다리고 있다는
건, 내가 사무실로 올라갔다는 이야기를 들었다는 말이겠지.
그러면서 그 소식을 들은 거야. 그럼 내가 충분히 슬퍼하도록
여기서 기다리고 있었던 건가? 그 먼 데서 날아와서 이제 막
격리 시설을 나왔을 사람이? 궁금증이 꼬리에 꼬리를 물고
이어졌다. 당장 답을 얻을 수 없는 질문이 너무나 많아져서
나는 그냥 생각하기를 멈췄다.

김조안의 옆에 놓인 짐가방을 바라보았다. 짐을 마음껏 챙
겨 갔다 가져올 수 있는 출장지는 아니어서 가방이 별로 크
지 않았다. 딱 그만큼이 김조안이 지닌 모든 것이었다. 나는
김조안이 화성에서 일군 것이 얼마나 많은지 잘 알았다. 아
무리 척박한 환경이라 해도 그걸 다 버리고 돌아오기는 쉽지
않았을 것이다. 그대로 수십 년간 지켜보면서 가꾸기만 하면
김조안이 일군 것들은 나무가 되고 숲이 될 것이다. 김조안
은 그 숲 전체의 주인이 되었을지도 모른다. 세계를 만들 수
있는데 그걸 내팽개치고 가버릴 창조주가 어디 있단 말인가.
그런데 김조안은 그렇게 했다. 떠나갈 때와 마찬가지로, 아무
미련도 없는 사람처럼. 김조안의 목에 걸린 방문자 출입증에
는 수없이 많은 상처가 새겨져 있었다.

나는 김조안의 옆자리에 가만히 앉았다. 소파가 내 쪽으
로 기울지 않도록 약간 멀찍이 떨어진 곳이었다. 김조안이 지

구의 공기를 호흡하는 소리가 들려왔다. 예전에도 우리는 함께 있는 실루엣이 근사했다. 엘리베이터 문에 흐릿하게 비친 우리 두 사람을 멍하니 바라보면서 나는 김조안과 함께하는 네 번째 요령에 관해 생각했다. 남들이 전하는 떠들썩한 소식에 압도되지 말고 이 사람의 존재 자체에서 나오는 메시지를 오래 들여다보기. 나는 김조안의 들숨과 날숨에 귀를 기울였다. 아무 뜻도 없는 존재의 목소리를 아무 생각 없이 오래오래 경청했다.

우리가 처음 특별한 사이로 바뀐 날도 그랬을 것이다. 별다른 계기가 없었다고 여겨지는 건 그 특별한 순간이 남들에게 자랑할 만큼 낭만적인 장면은 아니어서일 것이다. 아무에게도 말한 적이 없어서 언어로 포착되거나 고정되지 않은 시간.

그날의 기억이 떠올랐다. 버스 정류장 온열 의자에 나란히 앉은 날이었다. 그때도 눈이 내리고 있었다. 아직은 공통의 관심사가 없어서 할 이야기가 하나도 없던 때였다. 같은 버스를 기다리는 것도 아니었다. 그래서 우리는 아무 이야기도 나누지 않았다. 그냥 나란히 길 건너편을 바라보고 앉아서 서로의 숨소리를 들을 뿐이었다. '우연히' 같은 시간에 같은 정류장에서 마주치는 일이 잦아졌지만, 아직 우리는 서로에게 아무도 아니었다. 말풍선 같은 게 가끔 떠올랐지만 그건 입김을 잘못 본 것뿐이었다.

눈길을 헤치고 버스가 왔다. 김조안이 타고 갈 차였다. 아쉬운 마음에 심장이 약간 빨라졌다. 말을 걸지는 않을 거야. 나는 그럴 용기도 아직 없었다. 버스 문이 열렸다. 그리고 닫혔다. 버스는 아무도 내려놓거나 태우지 않고 눈 덮인 도로를 향해 부지런히 떠나갔다.

나는 고개를 돌려 김조안을 바라보았다. 안 타? 라는 의미였다. 김조안도 내 시선을 의식하고 내 쪽으로 서서히 고개를 돌렸다. 눈이 마주친 순간, 온 세상이 나에게로 쏟아져 들어왔다. 세계는 전기로 이루어져 있었다.

"의자가 고장 났나 봐. 일어날 수가 없어."

김조안이 말했다. 우리가 앉은 의자의 따끈한 온기 이야기였다. 김조안의 얼굴이 상기되어 보였다.

"나도."

그로부터 벌써 스물 몇 해가 지났다. 오래 함께했고 그보다 오래 떨어져 있었다. 그러는 동안 우리는 다른 사람이 되어 있었다. 김조안은 그때 지니고 있던 잠재력을 남김없이 펼쳤고, 나는 평생을 살아온 행성을 생각하면 일단 눈물부터 글썽거리는 사람이 되고 말았다. 아무도 내리거나 타지 않는 엘리베이터 앞 소파에서 나는 지난 세월을 떠올렸다. 그렇게 긴 시간을 쭉 돌이켜보니 함께한 날도 함께하지 않은 날도 다 우리 두 사람이 같이 보낸 시간이었다.

　나는 고개를 돌려, 기껏 서프라이즈를 꾸며놓고도 심우주의 피로를 견디지 못해 깊은 잠에 빠져버린 나의 반쪽을 바라보았다.

　안녕, 김조안. 네가 지금 어떻게 여기에 와 있든, 공식적으로 내가 너의 누구이든, 돌아와줘서 고마워, 진심으로.

　그때 김조안이 눈을 떴다. 옆에 앉은 사람이 나라는 걸 실눈으로 확인하자마자 김조안이 몸을 날려 나를 와락 끌어안았다.

위대한 밥도둑

이사이는 어려서부터 입이 짧았다. 많이 먹지도 않았고, 먹고 싶은 것도 별로 없었다. 학교에 들어가기 전에는 우유와 요구르트가 주식이어서, 가끔 집에 놀러 온 고모가 유목민이 되어보라며 놀려댈 정도였다.

"한번 잘 생각해봐. 치즈랑 버터랑 마유주도 먹을 수 있어."

나이가 들면서 우유는 줄였지만, 대신 치즈와 버터의 비중이 늘었다. 물론 그것도 많이는 안 먹었다. 단백질셰이크로 끼니를 때우나 제대로 된 식당에서 풀코스를 먹으나 별 차이를 느끼지 못해서 혼자서는 식당에 가지 않았다. 술은 마셨지만 안주는 필요 없었고, 일부러 좋은 술을 찾아 마시지도 않았다. 마유주는 한 번도 마셔본 적이 없었다.

스물다섯이 되었는데도 여전히 생일상을 깨작거리는 이사

이에게 고모가 말했다.

"너 같은 애가 화성에 가야 하는데. 합성 단백질이랑 영양제만 줘도 불만 없이 살 거 아냐. 너 같은 인재를 못 알아보다니."

그 말 때문은 아니었지만, 이사이는 서른 살에 화성 이주자 예비 명단에 들었고 이듬해 10월에 화성행 우주선에 올랐다. 입이 짧아서가 아니라, 3D 프린팅을 이용한 공간 조형 기술이 뛰어났기 때문이었다.

무중력 공간에서 이사이는 팔다리가 가늘고 긴 신비한 우주 거미처럼 보였다. 대체로 매력적으로 보였다는 말이다. 그러나 중력이 있는 바닥에 발을 딛고 서자 지구에서와 마찬가지로 평범하고 비쩍 마른 외계인의 모습으로 돌아왔다.

'우주에 있을 때가 황금기였어. 그런데 그게 딱 여덟 달뿐이었다니!'

화성으로 가는 우주선에서와 달리 화성 현지에서는 지구음식 이야기가 금기였다. 화성에는 바다가 없고 비 내리는 오후가 없으며 고향 집이나 그리운 가족도 없다. 존재하지 않는 그 많은 것 중 가장 즉각적이고 강렬한 그리움을 불러일으키는 것이 바로 음식이었다.

아직 화성에는 식재료가 충분하지 않았으므로, 먹고 싶은 게 아니라 먹을 수 있는 걸 먹어야 했다. 음식이 아니라 식량을 먹어야 했는데, 상황이 개선되려면 아주 많은 시간이 필요했다. 혀에 직접 전기 자극을 주어 맛을 가상으로 체험하는 장치가 있었지만, 진짜 음식 맛처럼 느껴지기에는 역부족이었다. 혀 전체를 덮어씌우는 방식으로 사용하는 기기인데 심지어 보급량이 부족해 공용으로 써야 했다. 누군가 그 물건을 '혀 콘돔'이라고 부른 뒤부터는 더욱 손이 안 가는 물건이 되고 말았다.

"웩, 치명타네요. 이런 원시 공산 사회에서 그런 별명이라니."

이사이가 질색하며 함께 건설 설비를 담당하게 된 선배에게 말했다. 김파랑은 화성 시간으로 네 해를 화성에서 보낸 한국계 이탈리아인 기술자였는데, 이사이는 김파랑과 잡담을 나누는 시간이 꽤 즐거웠다. 정확히 말하면 선배와 말하는 게 아니라 공용어가 아닌 모국어로 누군가와 대화를 나누는 사적인 시간이 좋았던 거지만, 화성 이주자들이 대체로 그렇듯 김파랑도 매력 없는 사람은 아니었다. 사실 대단히 똑똑하고 속 깊은 사람이었다. 그래서 이사이는 가끔 자기도 모르게 김파랑을 '언니'라고 불렀는데, 김파랑은 그 호칭이 싫지 않았다.

"어차피 그거 해봐야 입맛만 버리고 별로래. 식감이니 목

넘김이니 이런 건 재현이 안 되잖아. 향도 없고, 감칠맛이니 깊은 맛이니 이런 건 어림도 없다고. 그래서 탐내는 사람도 별로 없어. 우리 기지에도 어디 하나 처박혀 있긴 할 텐데 권하지는 않아. 그냥 참고 살아. 한 5년만 버티면 먹을 만한 거 생긴댔어."

"5년이면, 지구 시간으로요?"

"당연히 화성 시간이지. 지구 기준으로는 한 11년?"

자그마치 11년이라니! 먼저 화성에 도착한 세대가 이제 막 도착한 세대에게 던지곤 하는 끔찍한 농담이었지만, 다행히 이사이에게는 별 타격이 되지 못했다. 30년 넘게 먹고 싶은 게 없었는데 11년 사이에 음식에 대한 갈망이 생겨날 리 없었다.

고모의 예언이 실현된 것은 이때부터였다. 억누를 식욕이 아예 없었으므로 이사이는 다른 동료들보다 결핍을 덜 느꼈다. 조급해 보이지도 않았고, 심심할 때마다 기지 온실에 들러 새로 도입된 작물이 무사히 자라고 있는지 기웃거리는 일도 없었다. 이사이는 평생 음식에 초연했지만, 기지 동료들은 그 당연한 초연함을 이사이가 지닌 정신력의 발현으로 오해했다. 화성에서 강인함은 꽤 중요한 자질이었으므로, 머지않아 이사이는 기지 운영위원으로 추대되었다. 1년 차 이주자치고는 매우 드문 일이었다.

그런 이사이에게 변화가 일어난 것은 지구와 화성이 태양을 사이에 두고 가장 멀리 떨어져 있을 무렵이었다. 천체가 이렇게 배치되는 것을 외합이라고 하는데, 화성 곳곳에서는 외합 축제를 준비하느라 분주했다. 이사이는 화성인들이 지구에서 유래한 축제를 기피한다는 사실을 처음 알았다.

"왜요? 화성분리주의자들이 싫어해서요?"

이주 후 몇 달 내내 이사이는 나불나불 별의별 걸 다 캐물었지만 김파랑은 질리지도 않는 듯 느긋하게 답을 했다.

"분리주의자는 무슨. 지구 축제에는 먹어야 하는 음식이 정해져 있잖아. 크리스마스 하면 산타클로스나 트리뿐만 아니라 케이크나 슈톨렌이 떠오르듯. 관련된 음식이 조건반사로 딱 떠오르는데 얼마나 괴롭겠어. 그런데 외합절은 지구에 없는 명절이잖아. 먹을 게 하나도 연상이 안 된다는 소리야. 빈곤과 궁핍만 떠오르지. 그러니까 마음껏 상상할 수 있는 거야. 여기서 구할 수 있는 소재로만."

"설마 또 섹스만 열나게 하나요?"

"엇, 좋은 지적이야. 듣고 보니 그러네. 결국 또 섹스였군. 날카로운데?"

"역시 그랬군요. 저 그거 너무 충격이었어요. 이런 덴 줄 몰랐어요. 사람들이 너무, 너무……."

"그 정도는 아니지 않아? 여기 사람들이 특별히 섹스에

미쳐 있는 게 아니고 공간이 좁아서 프라이버시가 보장이
안 되는데도 지구에서 하던 대로 하는 것뿐이잖아. 이해도
되고."

"그게 충격적이잖아요. 지구에서도 그렇게 섹스를 많이 했
다니!"

"아, 인류 자체에 대해서 충격을 받은 거면 해줄 말이 없네.
그래도 좀 봐줘라. 이런 똥 덩어리 같은 건물에서 3년을 살았
잖니."

김파랑이 헬멧 안에서 측은한 표정을 지어 보였다. 김파랑
은 몇 해 전 3D 프린터로 자동 제작한 기지 부속 건물의 외
벽을 장갑 낀 손으로 매만졌다. 표현하기 민망하지만 정말 거
대한 배설물처럼 생긴 건물이었다. 건물 자동 생성기가 그 건
물을 '출력'했을 때 기지 사람들은 지구와 화성을 잇는 데이
터 전송에 오류가 있었을 거라 믿어 의심치 않았다. 그래서
마음 편히 깔깔거리며 웃었다. 며칠 후, 그 어이없는 디자인이
소위 '화성 친환경 디자인 이니셔티브'의 야심 찬 결과물이
라는 사실이 전해지자 화성 전체가 깊은 침묵에 잠겼다. 뭐
라 반응해야 할지 알 수 없을 만큼 황당해서였다. 지구인들
은 도대체 화성인을 뭐라고 생각하는 걸까?

물론 화성 3D 프린터 건축의 장점은 망한 건축물을 분해
해서 다시 재료로 쓸 수 있다는 것이고, 앞으로 반년간 이사

이와 김파랑은 북반구 전체를 돌아다니며 거대 우주 괴물의 배설물처럼 생긴 그 실패작을 철거해 3D 프린팅 재료로 환원하는 작업을 할 예정이었다. 문화유산으로 남길 한두 군데만 빼고.

그런데 기지 운영위원회에서 외합절 축제 주제를 논의하던 중 위원 하나가 재미있는 아이디어를 냈다.

"제가 머무르고 있는 흉측한 배설물 숙소 말인데요, 처음 온 사람들이 늘 화장실로 오해하는. 이게 거대 우주 괴물이 기지에 침공해서 건물에 커다란 흔적을 남기고 사라진 형상이잖아요. 이 서사를 완성해보면 어떨까요?"

위원장이 관심을 보이며 되물었다.

"서사를? 구체적으로 어떻게요?"

"저 끔찍한 흔적을 남기고 사라진 우주 괴물을 기념하자고요. 우리라고 맨날 배설물만 기념하고 살 수는 없으니까. 건설팀 듀오가 저거 다 치워버리기 전에 서사를 한번 완성해봅시다."

좌중이 그게 뭔 소리냐는 표정으로 일제히 그를 쏘아보았다. 그가 조금 당황하며 황급히 덧붙였다.

"그러니까 제 말은, 우리가 무찌른 우주 괴물을 역으로 디자인해서 형상화하자는 겁니다."

"호오! 영웅 서사가 되겠군요! 아니, 의사 선생이 웬일로 그런 쓸모 있는 생각을."

최종 선택된 우주 괴물은 크라켄이었다. 이름만 크라켄이지 구현된 모양은 촉수로 걷는 거대한 문어 형상이어서, 옛날 사람들이 아무 근거 없이 상상한 화성인을 닮아 있었다.

그 소식을 전해 들은 김파랑이, 구조물을 해체하기 전 기지와 연결된 출입문을 밀폐하는 작업을 하다가 잠시 손을 놓고 중얼거렸다.

"게르만족, 바이킹족 후손들. 자기들이 안 먹는다고 먹는 걸 잘도 축제 마스코트로 골라냈구만."

"그러게요. 크라켄이 결국 문어라는 자각이 없어 보였어요. 일말의 망설임도 없더라고요. 사실 더 끔찍한 시도도 있었지만. 음, 그런데 이건 말 안 하는 게 낫겠어요. 선배 괴로워질 거예요."

"그럼 하지 마. 안 들린다, 안 들린다, 안 들린다."

우주복 차림이라 헬멧 귀 부분에 두 손을 댄다고 소리가 차단될 리는 없었지만, 김파랑은 진심으로 귀를 막고 싶어 했다. 이사이는 피식 웃었다.

'하여간 식욕이 있는 인간들이란.'

이사이는 선배에게 말하지 않은, 최종 후보까지 오른 우주 괴물 디자인을 떠올렸다. 거대하고 육중한 외골격 우주 생명체. 땅속에 잠복해 있다가 붉은 모래 먼지를 일으키며 튀어

나온 괴물의 몸에는 두 개의 커다란 집게발이 달려 있었다. 길을 잘못 든 3년 차 탐사대원 정도는 단칼에 썩둑 썰어버릴 것 같은 무시무시한 앞발이, 화성의 희미한 태양광을 지구에서보다 더 강렬하게 튕겨내고 있었다.

'양심도 없지. 저건 너무 음식 재료잖아.'

그 무례함을 곱씹으며, 이사이는 저녁 내내 몇 번이나 그 그림을 떠올렸다. 그래서였을까. 다음 날 아침에 눈을 뜨자마자 이사이는 평생 겪어보지 못한 낯선 열망에 사로잡히고 말았다.

'아, 망했다. 간장게장이 먹고 싶어.'

"그레고르 잠자처럼 자고 일어났더니 벌레가 되어 있는 편이 훨씬 낫지 않아요? 여기까지 와서 이게 뭐람. 화성에서 이러고 있는 우리는 대체 뭘까요?"

이사이는 평소보다 말이 많았다. 저런 캐릭터 아니었는데. 후배의 호들갑스러운 태도가 당황스러웠는지 김파랑은 별 대꾸 없이 자기 일에 몰두하다가 이사이가 조금 잠잠해졌을 때 조심스레 한마디를 툭 던졌다.

"그러니까 식욕이 벌레보다 역겹다는 말이야?"

"네? 그런 건 아니지만."

이사이는 거짓말을 했다. 선배는 한참 뒤에 문득 생각난

듯 이사이에게 물었다.

"나약해 보일까 봐 그래?"

"네? 그건 또 무슨 말이에요?"

"여기서는 누구나 흔들려. 저 삭막한 풍경을 봐. 절망적이지 않으면 그게 이상하지. 반년이면 오래갔고 슬슬 지구 생각이 날 때도 됐어. 좀 약해지면 어때? 화성에서 중요한 건 강인함이 아니라 회복력이야. 잘 회복하는 사람이 더 인정받는 데라고. 잠깐 정신을 놓는 건 아무도 신경 안 써. 그런 건 잊어주는 게 예의거든."

김파랑이 기다렸다는 듯 짐짓 근엄하게 타일렀지만, 이사이가 바라는 위로는 아니었다.

'하지만 저는 평생 한 번도 뭔가가 먹고 싶었던 적이 없다고요! 게다가 간장게장이라니, 지구에서도 좋아해본 적 없는데!'

그날 밤 이사이는 오랜만에 지구 꿈을 꾸었다. 친척 중 누군가의 생일이었고, 배경은 식당이었다. 고모도 있었는데, 거대한 우유 통을 머리에 이고 오느라 목이 뻐근하다고 호들갑을 떨었다. 식당은 이탈리안 레스토랑처럼 보였으나 메뉴판에 있는 건 죄다 해산물이었다. 위화감이 드는 내부 장식이었지만 이사이는 제대로 된 해산물 요리점에 가본 기억이 없어서 어디가 이상한지 알 수 없었다.

고모가 테이블 위에 우유 통을 내려놓으며 말했다.

"사이는 이거 다 마실 때까지 못 일어나."

고모가 부탁하자 점원이 국자를 가져다주었다. 고모는 막걸리처럼 우유 한 잔을 떠 주었다. 잔을 들고 어정쩡하게 앉아 있는 동안 간장게장이 한 상 가득 차려졌다. 반으로 쪼개진 꽃게 몸통에 붙은 다리가 꿈틀거리고 있었다. '산낙지야 뭐야? 이 꿈 역시 뭔가 이상해.' 그러든 말든 고모는 아랑곳하지 않고 비닐장갑을 낀 손으로 게장 반쪽을 가져다 공깃밥 위에 꾹 짰다. 알이 든 게살이 쌀밥 위로 흘러내렸다. 그 광경을 보는 순간 모든 의심이 사라졌다. 그렇다, 그런 건 이제 중요하지 않았다.

기억이 났다. 그건 이사이의 생일이었다. 열다섯쯤 됐을까. 어차피 주인공은 좋아하는 게 아무것도 없으니 다른 사람들 좋아하는 거나 먹자며 고모가 고른 메뉴였다. 모두가 눈에 불을 켜고 달려드는 통에 이사이도 은근슬쩍 한 마리를 먹었다. 한 마리는 두 조각이었으므로, 이사이의 기준으로는 꽤 맛있게 먹은 편이었다. 그 맛이 기억이 났다. 지나치게 생생하게.

그런데 꿈속에서는 먹을 수가 없었다. 식탁이 어느새 무한히 길어져서 아무리 손을 뻗어도 닿지가 않았다.

'나도 그거 줘!'

이사이가 꿈에서 발버둥 쳤다. 절규하듯 목소리를 쥐어짰지만 아무 소리도 나오지 않았다. 가위에 눌린 것 같았다. 이사이는 한층 더 격렬하게 발악했다.

'나도 그거 줘요! 고모, 나도!'

이사이는 으어어 소리를 내며 잠에서 깼다. 어두운 기지 안이었다. 식은땀이 흘렀다. 공기정화기에서 웅 하는 소리가 낮고 길게 울렸다.

이사이는 손을 뻗어 침대맡에 놓인 컴퓨터 단말기를 집어 들었다. 부들부들 떨리는 손가락으로 화면을 넘겨 행성관리위원회 행성생태계 운영본부에서 작성한 미래 식자재 도입 계획을 찾아냈다. 맨 아래 초장기 계획까지 목록을 넘겼지만, 꽃게 비슷한 건 나오지 않았다. 화성 시간으로 20년 뒤에도 도입되지 않는다는 의미였고, 그런 음식은 아예 꿈도 꾸지 말라는 뜻이었다.

'어째서지? 왜 안 되는데!'

물론 이유는 알고 있었다. 일단 해산물은 화성에 들여오기가 쉽지 않다. 바다와 비슷한 인공 생태 환경을 조성해야 하고, 수조 전체를 방사선 차단 시설 안에 두어야 했다. 그런데 너무 작은 수조에 해양 생물을 가두는 것은 불법이어서, 양식장은 거의 바다 생명체 전용 정착지처럼 규모가 커야 했다. 게다가 게살은 게맛살로 쉽게 대체할 수 있다. 이렇게 대용품이 있고 키우기 까다로운 식재료 전용 생물은 화성에 도입될 가능성이 거의 없다. 상식적인 결정이고, 돌이킬 여지는 별로 없었다. 이사이에게 남은 선택지는 하나였다. 그저 잊는 것. 우주 어디에도 존재한 적이 없는 것처럼 기억에서 전부 지워 버리는 것.

"그럴 수는 없죠."

이사이의 얼굴이 결연해 보였다. 두 사람의 집인 마디 기지에 마지막까지 남아 있던 크라켄 배설물의 흔적을 제거하면서, 김파랑은 이사이를 빤히 쳐다보았다.

"방법이 없어. 여기는 지구가 아니라 화성이니까. 우긴다고 되는 데가 아니야. 뭐 나올 데가 있어야지. 행관위가 테라포밍 완료 시점을 한 100년 뒤로 잡고 있지 않나? 간장게장을 먹을 날보다 헬멧 안 쓰고 밖에 나가는 날이 더 빨리 오겠다. 그때까지 살게?"

하지만 이사이는 김파랑의 말을 귓등으로도 듣지 않았다.

"약한 소리 하지 마세요. 방법이 없으면 만들어야죠. 김파랑 선배님, 우리 다음 주 출장지를 바꿉시다."

"어디로?"

"문케이크 타운이요."

"에? 거기는 다음다음 순서 아닌가? 월병동부터 가면 동선 꼬이는데. 거기 좀 애매하게 멀어서 숙식도 부탁해야 하고.

엇, 잠깐만, 너 설마?"

이사이가 고개를 힘차게 끄덕였다.

"맞아요, 생각하시는 그거! 이대로 물러날 수는 없죠. 저는 칼을 뽑겠습니다. 우리 이왕 이렇게 된 거 무라도 한번 베시죠."

"아니, 나는 딱히 생각 없는데. 그리고 너 외합 축제 준비한다며?"

"그깟 섹스 파티, 알아서 하라 그래요. 우리는 더 높은 곳을 바라봅시다!"

"아, 나는 됐대도."

다음 날 아침 일찍, 이사이는 문케이크 타운으로 차를 몰았다. 옆자리에는 김파랑이 타고 있었다. 차는 여섯 시간 동안 황량한 사막을 달렸다. 웬만해서는 고장이 나지 않는 커다란 바퀴가 달린 차였다. 바깥에는 붉은 사막이 펼쳐져 있었다. 화성은 지구보다 훨씬 작은 행성이어서 지평선도 부쩍 가까워 보였다. 외딴 행성 위에 살고 있다는 걸 새삼 깨닫게 하는 장면이었다.

이사이는 화성이 꽤 아름답다고 생각했다. 반지로 만들어서 손에 끼면 얼마나 예쁠까. 물론 그 반지 위의 삶은 고달팠다. 춥고 위험하고 황량하고 쓸쓸했다. 심지어 자유롭지도 않고 낭만적이지도 않았다. 화성은 아직 원시 문명에 머물러 있었다. 그래도 이사이는 그 행성을 사랑했다. 다른 많은 화성인들과 마찬가지로.

여섯 시간을 달려 도착한 주거형 정착지 문케이크 타운은 마디 기지를 다섯 개쯤 합쳐놓은 규모였다. 특이하게도 이 정착지 주위에는 장승이 서 있지 않았다. 다른 정착지 주변에는 사람들이 타고 온 우주선이 빌딩 숲처럼 늘어서 있는 구역이 있기 마련이었다. 누구는 오벨리스크라고도 하고, 무사히 돌아갈 날을 기원하는 토템이라는 사람도 있었다. 하지만 실은 연료만 넣으면 재사용이 가능한 우주선이므로 굳이 버릴 이유를 찾지 못하고 방치해놓는 것에 가까웠다. 그런데 문케이크에는 그게 없었다. 대부분의 우주선을 분해해서 새 건물을 짓는 데 활용했다는 뜻이었다. 그래서 문케이크에는 둥근 기둥 구조를 활용한 건물이 많았다.

헬멧을 단단히 챙겨 쓰고 차량에 설치된 작은 에어로크를 나서자마자 이사이가 말했다.

"다녀올게요."

"야, 장비는 좀 내려놓고 가라."

"갔다 와서 제가 할게요. 지금 놓치면 1년을 기다려야 해서. 서류 작업만 좀 부탁드려요."

문케이크 타운에서는 제1회 행성 음식 식량 박람회가 열리고 있었다. 화성 전체에서 생산되는 먹을거리를 모아 얼마나 먹고 살 만해졌는지 점검한 다음, 오래오래 신세를 한탄하기 위한 행사였다. 행사장에는 음식 식량 전시장이라는 공간이 있었지만, 먹을거리를 풍족하게 쌓아놓고 즐기는 공간이아니라, 무슨 신석기 박물관에서 유물 전시하듯 '행성 어딘가에는 이런 것도 있다'는 걸 살짝 보여주는 게 전부인 데였다. 사실 박람회의 대부분은 학술 행사였다. 공용어 스타일의 '퀴진 앤드 푸드 엑스포'라는 이름은 애초에 사기에 불과했던 셈이다.

그래도 이사이는 실망하지 않았다. 간장게장에 대한 열망만 아니었다면 딱 이사이가 좋아하는 분위기이기도 했다. 이사이가 문케이크에 온 건 박람회장에 꽃게가 있기를 기대해서가 아니었다. 목표는 단 하나. 그 사람을 만나기 위해서였다.

20분을 기다린 끝에, 이사이는 강연을 마치고 나오는 그 사람을 만날 수 있었다. 이사이는 멀리서도 그를 알아보았다. 화성에 오고 나서 처음 본 체형이었다.

'과연 대인의 풍모다!'

유유송은 뚱뚱한 사람이었다. 아니, 화성에서 도대체 뭘 먹으면 뚱뚱해진단 말인가! 먹는 행위 자체를 진심으로 사랑한 그는, 인간이 소화할 수 있는 것이라면 차별 없이 다 먹는 게 인생철학이라고 했다. 간혹 싫어하는 음식이 있기는 해도 그 음식마저 안 먹는 건 아니라고도 했다. 이사이는 "정착 초기에 배급된 표준 합성 사료도 열심히 먹으면 뚱뚱해집니다" 하고 말하며 허허허 웃는 그의 강연 영상을 떠올렸다.

끝내 채워질 수 없는 그 갈망이 결국 그를 화성의 허준, 화성의 백종원으로 만들었다. 그는 대체재 요리의 최고 권위자였다. 아직 화성에 도입되지 않은 식자재를 대신해, 구할 수 있는 재료만으로 원본 요리에 대한 갈망이 해소될 만큼 그럴듯한 맛을 낼 줄 아는 일급 조리사였다. 또한 다행스럽게도 한국 출신이었다. (물론 국가가 조리사를 따로 선발해 화성에 보낸 것은 아니었다. 유유송은 박사학위가 네 개인 엔지니어였는데, 다섯 번째 재능이 요리였을 뿐이다. 조리 기능장 타이틀은 화성 행성 관리위원회에서 받은 게 처음이었다. '아름다운 화성인상' 수상과 함께였다.)

이사이는 두근거리는 마음으로 유유송에게 다가섰다. 십수 명이나 되는 사람들에게 둘러싸여 있던 유유송은 기나긴 비공식 질의응답과 사교의 시간이 다 마무리되고 나서야 이사이에게로 시선을 돌렸다. 한국인의 얼굴을 하고 있어서였을까? 이유야 어떻든 이사이는 때를 놓치지 않고 앞으로 나섰다. 체형이 전혀 다른 두 사람이 함께 서 있는 장면은 마치 화성의 극심한 빈부 격차를 보여주는 듯 기괴하고 상징적이었다.

"선생님, 꼭 여쭤볼 게 있어서 아침부터 여섯 시간 동안 달려왔습니다."

"여섯 시간이면, 후에에서요?"

"마디에서요."

유유송은 이사이의 눈에 깃든 열망 같은 것을 읽어냈다. 당황스럽지만 반가운 눈빛이었다. 마디에서 여섯 시간이라는 건 꽤 서둘러서 왔다는 뜻이기도 했다. 유유송이 진지한 목소리로 말했다.

"말씀해보세요."

이사이는 어쩐 일인지 잠시 말문이 막혔다. 그 상황이 감격스러워서일까, 화성 최고 전문가의 입에서 나올 답이 두려워서였을까. 이사이 자신도 이유를 알 수 없었다.

"화성에서 대체재를 찾을 수 있을지 여쭤볼 음식이 있습니다."

절박한 목소리에 유유송은 자기 입술마저 바짝 마르는 것 같았다.

"뭐죠?"

"간장게장……."

이사이는 문장을 제대로 끝맺지도 못했다.

"아!"

외마디 탄식을 내뱉은 유유송의 눈빛이 흔들렸다. 유유송을 둘러싼 사람들이 그의 눈에 담긴 아득한 그리움을 읽어내고는 무슨 대화가 오갔을지 저마다 상상했다. 한국어를 모르는 그들의 눈에는, 지구에 두고 온 가족의 부고가 전해진 듯 절절하고 숙연해 보이는 순간이었다.

그러나 이사이는 유유송의 눈에서 희망의 불꽃이 꺼지는 것을 보고 말았다. 설마 화성의 백종원에게서도 답을 구할 수 없단 말인가! 유유송이 서서히 손을 들더니 이사이의 어깨를 툭툭 두드렸다. 육중한 팔의 무게에 이사이는 균형을 잃을 것만 같았다. 모르는 사람 눈에는 부고를 들은 유유송이 오히려 소식을 전한 이사이를 위로하는 것처럼 보였다.

유유송이 말했다.

"없어요."

"아."

"무슨 수를 써도 대체가 안 돼요. 내 그 마음 누구보다 잘 알지만, 간장게장만큼은 방법이 없어요. 대체재로는 근처에도 못 갑니다. 혹시 새우장? 그건 또 아니시죠? 그거랑 그거랑은 카테고리가 다르죠. 내가 웬만하면 희망을 꺾지 않는 편인데, 간장게장은 그만 잊으세요. 살아생전에는 만날 가망이 없을 거예요. 내 말 꼭 명심하세요. 안 그러면 평생 원한으로 남아서 영혼을 갉아먹을 거예요."

"아야."

이사이는 그만 목이 메어, 구할 수 없는 음식을 상기시켜 죄송하다는 인사조차 제대로 하지 못했다.

"야, 이건 진짜 못생겼다. 지구 놈들은 도대체 무슨 생각으로 이렇게 생긴 디자인을 전송한 거야? 붕어빵 틀로 대충 찍어낸 것도 아니고 기존 시설 도면을 연구해서 집어넣은 흔적이 다 보이는데, 이러면 정말로 여기 환경에 어울릴 거라고 믿은 걸까? 너무 꽉 짜 맞춰놔서 괜히 해체하기만 까다롭고 말이야. 아, 붕어빵 먹고 싶네."

김파랑은 늘 그렇듯 바쁘게 손을 놀렸다. 망치로 부술지 톱으로 썰지 꼼꼼하게 들여다보며 원료 회수율을 조금이라도 더 높일 방안을 검토하느라, 헬멧 너머로도 선명하게 보일 만큼 짙은 주름이 미간에 새겨졌다.

"선배 지금 먹는 이야기 했어요."

이사이는 거의 구겨져 있다시피 했다. 외부 활동복은 동작이 편한 밀착형인데 헬멧은 크기를 줄일 방법이 없어서, 이사이가 그렇게 쪼그려 앉으면 자연히 머리통이 거대해 보이기 일쑤였다.

"너는 먹는 거 관심 없잖아. 듣는 사람이 있어도 이건 혼잣말이야. 이거 한국어에도 짧은 표현이 있지 않아?"

"방백이요. 선배는 간장게장 먹어봤어요?"

"나는 그거 막 좋지는 않던데. 맛은 있지만 다른 한국 음식들보다 월등히 맛있는지는 잘 모르겠더라고. 한국 사람 소울푸드여서 그런가?"

"저도 딱히 좋아한 적 없었어요. 그냥 갑자기 기억이 떠오르더니 그 맛이 계속 입안을 맴도는 거지. 혀에도 기억 세포가 있나 봐요. 무슨 자극을 받았는지 계속 재생되네요."

"그럼 된 거 아니야?"

"선배가 말했잖아요. 목 넘김이니 식감이니 이런 게 없으면 맛을 느끼는 게 아니라고. 기억은 물리적 실체가 없으니 씹을 수도 없고. 그러는 선배네는 소울푸드 없어요? 이탈리안 소울푸드."

"너 나 암살할 작정이냐? 괴로워지기 직전이니까 먹는 이야기는 그만하고 일이나 좀 거들어. 사춘기라도 1인분은 해야지."

"예, 예. 요 한마디만 던져놓습니다. 모카포트로 추출한 커피 한잔!"

"에라이, 가마솥에 지은 흰쌀밥에 누룽지다!"

그날 밤 김파랑은 오소부코 꿈을 꾸다 잠에서 깼다. 푹 익힌 송아지 정강이 살에 밀라노식 리소토. 허탈한 꿈이었다. 일어난 김에 물이나 한잔 마시러 공용 휴게실 쪽으로 어슬렁

어슬렁 걸어가던 김파랑은, 어두운 한쪽 구석에 구겨져 있는 이사이를 발견하고 흠칫 놀랐다.

"안 자고 뭐 하니? 엇, 너 지금 설마?"

이사이는 손에 든 물건을 황급히 감췄다. 그것은 작은 주머니처럼 생긴 전자 장비였다. 개인용 근거리 통신망으로 컴퓨터 단말기와 연결해서 쓰는 기계. 김파랑은 그 물건의 정체를 알고 있었다. 한때 모든 화성인을 가슴 뛰게 했던 발명품, 처음 완제품을 실은 무인 우주선이 화성 궤도 진입에 실패했을 때 행성 전체가 탄식했던 바로 그 기계.

김파랑이 애잔한 눈으로 이사이를 바라보았다.

"힘들었구나. 그래도 그렇지 혀 콘돔을……. 그것도 남의 기지에서. 누가 썼을 줄 알고."

이사이는 선악과를 훔쳐 먹다 들킨 지구인의 조상처럼 부끄러웠다(화성인의 조상들은 대체로 그보다 뻔뻔하다). 얼굴과 목이 붉어지고 팔다리까지 온통 상기됐다. 들키지만 않았으면 괜찮았을 텐데. 이용 데이터만 깨끗이 지워버린다면 그저 부질없는 한밤의 모략으로 그치고 말았을 텐데.

알몸을 들킨 수치심과는 비교할 수가 없었다. 우주선 안이나 화성 현지에서, 알몸의 프라이버시는 지켜지지 않는 경우가 워낙 많았으므로 애초에 비교의 대상이 아니었다. 그 순간 이사이가 느낀 감정은 철저히 발가벗겨진 끝에 백골만 달랑 발라진 듯한 부끄러움이었다.

내 인생은 끝났어. 나는 이제 만인의 웃음거리가 될 거야. 이번 주 화성 최악의 쓰레기를 하나 꼽으라면 의심의 여지 없이 내가 되겠지.

"언니 미워요!"

이사이는 으앙 울음을 터뜨렸다. 김파랑은 자리를 뜨지도 못하고 후배의 어깨를 감싸 안아주지도 못한 채 그 자리에 서서 한참을 머뭇거렸다.

다음 날 아침 이사이가 해체 작업 현장에 나가 보니 김파랑이 이미 작업 준비를 끝내고 장비를 전원에 연결하고 있었다. 이사이는 김파랑의 시선을 피했다. 어차피 헬멧 안에 무전기가 들어 있어서, 얼굴을 보지 않아도 일을 하는 데는 아무 문제가 없었다. 어색한 침묵이 오전 내내 이어졌으나, 첫 번째 점심때가 다 됐을 무렵 늘 그렇듯 이사이가 먼저 말문을 텄다.

"저는 이제 만인의 웃음거리가 될 거예요."

김파랑은 해체 중인 벽에서 눈을 떼지 않은 채 피식 웃으며 대꾸했다.

"일단 만인은 너를 몰라. 행성 전체 인구가 1만 7,000명인데 그중 반이 너를 알 리가 없어. 지구에서 3,000명쯤 만났다 쳐도 말이야. 그럴 리도 없지만."

"역시 그렇죠? 맞아요, 별일 아니었어요. 홀홀 털어버려야지."

김파랑은 어이가 없었다. 아무것도 아니라니, 엉엉 울 때는 언제고.

"만인은 몰라도 나는 아는데? 하늘이 알고 땅이 알고, 어? 화성이 알고 데이모스가 알고 포보스가 알지. 너도 알고 나도 알고."

"선배만 침묵하면 아무도 모르겠네요. 선배는 착하니까."

"내가? 그리고 너도 안다니까."

"저는 저랑 화해했죠. 충분히 그럴 수 있다고 봐요."

"아이고, 동네 사람들! 마디 기지 운영위원 이사이 씨가 글쎄 어젯밤 남들 다 자는 시간에 혼자 몰래 휴게실 한구석에서⋯⋯."

"허허허허허, 젊다는 건 참 좋네요. 실수할 특권도 있고. 여기저기 부딪쳐봐야지. 다음은 또 무슨 시행착오를 겪어볼까나?"

두 사람의 일상은 금방 회복되었지만, 김파랑은 오후 내내 이사이의 어깨가 한껏 움츠러든 게 마음에 걸렸다. 화성인이니 회복 탄력성이야 상당하겠지만, 아무래도 유유송을 만나서 이사이가 받은 마음의 상처는 쉽게 사라질 것 같지 않았다. 자꾸 쪼그린 자세를 하는 바람에 머리만 커다랗게 도드라져 보이는 이사이의 실루엣이 우스꽝스럽기도 하고 쓸쓸해 보이기도 했다.

그것은 사소한 징후가 아니었다. 이른바 '지구병'은 집착의 대상이 사소해 보인다고 쉽게 해소되는 게 아니다. 분명 어딘가에 존재한다는 것을 알지만 여기에는 절대 있을 수 없다는 깨달음. 그래서 지구병은 박탈감이고 깊은 상처다. 다른 세상에 대한 향수이기도 한데, 하필 그 세계는 전생처럼 아득하다. 결핍을 느끼는 대상은 저마다 다르지만, 그 구체적인 욕망 하나하나는 결국 지구에서의 삶 전체를 대표한다. 화성에 오지 않았다면 느끼지 않았을 그리움이니까. 그걸 견디는 것 또한 화성인의 피할 수 없는 숙명이기는 했다.

첫 번째와 두 번째 저녁 식사 사이에(문케이크에서는 하루에 다섯 끼를 먹는다!) 김파랑은 이사이를 붙들어 앉혔다.

"사이야."

"헉, 부담스럽게 왜 그러세요, 목소리를 다 깔고?"

"간장게장을 원해?"

이사이는 선배의 두 눈을 빤히 들여다보다가 가만히 고개를 끄덕였다. 김파랑이 진지한 목소리로 다시 물었다.

"정말로 원해?"

"원합니다! 잊어야겠지만."

"그럼 하나만 더 해보자. 꺾일지 말지는 그 후에 정한다, 알 겠지? 다음 출장지는 마르테야. 중간은 다 건너뛸 거야. 머니 까 운전은 네가 하고. 팀장 결정이니까 자네는 무조건 따르도 록. 오케이?"

며칠 후 두 사람은 커다란 바퀴가 달린 차를 타고 화성 북 반구에서 제일 큰 도시로 향했다. 마디에는 모래 폭풍 철이 되기 전에 마르테에서 들어온 요청을 먼저 처리하기 위해 출 장 순서를 바꾸겠다고 둘러댔다.

아무리 고장 안 나기로 유명한 차종이라도 장거리 운전은 되도록 하지 말라는 게 행성정부의 권고였지만, 엔지니어가 둘이나 타고 있으니 크게 걱정할 건 아니었다. 문케이크 자치 정부도 그 점을 고려했는지 별 고민 없이 장거리 여행을 선뜻 허가해주었다. 사막 한가운데에서 차가 멎어도 엔지니어니까 알아서 살아남으라는 말이었다.

길은 멀고 행성은 둥글었다. 길에는 구경거리가 하나도 없 었다. 도로도, 휴게소도, 표지판도 없지만, 아직 탐사가 안 된 지역으로 차를 몰아서는 안 됐다. 그래서 장거리 운전은 우 주여행만큼 지루했다.

"화성 정치판은 컬링이야."

김파랑이 조수석에 삐딱하게 앉아서 목소리를 잔뜩 깔고 말했다.

"얼음판에 돌 밀어서 튕겨내는 그 컬링이요?"

"그래. 서로 하나씩 돌을 던져서 맨 마지막에 표적 제일 안쪽에 놓여 있는 돌 개수로 점수를 세는 스포츠지. 상대방보다 중심에 가까운 돌까지만."

"그런데 갑자기 그 이야기는 왜?"

"들어봐. 지구에서 화성에 돌을 던지는 주기가 대략 26개월에 한 번이야. 두 행성이 제일 가까워지는 시기지. 돌을 밀어 보내는 지점과 표적 사이가 엄청나게 멀어서 이때가 아니면 기회도 없어. 재밌는 건 이때마다 지구에서 누가 온다는 거야. 너나 나 같은 사람도 오지만 정치판을 보면 더 희한해. 제일 높은 사람이 매번 새로 오거든."

"제일 높은 사람이요?"

"이제껏 화성에 있던 그 누구보다 더 큰 결정권을 가질 사람이 온단 말이야. 더 이상한 게 뭔지 알아? 26개월 뒤에는 심지어 앞에 왔던 그 사람보다 더 높은 사람이 온다? 왜 이렇게 하는 걸까?"

"화성에서 정치인들이 뭔 짓을 하든 지구인들이 주도권을 잡으려고요?"

"그렇지. 의외로 말이 쉽게 통하네. 컬링에서는 이걸 버튼 드로(button draw)라고 해. 표적 맨 가운데 작은 원을 버튼이라고 부르거든. 그 전에 미끄러져 온 열다섯 개의 돌이 표적 위에 어떤 형태로 놓여 있든, 맨 마지막 사람이 보낸 돌 하나가 이 버튼에 안착하기만 하면 그 사람이 점수를 챙겨 가는 거지."

"지구 사람들이 세트마다 그 버튼 드로를 하는 거군요! 뭐라 그러죠, 컬링에서 한 세트?"

"엔드."

"맞아요, 엔드. 그래서 화성에서는 낙하산을 버튼 드로라고 부르는 거였어. 이제 알았어요."

"옛날 옛적에 건너온 캐나다 사람들이 붙인 용어래. 거기 컬링이 국민 스포츠잖아. 버튼 드로라고 붙여서 부르는 건 한국식 표현이어서 좀 의심스럽지만."

"음, 그럼 어떻게 되는 건데요? 당장 26개월 전에 온 최고 권력자는?"

"그 이야기를 하려는 거야. 실제로 버튼 드로가 어떤 방식으로 돌아가냐면, 분야마다 최고 결정권이 있는 위원회가 신설돼. 지구에서 새로 온 사람이 위원장이 되고. 보통은 위원도 과반수가 같이 오지. 물자나 인력이 다 지구에서 오니까 별수 없어. 화성 행성정부는 되도록 견제해보려고 하지만 그래도 화성 쪽 위원이 과반은 못 넘지. 그런 위원회가 지층처럼 쌓이는 거야. 위원회 위에 위원회가 생기고 그 위에 또 위원회가 생기고, 그렇게 반복돼."

이사이가 그 말을 듣고 생각에 잠겨 있다가 김파랑에게 물었다.

"모든 분야가 다 그래요?"

"좀 영향력 있다 싶은 거의 모든 분야가 그래. 행관위 같은 행성정부 조직은 원래 우리 거니까 이야기가 전혀 다르고."

"그럼, 생태계 운영본부나 미래식량자원 구성위원회도요?"

"역시! 뭘 물어야 하는지 안다니까. 생태계 쪽도 식량자원 쪽도 이름이 조금씩 바뀌면서 위원회가 계속 누적돼. 그런데 최고 결정권을 가진 위원장이 외합쯤 되면 말이야, 그러니까 지구와 화성이 제일 멀어지는 시간쯤 되면, 지위가 좀 모호해져요. 지금 당장은 자기가 제일 윈데, 빤히 보이잖아, 곧 새 사람이 올 상황인 게. 그래서 슬슬 연합전선을 만들고 싶어지는 거야."

"누구랑요? 화성인들이랑요?"

"그래. 반년 전까지만 해도 토착 세력이라고 부르며 견제하던 사람들이랑. 이 사람들 세계에서 자기보다 먼저 온 사람은 다 토착 세력이거든. 그런데 좀 많지. 계속 쌓이고 있으니까. 이 토착 세력이 모여서 새로 날아올 돌의 권한 행사를 제한하는 장치를 하나씩 만들어. 그것 때문에 전에는 한 엔드에 4점씩 따 가던 지구팀 대표들이 점수를 조금씩 잃는단 말이야. 그래도 3점씩 가져갈 때까지는 그러려니 했는데, 2점씩밖에 못 가져가는 시대가 되니까 차츰 웃음기가 사라지더니, 요즘은 거의 1점씩밖에 못 챙겨 가는 눈치거든."

"그럼 뭐예요? 더 가면 0점도 되는 거예요?"

"그때부터 토착 세력이 1점을 가져가는 거지. 스틸 엔드라고 하는데, 행성정부 전략이 그거야. 모든 분야에서 역으로 1점씩 따는 거. 이게 자립의 시작이겠지. 요즘 식재료 분야가 거의 그 상황인데 말이야."

이사이가 눈을 반짝였다.

"그래요? 그럼 빈틈이 있는 거네요. 파고들 수 있어요? 지금 위원장 공식 입장이 뭔데요? 누구랑 어떻게 연합하는 거예요? 해양 생물 도입을 지지하는 세력도 있나요? 지구 섬나라 출신들 같은? 미래 식자재 도입 장기 계획도 아예 확정된 게 아니고 잘하면 바뀔 수 있겠네요. 와, 저 지금 더 밟아도 돼요? 그런데 마르테가 이 방향 맞아요?"

이사이가 질문을 연달아 쏟아냈다. 그때서야 김파랑의 얼굴이 환하게 펴졌다.

"좋아! 기사 양반, 일단 밟읍시다! 자동 운전 모드지만."

마르테는 투명한 돔으로 덮인 도시였다. 지구 기준으로는 촌락 정도겠지만 화성 기준으로는 메트로폴리스였다. 돔이 있다는 건 대기를 가두어두었다는 뜻이고, 건물과 건물 사이를 오갈 때 헬멧을 쓰지 않아도 된다는 의미이기도 했다. 또한 대기압이 높아서 꽉 조이는 활동복을 입을 필요도 없었다. 우주선 오벨리스크로 상징되는 화성의 스카이라인과는 전혀 다른, 신라 고분처럼 눈에 거슬리지 않는 편안한 곡선이 멀리서 보기에도 안정감을 자아냈다.

두 사람은 돔 아래 깔려 있는 크라켄 배설물 앞에 차를 세웠다. 저 멋진 구조물을 설치하면서 바닥 정리도 안 했다니, 정말 한숨밖에 안 나오는 그림이었다. 그 건물을 해체하려면 돔을 채운 공기가 빠져나가지 않도록 우선 돔 안쪽에서 그 주변을 밀폐한 다음, 건물을 해체한 후 돔을 똑같은 재질로 연장해서 건물이 있던 빈자리를 메워야 했다. 맨 마지막에 밀폐한 구조물을 철거하는 것까지가 표준 공정이었다. 시간이 꽤 오래 걸릴 거라는 의미였다.

이사이는 공사를 진행하면서 미래식량자원 구성위원회 출석을 준비할 계획이었다. 둘은 차량과 장비 점검을 마치자마자 위원회 건물을 찾아가 '민원인 직접 청구'를 신청했다. 밤 늦게까지 자리를 지키고 있던 행정 직원이, 처음 보는 사람이 단말기로 써서 제출한 신청서를 들여다보며 물었다.

"식용 도입을 요청하는 동물이 그러니까, 뭐라고요?"

"꽃게요. 학명도 써놨어요. 목적은 간장게장용이고요."

직원이 고개를 갸웃하더니 곧 웃음 띤 얼굴로 인사를 건넸다.

"음, 뭔지 모르겠지만 아무튼 행운을 빕니다."

응원하는 표정은 확실히 아니었다. 예의 바른 코웃음에 가까웠을지도 모른다.

첫 출석은, 안건의 요지와 신청인의 신분을 확인하는 게 다였다. 위원장은 신경질적으로 보이는 백인 중년 남자였는데, 원래부터 식욕이 없는 건 아니지만 상황이 여의치 않으면 식욕부터 미련 없이 포기해왔을 것 같은 얼굴을 하고 있었다. 선발 과정을 거친 화성인은 아무도 까탈스럽지 않으므로, 신경질적인 인상은 곧 그가 '버튼 드로'라는 표지이기도 했다. 과연 버튼을 깔고 앉은 최후의 스톤처럼, 위원장은 들썩이지도 않고 묵직하게 위원장석을 지켰다.

이사이가 다섯 명의 위원과 열 명 남짓한 방청객 앞에서 신분을 확인받는 동안 위원장은 서류를 빤히 들여다보다가 가끔 눈을 들어 이사이의 얼굴을 살폈다. 인상이나 표정은 무시하고 얼굴 모양이 서류의 사진과 같은지만 확인하는 눈초리였다. 한참 후 그가 먼저 사무적으로 말했다.

"전통 음식 항목으로 신청하셨군요."

"예."

그것은 김파랑의 전략이었다. 위원장은 지구에서 부여받은 국적과 문화적 정체성을 화성에 와서까지 고수하려는 정치 집단과 연합할 방법을 찾고 있다고 했다. 이사이나 김파랑이 딱히 그런 부류는 아니지만, 지금은 '지구국적주의자'의 논리로 접근하는 편이 간장게장을 어필하는 데 가장 유리할 거라는 조언이었다.

"신청인은 공사를 위해 파견 중이시군요. 다음 출석 일정이 잡힐 때까지 시간이 오래 소요될 수 있는데, 마르테에 머무는 기간은 충분합니까?"

"충분합니다."

"좋습니다. 유유송 씨가 재청인인 청구라니, 흥미롭네요. 자세한 청구 사유는 다음 정기 회의 때 자세히 들어봅시다. 다음 분?"

정말로 재미있겠다는 말은 아닌 것 같았지만, 일단 첫 관문은 통과한 모양이었다.

한참 후에 잡힌 신청인 소명 날에는 다른 안건 신청인이 같이 있지 않았으므로 자연스레 방청객도 따로 없었다. 위원장을 포함한 다섯 명의 위원이 길게 이어 붙인 테이블에 나란히 앉아 있었고, 맞은편에 놓인 작은 탁자 너머에서 이사이가 홀로 그들을 마주했다. 위원들이 서로 간격을 멀리하고 앉아 있는 통에 오른쪽 끝에서 왼쪽 끝까지가 한눈에 들어오지 않았다. 위압감을 주는 자리 배치였다.

슬쩍 뒤를 돌아보자 참관인으로 따라온 김파랑이 편안한 얼굴로 이사이를 바라보았다.

마침내 소명 청취가 시작되자 우선은 긴 침묵이 이어졌다. 우주처럼 긴 침묵이었다. 그러다 갑자기 위원장이 거두절미하고 이사이에게 물었다.

"게살 맛이 나는 합성 단백질 식품이 보급되어 있는 건 아시죠?"

이사이는 순간적으로 말문이 막혔다. 아무 맥락 없이, 심지어 인사조차 생략하고 궁금한 것부터 일방적으로 묻는 식의 대화는 화성에 온 이후로 거의 겪어본 적이 없는 탓이었다. 그 질문이 나올 순서와 맥락을 머릿속으로 재빨리 따져본 후 이사이가 차근차근 대답했다. 갑자기 튀어나와서 그렇지 답하기 까다로운 질문은 아니었다.

"게살 맛 단백질 다발이 재현하는 건 가열해서 익힌 게살의 질감이지 간장게장의 식감은 아닙니다."

위원장이 위쪽으로 눈을 굴리더니 곧 다음 질문을 이어 갔다.

"안 익힌 살의 식감을 원하신다는 의미인가요?"

"그렇습니다."

"그럼 이 요리는 스시 같은 겁니까? 간장게장. 제가 맞게 발음했나요?"

"정확하게 발음하셨습니다. 간장게장은 스시와는 다릅니다. 살아 있는 수생생물의 살을 채취한 후 짧은 시간 안에 먹는 음식은 아니니까요. 그보다는 간장과 향신료를 함께 끓여 식힌 소스에 재료를 장시간 숙성해 먹는 음식이라고 보시면 됩니다. 조리법은 사람마다 조금씩 다른데……."

위원장이 단말기에 시선을 고정한 채 이사이의 설명이 길어지는 것을 차단했다.

"조리법은 제출하신 것과 동일하지요? 여러 버전을 제출하셨네요. 유유송 씨의 화성식 변형 레시피도 있고. 주재료만 있으면 화성에서도 구현 가능하다는 취지이지요? 다 봤으니 다시 읽으실 필요는 없습니다. 요지는, 날것으로 먹는 건 아니지만 가열해서 익히는 방식도 아니므로 현재 행성 전역에 보급된 직선형 합성 단백질 다발로는 대체가 안 된다, 맞습니까?"

"그렇습니다."

다시 침묵이 이어졌다. 이사이는 그런 공백을 견디지 못하는 편이었지만, 위원장이 침묵을 원하는 한 누구도 그 정적을 훼손할 수 없었다. 침묵과 초조함은 위원장의 편이었다. 무언가 튀어나올 것만 같은 무거운 적막. 아니나 다를까 한참 뒤에 위원장의 입에서 나온 말은 이사이가 방어하기 가장 까다로운 주제였다.

"동물 종의 도입은 극히 제한되어 있다는 사실을 잘 아시죠?"

"물론입니다."

"그중에서도 수생생물은, 또 그중에서도 해양 생물은 더 까다롭고요. 대형 수조에 인공 바다를 만들어야 하니까요. 건축에 대해서는 저보다 잘 아시겠지만."

"어렵죠."

그때였다. 그 대답을 기다렸다는 듯 위원장이 갑자기 들고 있던 단말기를 테이블 위에 집어 던지듯 내려놓더니, 팔짱 낀 팔꿈치에 몸을 기대며 지금까지와는 다르게 꽤 감정적이고 신경질적인 톤으로 목소리를 바꿨다.

"신청인, 솔직히 말하죠. 이건 누가 봐도 불가능한 청구 아닙니까?"

"예?"

"인공 바다가 필요한 동물 종을, 그것도 순수 식용 목적으로 도입하자니, 제가 이걸 무슨 수로 받아들입니까? 방금 말씀하셨듯이 현실적으로 어려운 거 다 아시잖아요. 그런데 이건 뭐죠? 우리 위원회가 한가해 보입니까? 그리고 이 청구 유형은 또 뭡니까? 전통 음식이라고 주장하면 유리해집니까? 내 정치적 입장이 이래서요? 그런데 이건 신청인 출신 문화권의 대표 음식도 아니지 않습니까?"

이례적인 일이었다. 함께 보고 있던 위원들도 내심 동요하는 눈치였다. 버튼 드로가 엉덩이를 움직이다니! 한참이나 말을 쏟아냈는데도 기류가 그대로 이어지자 위원장은 한층 더 열을 올리며 속에 있던 말을 끄집어냈다.

"절차에 따라 진행은 하고 있지만, 정말이지 이런 식의 청구는 화가 납니다. 이 청구 서류를 읽는 내내 조금씩 오래 화가 치밀었어요. 여기는 화성이에요. 먹고 싶은 걸 다 내놓을 순 없습니다. 풍요와는 거리가 먼 데니까요. 주어진 자원은 적고 해야 할 일은 많습니다. 여기서는 포기하는 것도 공동체에 기여하는 일이에요. 그러니까 제 말은 화성 문명의 건설자로서 사명감을 가지시라는 겁니다. 모두가 많은 걸 포기하고 살잖아요. 제발 현실을 직시하세요."

이사이는 위원장이 우주선 벽처럼 딱딱하게 말한다고 느꼈다. 금속 같은 태도로. 벽지를 바르지 않은, 가볍고 단단하기만 한 표면의 질감으로. 이 바람이 그렇게까지 잘못된 걸까? 이사이의 호리호리한 어깨가 움츠러들었다.

화성에서는 폭풍 한가운데 서 있어도 모래바람이 보드랍고 감미롭다. 그 안에서 살아서 그런지 화성 사람들은 다 그런 식으로 말한다. 말에 칼을 실어 던지는 사람은 없다. 안 그래도 화성에서의 삶은 거칠고 까끌까끌하니까.

이사이는 자기도 모르게 고개를 숙였다. 고운 모래로 덮인 화성의 대지 위에 서 있기라도 한 듯. 발에 밟히는 모래를 내려다보기라도 하는 듯. 발아래는 깨끗하고 먼지 한 톨 없었다. 우주선 벽처럼 매끈한 바닥. 약해질 계획은 아니었는데, 다 예상한 공격이었는데, 직접 들으니 이상하게 눈물이 핑 돌았다. 그게 화가 났다. 파란 행성의 권위에 눌려서만은 아닌데, 무언가를 부정당했기 때문인데, 그게 뭔지는 콕 집어낼 수 없었다.

'다 끝났어. 괜히 먼 걸음 했네.'

그때, 뒤에서 헛기침 소리가 들렸다. 뒤를 돌아보자 김파랑이 어깨를 가볍게 터는 시늉을 했다. 힘 빼. 할 수 있어. 김파랑이 입 모양으로 말했다. 소리는 나지 않았지만, 눈으로만 봐도 한국말이었다.

"이 모든 조건을 상쇄할 이유가 있습니까? 없으면 이만 각자의 임무로 돌아가시죠."

위원장이 마음을 추스를 틈을 주지 않고 스테인리스스틸처럼 말했다. 저 말은 참 차갑다, 라고 이사이는 생각했다.

'나는 정말 할 수 있을까?'

이사이는 자세를 고쳐 앉았다. 아니, 살짝 비틀어 앉았다. 화성에서 재배한 깻잎을 맛보던 순간을 떠올리며 이사이는 깻잎 한 장처럼 대답해야지, 라고 생각했다.

"밥도둑이에요."

그래서 나온 말은 퍽 이상하고 맥락 없는 말이었다. 이사이가 공용어로 "라이스 시프(rice thief)"라고 말했기 때문에 위원장에게는 한층 더 이상하게 들렸다. 위원장은 갑자기 말문이 막혔다. 그는 논리적이지 않은 반격 앞에서 늘 박자를 잃는 사람이었다.

처음으로 침묵이 이사이의 편이 되었다. 화성의 모래 폭풍처럼 별로 위협적이지도 않은 바람이었지만, 그래도 방향이 바뀌었다는 건 알 수 있었다.

"도둑이라고요?"

위원장이 도로 목을 집어넣으며 어정쩡한 자세로 물었다.

"밥도둑이라고 합니다. 너무 당연해서 굳이 이야기하는 사람도 별로 없었겠지만, 한국인의 소울푸드는 사실 밥인데요, 그걸 순식간에 없애버려요." 이사이의 목소리가 떨렸다.

"잠깐만요, 그 간장게장이 조리한 쌀을 훔쳐 간다고요? 그게 무슨 말이지요?"

붉은 모래바람에, 위원장의 금속성 벽이 조금씩 풍화되는 게 느껴졌다.

"사실 훔치는 건 저죠. 간장게장이 훔쳐 가라고 강력하게 사주하는 건데요, 저는 저항할 수 없을 뿐이에요."

정말 앞뒤가 없는 말이었다. 위원장이 부지런히 머리를 굴리더니, 등받이에 몸을 기대고 양옆에 앉은 위원들을 돌아보았다. 위원들도 무슨 말인지 못 알아듣는 눈치였지만, 모두 이사이의 다음 말을 기다리는 듯 신청인석을 차분하게 바라보고 있었다. 신청인 뒤에 앉은 김파랑이 신청인의 말에 공감한다는 듯 고개를 끄덕였다. 위원장은 화성의 미풍에 떠밀리듯 다음 질문을 던졌다.

"이사이 씨가 식량을 축낸다는 의미입니까?"

이사이가 실소를 터뜨렸다. 이사이의 목소리에 조금 자신감이 붙었다.

"그건 밥벌레고요. 밥도둑은 찬사예요. 위원장님, 들어보세요. 한국인에게 식사를 한다는 건 밥을 먹는다는 거예요. 한국어로는 진짜로 밥을 먹는다고 말해요. 파스타를 먹었어도 밥을 먹었다고 한다고요. 요리마다 이름이 붙어 있지만, 그건 사실상 밥을 무엇과 같이 먹는지를 표시하는 거예요. 누가 된장찌개를 먹었다고 하면 밥을 된장찌개라는 이름의 스튜와 함께 먹었다는 말이죠. 동시에 먹는 게 아니라면, 다른 음식을 먹고 남은 소스에 밥을 볶아 먹기라도 한다고요. 국물이 있는 음식이면 그 국물에 밥을 말아 먹고, 그러기 어려우면 밥을 푹 끓여서 죽이라도 만들어 먹어요."

위원장의 머릿속은 화성의 거대한 모래 폭풍 속을 헤매듯 막막해졌다. 그래서 뭐가 어쨌다는 거야?

"그러니까 결국 밥만 있으면 된다는 말처럼 들리는데요. 밥은 여기에서도 이미 흔하지 않습니까? 그럼 뭐가 문제죠?"

"아니죠!" 이번에는 이사이가 오히려 목소리에 힘을 주어 말했다. 이제는 바뀐 기류에 완전히 몸을 맡긴 듯했다. "밥은 빈 캔버스죠. 캔버스만 보고 그림을 봤다고 하지는 않잖아요. 하지만 캔버스가 없으면 그림도 없어요. 모두가 캔버스에만 그림을 그리거든요."

"정말로 그런가요?"

위원장이 김파랑 쪽을 바라보며 물었다. 김파랑은 동의의 뜻으로 크게 고개를 끄덕였다. 다시 위원장이 이사이에게 물었다.

"그럼 그 밥도둑이라는 개념도 거기에서 유래한 겁니까?"

"맞아요. 비유하자면 밥도둑은 기가 막히게 신나는 그림을 말하는 거예요. 그 그림이 그려지기 시작하면 캔버스 하나가 금방 다 차버리겠죠. 그것처럼 밥 한 그릇이 언제 사라졌나 싶게 뚝딱 먹어치울 수 있는 음식이 밥도둑이에요."

"그러니까 그……, 간장게장은 그중에서도 유독 특별한 밥도둑이라는 거고요?"

"당연하죠!" 이사이는 영혼 깊숙한 곳으로부터 북받쳐 오르는 열정 비슷한 것을 느꼈다. 그리고 그 뜨거운 무언가를 고스란히 말로 토해냈다. 이게 왜 여기서 끓어오르는 걸까 의아해하면서. "그냥 밥도둑이 아니라 가장 위대한 밥도둑이죠. 간장 소스에 잠겨서 숙성된 꽃게 살은 동물의 근육이 아니라 반쯤 젤리 같은 상태가 돼요. 액체의 촉감을 지닌 고체 느낌으로. 첫 느낌은 차갑지만 촉촉하고 부드러운 동물성 두부처럼 되는 거죠. 간장에 숙성한다고 무조건 짜게 만드는 게 아니에요. 간만 된 정도고, 오히려 담백하고 비어 있는 맛이죠. 거기에 알집이 더해지면 맛의 층위가 한층 복잡해져요. 어느 하나가 압도적으로 도드라지지 않을 만큼 풍미가 섬세해서 아주 살짝 단맛이 느껴지기도 하는데, 분명히 말하지만 그렇게 단순한 맛은 아니에요. 혀로만 온전히 느낄 수 있는 맛도 아니고요. 입안의 촉각을 다 써서 받아들여야 하는데, 그래서 풍성한 느낌이 들어요. 입안을 가득 채우니까요. 그게 밥과 섞인다고 상상해보세요. 와, 상상해버렸어! 화성 밥 말고 한국이나 일본식 쌀로 제대로 지은 밥이요. 정신 차리고 보면 정말로 밥이 증발해 있거든요. 먹은 기억이 없는데 밥이 사라져버려요. 감쪽같이 소매치기를 당한 것처럼요. 더 기가 막힌 게 뭔지 아세요? 보통 게장은 꽃게를 반으로 잘라서 살을 먹는데, 이걸 자르기 전에 등딱지를 먼저 떼어내요. 등딱지에 붙어 있는 내장을 긁어낸 다음 아예 이걸 그릇 삼아 밥을 비벼서 먹는데, 내장의 깊은 맛이 어우러져서 그보다 완벽한 소스가 없어요. 밥이라는 음식이 진정으로 완성되는 건 아마 그 순간일 거예요. 감히 말씀드리자면, 화성에서 밥은 아직 완성된 적이 없습니다. 간장게장이 존재한 적이 없기 때문에요."

이게 뭔 말이야, 라고 이사이는 생각했다. 이렇게 뜨거운 가슴으로 부르짖을 말이었냐고.

거기까지 들은 위원장은 잠시 이사이의 말을 멈추고 좌우의 위원들을 불러 모았다. 무언가를 상의하는 모양이었는데, 아마도 이사이가 제기한 밥도둑 이론을 어떻게 받아들일지에 관한 논의인 듯했다. 잠시 후 위원들이 제자리로 돌아간 뒤 위원장이 느릿느릿하게 논의 결과를 전했다. 이사이는 위원장이 자기 리듬을 죽이려고 일부러 목재 같은 질감으로 말한다고 느꼈다.

"이사이 씨, 저희 위원들은 조금 전 설명이 도저히 상상이 안 되네요."

"다들 입 짧은 문화권에서 오셨으니까 그렇죠."

이사이가 다시 깻잎처럼 포문을 열자 위원장이 당황하며 물었다.

"예?"

"안 먹는 게 워낙 많은 문화권에서 오셨잖아요. 문어도 안 먹고 골뱅이도 안 먹고 해조류는 다 해초라는 단어 하나로 뭉뚱그려서 부르시죠? 실은 저도 출신지와 관계없이 개인적으로 여러분과 비슷한 부류여서 제가 지금 왜 이렇게까지 먹는 걸 가지고 열을 내고 있는지 모르겠는데요, 결과적으로 이렇게 됐어요. 이 행성이 저를 나락으로 밀어 넣은 것만 같아요. 화성인이 됐다고요."

이사이는 거기까지 말한 다음 호흡을 가다듬었다. 틈이 길었지만 다섯 위원 중 아무도 끼어드는 사람이 없었다. 이사이가 계속 이어가도 되는 분위기였다.

"아무튼 제 논거는 이거예요. 제 머릿속에는 확실한 이미지가 담겨 있는데, 여러분 전원이 무슨 맛인지 상상할 수 없다는 거. 그래서 결국 말로 전할 수가 없다는 사실. 여러분은 여러분이 그 맛을 온전히 이해하고 나서야 전통 음식인지 아닌지 판단할 수 있을 거라 믿고 계시겠지요? 하지만 여러분은 절대 이해 못 할 거예요. 밥도둑이라는 건 어떤 문화권에 속한 사람들이 평생에 걸쳐 체득한 직관이거든요. 거꾸로 말하면 여러분 다섯 명의 경험을 초월하는 감각이기 때문에, 간장게장이라는 이 위대한 밥도둑이 제가 지구에서 속해 있던 집단의 고유한 음식 문화라는 이야기 아니겠어요? 이게 제 발언의 요지입니다."

이사이의 얼굴이 발갛게 상기됐다. 위원장은 완전히 말문이 막힌 듯 으어어 하는 소리를 내다가 입을 다물어버렸다. 하얀 얼굴이 왠지 더 창백해 보였다. 이러면 이긴 걸까? 이긴다는 게 뭐지? 이사이는 이제 자기가 무슨 소리를 하고 있는지 하나도 모르겠다고 생각했다. 뒤를 돌아보자 선배가 어깨를 으쓱했다. 역시 잘 모르겠다는 의미였다.

'이런다고 간장게장이 생기는 건 아니잖아. 내가 한 건 사적 욕망을 끄집어내서 공적 기관 앞에 자세히 전시한 것뿐인데. 본질적으로 이건 크라켄 배설물 같은 거라고. 그런데 왜 기분이 상쾌하지? 해결된 건 사실 아무것도 없는데? 아, 너무 똥 같은 말이어서 그런가? 알고 보니 내가 바로 그 크라켄이었던 걸까? 나는 욕망의 우주 괴물이다, 크왕! 하지만 고모, 고모가 뭘 알아요? 이게 바로 화성인이라는 인종이에요. 당장은 가진 것은커녕 먹을 것도 없지만 언젠가는 우리가 이 행성을 가득 채울 거라고요!'

급기야 이사이는 자리에서 벌떡 일어나 위원장에게 이렇게 소리치고 말았다.

"그러니까 좀 포기하라고 하지 마세요! 우리는 계속 원하고 싶은 걸 원할 거예요! 줄 수 없으면 줄 수 없다고 해도 좋지만, 원하지 말라고 할 권리는 아무한테도 없잖아요. 그냥 이게 화성의 삶이라고요!"

하얗게 불타오른 밤. 이사이는 밤새 잠을 이루지 못했다. 별 이상한 일로 예상치 못한 모험을 하느라 너무 열을 낸 탓이었다. 밥도둑론이라니, 딱히 밥을 좋아하지도 않았는데 말이지. 선배가 코치해준 것도 아닌데, 어디서 갑자기 그런 게 튀어나왔나 몰라.

속은 후련했지만 역시 청구에 성공할 것 같지는 않았다. 화성에서는 아무도 그런 식의 승리를 가져갈 수 없었다. 발을 뻗고 편안히 잠들 수 있는 궁극적인 승리 같은 건.

'식욕은 잔인한 게 맞아. 집착하지 않을 수 있다면 그게 나은 삶인 것도. 차라리 그레고르 잠자가 낫지. 위원장님 말씀처럼 간장게장 따위는 참고 그 자원으로 이런 돔을 올리는 게 진짜 문명 아닌가? 괜히 시비 걸었어. 아, 부끄러워. 또 뼈를 드러냈네, 외골격 우주 괴물처럼. 이 부끄러운 뼈조차 내다 버리면 내가 진짜 크라켄이 되는 거겠지?'

이사이는 맨바닥에 드러누워 돔 너머에 펼쳐진 밤하늘을 바라보았다. 야외였지만 헬멧도 필요 없고, 실내복만 입고 있어도 충분했다. 돔은 그대로 천구가 되고, 이사이는 우주의 중심에 드러누운 것 같았다. 화성의 두 달 중 더 낮은 궤도를 도는 달이 돌아볼 때마다 성큼성큼 동쪽으로 달아나 있었다. 공전 속도가 화성의 자전 속도보다 빨라서, 그만 서쪽에서 떠서 동쪽으로 지고 마는 성질 급한 위성이었다. 화성의 우주에서 유일하게 반대 방향으로 도는 천체.

'혹시 내가 저런가?'

하지만 등에 닿는 지면의 단단함과 귓속에 직접 울리는 천연 중력의 묵직함이 이사이의 마음을 한껏 편안하게 붙들어

맸다.

'뭐, 그럼 좀 어때서.'

해 뜰 시간을 한 시간쯤 앞두고, 오소부코 꿈을 꾸다 잠이 깬 김파랑이 휴게실을 어슬렁거리다 우주 거미처럼 누워 있는 이사이를 발견하고 그쪽으로 다가갔다. 이사이가 발소리를 알아듣고 김파랑 쪽으로 돌아누웠다.

"선배, 저 좀 미친 것 같지 않아요? 뭐 좋은 게 있다고 여기까지 온 걸까요?"

"화성 말이야? 아니면 마르테?"

"글쎄요, 둘 다?"

"잘 모르겠지만, 너 좀 미친 건 맞아."

"에, 위로해줄 줄 알았는데."

"하지만 그래서 재미있지 않니? 모름지기 친구에는 만물의 운행을 거스르는 물체가 하나쯤은 있어야지."

"오, 역시 최고!"

김파랑은 만면에 흐뭇한 미소를 떠올리고 서 있다가 문득 깨달은 듯 한마디를 덧붙였다.

"가만, 역주행하는 건 하나면 족한데, 나는 어쩌다 여기까지 와 있는 걸까?"

"와, 자기가 다 부추겨놓고!"

"그랬나? 헤헤헤."

청구는 결국 받아들여지지 않았다. 이사이도 사실 큰 기대는 하지 않았다. 행성 생태 전문가의 눈에 인공 바다는 쓸데없이 비싼 데다 잔인하기까지 한 해양 생물 전용 수용소로 보일 테니까.

마디 정착지 건설팀 듀오는 그해 내내 북반구 전역을 돌아다니며 도시 외벽에 들러붙은 크라켄 배설물을 제거했다. 초기 화성 정착지를 습격한 무시무시한 우주 괴물 이야기는 외합 축제의 유래를 설명하는 설화로 변형되어 오래오래 행성 전역에서 구전되었다. 김파랑과 이사이는 자신들도 모르는 사이에 혀 콘돔을 공유한 적이 몇 번 있었지만, 특별히 의미 부여를 해야 할 사건은 아니었다. 단지 비밀스러운 욕망을 서로에게 들키지 않았을 뿐이다.

다음 해 여름에 미래식량자원 구성위원회가 미래 식자재 도입 계획을 업데이트했다. 맨 아래까지 목록을 훑어보던 이사이는, 새로 생긴 '30년 이상' 항목에서 반가운 이름을 찾아냈다. 꽃게였다. 물론 화성 시간으로 30년이면 사실상 아무 의미도 없는 약속이었다. 이사이 본인이 아직 살아 있을지 벌써 죽어버렸을지조차 알 수 없는 막연하고 추상적인 시간이었으므로.

그래도 이사이는 생각했다. 최소한 아예 꿈도 꾸지 말라는 건 아니잖아,라고. 당장은 그걸로 족한 행성의 짤막한 하루였다.

행성봉쇄령

사이클러 '큰 순환'의 수석 트레이너 정우연은, 지구-화성 비행의 숨겨진 골칫거리인 '작은 순환' 문제를 자주 떠올렸다.

'여기는 우주선 이름이 너무 노골적이야. 넓어서 좋은 건 사실이지만.'

과학자들은 행성 간 비행의 기술적인 문제에 관해 자세히 이야기하는 것을 좋아한다. 하지만 그 우주선을 이용하는 승객의 여행 경험에 관해서는 대충 얼버무리는 경향이 있다.

행성 사이를 오가는 모든 우주선은 저마다 작은 생태계를 이룬다. 물과, 공기와, 식량과, 그 사이에 놓인 사람. 이 생태계에서 기계는 인간을 거치느라 발생한 노폐물을 여과해서 다시 쓸 수 있는 물질로 바꾸는 역할을 한다. 다시 말하면 화장실로 나간 물이 얼마 후 식당으로 들어간다는 뜻인데, 기술자들은 이 이야기를 길게 하지 않는다. 상상이 조금만 길어져도 구역질이 나기 때문이다.

'크든 작든 생태계가 다 그렇긴 하지, 이론상.'

'작은 순환'은 정겹고 건강한 표현이지만 우주를 건너본 사람이 카페 이름으로 고를 표현은 절대 아니다. 지구에서 화장실을 나간 물은 보통 온 세상을 다 돈 다음에나 주방으로 돌아온다. 그런데 우주선 생태계를 순환하는 물은 들렀다 올 세계가 따로 없다. 하다못해 작은 마을 하나도 찾을 도리가 없다. 다른 곳에서 온 물과 섞이지 않고 한자리를 계속 맴돈다는 의미다.

완전히 고립된 생태계를 이루며 폐쇄 순환 하는 5인승 우주선을 타고 화성으로 간다는 건, 나와 세상을 구성하는 모든 물질이 함께 탄 다른 네 명의 배설기관과 입에 여덟 달 동안 쉬지 않고 오르내린다는 뜻이다. 그렇게 화성에 도착한 '우주선 동기'들은 지구인은 감히 상상도 못 할 애증의 네트워크를 형성한다. 동지애도 아니고 가족애는 더더욱 아닌, 다시는 얼굴도 보고 싶지 않지만 부탁받은 건 절대 거절할 수 없는, 화성 사회 전체에 깊이 뿌리내린 부정과 부패의 끈적한 근원.

정우연은 나나의 언니인 차서림 교수의 강연 영상을 떠올렸다.

"물질만 순환하는 게 아니라 감정도 순환합니다. 누군가 배설한 감정이 흩어질 공간이 없거든요. 제가 타고 온 우주선에서는 조종사가 부르던 노래를 의사가 3개월 동안이나 따라서 흥얼거렸어요. 무려 90일이나요. 그 사람이나 듣는 저나 아주 미칠 지경이었죠. 우울도, 불안도, 좌절감도 마찬가지예요. 오늘도 지구인들의 동심을 한번 파괴해볼까요? 그런 데서는 사랑이 피어날 여지가 없어요. 작은 우주선에서 피어나는 로맨스라니, 그런 건 지구 드라마에나 나오는 거예요. 좋은 면과 안 좋은 면을 가려서 드러낼 공간이 없으니, 애정은 욕구가 되고 공감은 폭력이 됩니다. 다 배설이죠. 누군가가 배설한 감정은 그 작은 세계를 다섯 달쯤 떠돌아다닙니다. 그게 작은 순환이에요."

그에 비하면 큰 순환 같은 사이클러는 거의 크루즈에 가까웠다. 승객 정원 103명에 승무원이 30명 이상인 커다란 행성간 궤도 순환선. 인파에 섞여 익명성을 얻는 건 자아만이 아니다. 사이클러의 화장실을 나간 물은 130명이 사는 작은 동네를 지나고 나서야 주방으로 돌아온다. 물론 130명분의 노폐물이 동시에 발생한다는 뜻도 되지만, 추적이 불가능하다면 마음이 좀 놓인다. 잘 생각해보면 마음이 놓일 이유는 하나도 없는데, 그냥 인류는 그렇게 믿기로 했다. '큰 순환'이라는 이름이 지어진 배경이다.

정우연은 사이클러 생활이 마음에 들었다. 지구를 떠나 화성으로 가는 길. 편도로 가는 우주선은 정우연이 고를 수 있는 선택지가 아니었다. 그런 건 엔지니어나 의사처럼 화성에 가자마자 쓸모가 있을 것 같은 사람들이나 탈 수 있는 교통편이다. 운동 전문가처럼 비교적 쓸모를 찾기가 어려운 사람들은 행성 간 궤도 순환선의 객실 구역에서 아주 오래 일해야 화성에 갈 수 있다. 지구에서 출발해 화성 궤도에 도달한 다음, 다시 지구 근처까지 날아왔다가, 마지막으로 최종 목적지인 화성으로 향하는 여정.

몇 달간 함께한 승객들이 다 내리고 새로운 승객이 탑승할 때면 정말 이게 맞나 하는 후회도 됐다.

'이렇게 긴 세월을 길 위에서 보내다니. 저 사람들은 행성으로 내려가면 곧장 자기 삶을 살 텐데. 나만 여기서 나이를 먹어가도 괜찮은 걸까.'

그런 조급함은 마지막 여정을 앞둔 지금도 마찬가지였다. 이미 먹은 나이를 되돌릴 수는 없을 테니.

하지만 몇 달 뒤면 사이클러를 영영 떠난다고 생각하니 아쉬운 마음이 더 컸다. 단지 그리워하게 되리라는 걸 예감하는 정도가 아니라 심장을 조여올 만큼 가슴이 아팠다. 물론 그건 정우연도 아는 병이었다. 운동을 열심히 해서 해결할 수 있는 증상도 아니었다.

'화성에 도착하면 그 사람을 영원히 못 만나게 되겠지.'

지구와 화성 사이의 거리는 '영원'이니 '무한'이니 하는 말이 과장으로 들리지 않을 만큼 어마어마했다. 그만큼 멀어지면 누구든 다시는 만나지 못할 각오를 해야 하는 법인데, 이건 사이클러와 화성 사이의 거리에서도 마찬가지였다. 거리는 운명이고, 여간해서는 되돌릴 수 없다.

차나나.

정우연은 소중한 이름을 조용히 불러보았다. 혼잣말치고는 너무 애절해서, 작게 순환하는 우주선 안이었다면 같이 탄 모두가 다섯 달 동안 그 이름을 중얼거렸을지도 모를 일이었다. 사이클러가 아니면 그렇게 섬세하고 연약한 감정은 싹을 틔우기도 어려웠다. 그래서 요즘 정우연은 사이클러에 타기를 잘했다고 생각하는 날이 많았다.

나나는 그날 잠에서 깨기 직전에 일어난 일을 곰곰이 생각했다. 승객이 하나도 없는 며칠이었다. 임무를 마치고 지구로 간 열 명을 뺀 남은 승무원 스무 명이 130명을 위한 공간을 다 차지하는 기간이라는 뜻이었다. 특별히 붐비는 시기도 아니었는데 분명 자고 일어났을 때 누군가가 가까이에 누워 있었다. 숨결이 닿을 만큼 아주 가까이.

지구인들이 상상하는 것과 달리, 사이클러는 지구와 화

성 사이를 정기적으로 오가는 연락선 같은 게 아니다. 지구와 화성 궤도를 모두 만나는 소행성 비슷한 궤도를 그리며, 아주 먼 거리에서 태양을 도는 인공구조물이다. 사이클러 큰 순환은 며칠 전 지구 궤도와 만나는 지점에서 승객을 실은 셔틀을 떠나보냈다. 얼마 후 지구 궤도와 다시 만나는 곳에서 새 승객을 실은 셔틀이 도킹할 예정이었다. 그때까지 큰 순환은 승무원들과 나나의 차지였다.

나나에게 그곳은 집이자 직장이자 세계이자 우주였다. 나나의 본명은 '차난아'였는데, "나나"라고 부르는 사람과 "난아"로 발음하는 사람이 반반쯤 됐다. 어느 쪽이든 상관없었지만, 요즘 들어 나나는 자기 이름을 "나나"라고 대충 부르는 쪽을 선호하게 됐다. '행성주의 반체제 예술가'라는 딱지를 붙여 추방하다시피 나나를 우주로 내몰고, 화성 쪽 우주정거장에 도착하자마자 사법기관에 인도되도록 손까지 써놓은 자들이, 하나같이 또박또박 "차난아"라고 발음했기 때문이었다. 나중에 생각해보니, 아마 영장이나 명령서로 접한 이름이어서 그랬을 것이다.

이유를 안 뒤에도 그 발음은 여전히 딱딱하고 무서웠다. 평생 듣고 산 자기 이름인데도 서릿발처럼 차갑게만 들렸다. 그 상황에서 나나가 도망칠 곳은 딱 한 군데였다. 어느 행성에도 속하지 않고 영원히 길 위에 남아 있는 것. 천상에서는 지상의 형법이 적용되지 않는다.

사이클러 큰 순환은 나나의 망명 신청을 흔쾌히 받아들였다. 화성 궤도 진입용 셔틀로 갈아타지 않겠다는 나나에게, 큰 순환 승무원들은 원한다면 그렇게 하라고 말해주었다.

"그럼 제가 계속 비싼 공간을 차지하고 살 텐데요."

"비싼 공간을 차지하고 안전해질 때까지 머물러요."

전전전 선장의 말이었다. 나나는 그 말을 평생 잊지 못할 것 같았다.

위로가 필요한 사람에게 사이클러 큰 순환은 꽤 괜찮은 피난처였다. 큰 순환에는 크기가 작은 인공중력이 발생하고 있었다. 다른 우주선과 마찬가지로 원기둥처럼 생긴 구조물이 느리게 자전하고 있다는 뜻이었다. 지구만큼 큰 중력을 만들어낼 수는 없지만, 사람이 공중에 둥둥 떠다니지 않고 바닥에 발을 디딜 정도는 됐다. 잠을 잘 때는 단단한 바닥에 등을 댈 수 있었다. 바로 아래는 끝도 없는 우주지만, 그래도 몸이 허공에 떠 있지는 않았다. 무중력 공간 특유의 추락하는 느낌은 들지 않았으므로 자다가 문득 눈이 떠졌을 때 화들짝 놀라는 일도 겪을 필요가 없었다.

'이거면 됐어.'

나나는 새삼 그 사실에 감사했다. 얄팍한 가짜 중력이라도 지금은 이거면 충분하다고.

자전하는 사이클러는 커다란 쳇바퀴 같았다. 객실 사이에는 꽤 넓은 통행로가 나 있었는데, 늘 공간이 부족한 우주선 내부 상황을 고려하면 이래도 되나 싶을 만큼 폭이 넓은 길이었다. 트레이너들은 양몰이 개처럼 승객들을 매일 그 트랙으로 내몰아 하루에 몇 시간씩 걷게 했다. 목적지 행성에 도착할 때까지 뼈와 근육을 잃지 않기 위해서라고 했지만, 트랙으로 내몰리는 승객의 심정은 어쩐지 중노동을 하러 가는 것처럼 침울해지기 일쑤였다.

쳇바퀴 트랙은 두 개였는데 객실 승무원 대기실 앞에서 서로 엇갈리며 교차로를 이루었다. 머리끈을 한 번 꼬아 손목에 감아놓은 모양이었고, 평면도로 그리면 8자처럼 생긴 길이었다. 8은 무한대 기호(∞)와 똑같이 생겨서, 생각 없이 걸으면 영원히 트랙을 돌 수 있었다. 망명 직후 몇 주 동안 나나는 그 길을 끝없이 배회했다. 영원히 태양계를 도는 커다란 우주선의 외벽 안쪽에 혈관처럼 새겨진 그 길을.

그것은 즐거운 산책이 아니었다. 그래도 멍하게 벽을 바라보는 것보다는 나았다. 트랙이 8자인 건 시선이 향하는 방향을 여러 번 비틀어서 우주선 공간이 실제보다 커 보이게 하려는 장치였다. 그래서 그 길을 걷고 있으면 자연스럽게 눈을 돌리고 사람들을 만나게 됐다. 같은 곳에 눈을 두고 있으면 그게 어디든 내면으로 침잠하기 일쑤였던 시기에, 사이클러 설계자의 눈속임은 큰 도움이 됐다. 억울함과 박탈감을 모두 털어내기에는 역부족이었지만, 모든 걸 불살라버리는 분노의 화염을 심심함으로 누그러뜨리기에는 충분했다.

그러던 어느 날이었다. 매일 걷던 길에서 이상한 것이 눈에 들어왔다. 무한히 이어지는 산책로 양쪽 벽이 테라코타 색에서 연한 하늘빛으로 변했다. 아마 사이클러가 화성 궤도에서 멀어져 지구 궤도와 교차하는 지점을 향해 나아가고 있다는 표시였을 것이다.

나나는 제일 가까이 있는 사다리를 타고 중력이 없다시피한 곳, 우주선 중심에 있는 직원 전용 구역으로 올라갔다. 무중력 공간에 긴 머리카락을 아무렇게나 펼친 채로, 나나가 선장에게 다짜고짜 물었다.

"벽에 색을 넣을 수 있는 거였어요?"

단정하게 머리를 묶은 당시 선장이, 공작새처럼 머리카락을 활짝 펼친 나나에게 차근차근 대답했다.

"있죠. 아마 그림도 넣을 수 있을 거예요. 지구에서 벽화를 디자인해서 전송해주기로 돼 있었는데, 영원히 안 온다고 전전 선장이 기록을 남겼더라고요."

"그럼, 그 벽화를 여기서 그릴 수도 있나요?"

"그렇지요. 해본 적은 없지만 아마 가능할 거예요. 그런데 갑자기 왜요?"

"할 수 있어요, 저! 지구에서 공인받은 작가예요. 아시죠? 행성주의 반체제 예술가."

잘 갖다 붙이면 행성주의자까지는 맞는 것도 같지만, 딱히 반체제 활동을 한 적은 없었다. 국가가 지구보다 더 중요하지는 않다고 공개 석상에서 몇 번 말했을 뿐. 수백만 명의 추종자가 생겨난 건 나나의 의도가 아니었다. 대중이 언제 예측 가능한 적이 있던가. 행성주의자라는 낙인 또한 공권력의 유행어에 불과했다. 곧이곧대로 받아들여도 되는 말이 아니라는 뜻이었다. 그런데 그 얼토당토않은 타이틀에서조차 아무도 '예술가'라는 말에 의문을 제기하지는 않았다. 아무래도 나나는 예술가가 맞는 모양이었다.

선장은 나나의 반짝이는 눈을 보며 환하게 미소 지었다.

"처음 보네요. 몰랐어요. 그런 눈빛을 지닌 분이었을 줄은."

그때부터 나나는 사이클러 큰 순환의 도배장이로 살았다.

무한히 이어지는 트랙의 벽은 반질반질한 모니터가 아니라 벽화의 질감을 내는 섬세한 화폭이었다. 나나는 집이고, 직장이며, 세계이고, 우주인 이 공간에 편안하고 따뜻한 색깔을 입혔다. 그러자 집이 아늑해졌다. 일터에서 보람을 얻었고, 닫혀 있던 세계가 조금씩 열렸다. 혼란스럽기만 하던 나나의 우주가 마침내 질서를 회복했다. 마음이 차분히 가라앉았고 아무 감정도 함부로 배설되지 않았다. 나나가 다시 나나로 돌아왔다. 시간이 아주 오래 걸렸지만, 마침내 모든 별자리가 있어야 할 곳에 정확히 자리 잡았다.

그 고요하고 완전한 균형 가운데에서 묘한 감정이 자라났다.

'몇 달 뒤면 그 사람이 떠날 거야.'

그것은 관심이었다. 두근거림이고 익숙함이며, 아직 일어나지 않은 비극에 대한 때 이른 슬픔이기도 했다.

'그 사람이겠지?'

나나는 그날 잠에서 깨기 직전에 일어난 일을 곰곰이 되짚었다. 누군가가 가까이에 누워 있었다. 숨결이 닿을 만큼 아주 가까이.

입술에 남은 희미한 감촉은 분명 착각이 아닐 것이다. 확신은 없지만, 반드시 그래야만 했다. 왜냐하면 심장이 터질 것만 같았으니까.

'바보. 가지면 되는 걸 왜 훔쳐?'

나나는 그의 얼굴을 떠올렸다. 눈을 보고 직접 확인하고 싶었다. 하지만 그러지 않았다. 나나는 또 망설이고 있었다.

'결국 우리는 이어지지 않을 거야. 나는 영원히 이 궤도와 이 우주선을 배회할 테니까.'

나나에게도 영원이라는 말은 과장이 아니었다. 우주에 나온 인간이라면 누구나 다 마찬가지였다.

그렇게 아까운 시간이 흘렀다. 사이클러 승무원들은 새 승객을 맞을 준비를 하느라 너나없이 한껏 분주해졌다. 실로 오랜만에 우주선이 활기로 가득 찼다. 금요일 오후보다는 월요일 아침에 가까운 활기였다.

하지만 그날 오후, 승무원들이 임의로 구분한 일정표에 따라 정해진 어느 오후에, 큰 순환의 선장 조외진은 당황스러운 표정으로 휴대용 단말기를 들여다보고 있었다.

'승선을 거부하라고?'

명령서처럼 생긴 그 문건은, 지구 표면에 그어진 국경선을 벗어나면 명령권이 하나도 없어지는 어느 나라의 정부가 보낸 효력 없는 공문서였다.

'그래도 저 나라에는 아주 멀리 날아가는 미사일이 있지. 근지구궤도동맹이라는 새 타이틀도 있고. 법은 멀고 주먹은 가까운 건데, 무슨 놈의 주먹이 심우주까지 날아오는 건지.

최후통첩의 내용은 스물일곱 시간 뒤 사이클러 큰 순환에 도착하기로 예정된 승객 운송 셔틀의 도킹을 거부하라는 내용이었다.

'무시하고 승선시키면 어쩌겠다는 거지?'

선장은 공문서의 아래쪽을 빠르게 훑었다. 문건의 핵심으로 보이는 문단에는 그 질문에 대한 답이 간명하게 제시되어 있었다. 사이클러를 요격하겠다는 것이었다. 구체적으로는 도킹 예정 시간 열 시간 전까지 승선 거부 의사를 분명히 밝히지 않으면 승객 운송 셔틀이 아니라 큰 순환을 공격해 격추하겠다는 내용이었다. 그러니까 궤도동맹의 이름으로 그 나라가 원하는 건, 자신들의 명령을 어기고 우주정거장을 출발한 103명의 새 화성인과 임무 교대를 하러 오는 열 명의 사이클러 승무원이 갈 곳을 잃고 우주를 떠돌다 결국 지구로 돌아가게 하는 것이었다.

'쓸데없이 글 참 잘 쓰네. 나를 죽이겠다는 글이 이렇게 감명 깊을 줄이야.'

조외진은 군부가 장악한 지구 근처의 우주가 걱정스러웠다. 지상은 안 그런데 천상은 꽤 수월하게 군사화가 진행되고 있었다. 쿠데타고 뭐고 필요 없이 무기를 우주로 쏘아 보내기만 하면 그만이었다. 사람들의 무관심 때문이었다.

게다가 군인들은 쓸데없이 단호했다. 과학자도, 기업가도, 정치인이나 화성 행성정부 당국자도, 우주를 어떻게 할지 확신을 두고 말하는 사람은 아무도 없다. 그런데 이상하게도 군인들만은 분명한 목표가 있는 것처럼 말하고 행동했다. 지난 시절, 지금처럼 우주에 무기가 잔뜩 나와 있지 않던 시절에도 그들은 우주를 장악할 방법을 알고 있었다. 지구에서 우주군사관학교를 나온 부선장 말로는 '천상의 보급로(Celestial Lines of Communication)'를 차단하는 전략이었다.

"부선장, 천상의 보급로, 그게 뭐랬지?"

"지구와 화성을 오가는 모든 길이죠."

"제해권, 제공권 그런 개념이랬지?"

"네, 제우주권. 다른 사람은 아무도 이동하지 못하게 하고 자기 편만 자유롭게 다니는 상태로 만드는 거. 바다든 하늘이든 우주든 개념은 다 똑같다고……."

"그렇게 배우지?"

"제대로 배웠다기보다는 시험에 나왔죠. 시험에 나온다는 사실을 모든 생도가 알고 있었고. 미래의 우주에서 어떤 무력 수단을 쓸 수 있을지 전혀 모르던 시절에도 우주군의 모범 답안은 똑같았대요. 전술은 모르겠지만 전략은 아무튼 통행금지! 해상봉쇄나 비행 금지 구역 같은 내용을 우주 배경으로 옮겨 쓰면 통과였어요. 그 뒤에 일어나는 일은 정치가나 기업이 알아서 하게 두면 되고요."

"아, 통행금지. 그럼 지금 상황에서 말이야, 우리는 행성 사이를 통행하고 있는 게 아니라 그냥 태양 주위를 돌다가 우연히 두 행성 근처를 지나치는 것뿐이라고 설명하면 안 먹힐까?"

"먹히겠어요?"

"아니, 왜? 소행성이랑 사이클러랑 본질적으로 다를 게 뭐라고!"

조외진은 진심으로 발끈했다. 부선장이 어이없어했다.

"일단 인공 소행성이고, 그보다 이건 길들여서 타고 다니는 루돌프 같은 거잖아요. 야생 순록 떼랑 같나요? 썰매를 끄는 순간 중립은 아니죠. 제 생각이 그렇다는 게 아니라, 우주군 군사교리가 그렇다고요."

낭패였다. 이런 중요한 상황에, 결정권을 떠넘길 사람이 아무도 없었다.

사이클러에서 선장은 주권자와 같다. 승객 안전부터 내부 질서유지에 항로 조정까지 모든 결정은 다 선장 몫이었다. 사이클러 선장은 우주 정부 수반과 비슷한 정도의 결정권을 지니는데, 현재 우주 정부는 지구에서 활동하는 작은 민간 인권 단체보다도 영향력이 없는 조직이어서 결정을 맡길 여건이 전혀 아니었다.

"궤도동맹이 진짜로 미사일을 쏠까?"

"최후통첩에는 그렇게 나와 있죠."

그렇다. 그게 문제였다. 최후통첩인지 명령서인지 협조 공문인지 알 수 없는 그 문서에는, 간결하고 명료해서 오해의 소지도 없는 명문장으로, '우리의 의지를 시험하지 마라, 의심하면 죽는다'라는 말이 고상하게 표현되어 있었다.

'그렇다고 정말로 쏠까? 눈앞에 낭떠러지 표지판이 서 있기는 하지만, 그렇다고 정말 저 앞이 낭떠러지일까? 낭떠러지겠지. 괜히 표지판을 세워놨겠어.'

조외진은 자신 없는 목소리로 부선장에게 물었다.

"승무원 투표로 정하면 어떨까, 민주적으로?"

부선장이 고개를 저었다.

"무슨 정세 판단을 다수결로 정합니까?"

"좀 그렇지?"

부선장이 어깨를 으쓱했다. 선장이 다시 단말기를 들여다보았다. 정세 판단은 정보를 근거로 내리는 게 맞지만, 그렇게 하기에는 쓸 만한 첩보가 하나도 없었다. 애초에 행성 간 궤도 순환선에 첩보 기관이 뭐가 필요하다고. 무슨 우주 함대도 아니고.

정보가 부족하다면 다음으로 믿을 건 선장의 감뿐이었다.

선장의 감뿐이라니, 다른 사람이 말하면 결정할 의무도 미루고 멋있어 보이기도 할 텐데 선장 본인한테는 아무 위안도 안 되는 말이었다.

'지구 나이로 마흔 살에 젊음이 재산이라는 칭찬을 들었을 때 같네. 가산은 이미 탕진했고, 이제 뭐가 남았지?'

조외진은 미안한 듯 시선을 피하며 부선장에게 마지막 수작을 걸었다.

"선장 유고 시에는 부선장이 역할을 대신하게 되어 있는데 말이야……."

"선장님은 지금 아주 건강하십니다. 매우, 대단히, 더할 나위 없어요."

부선장은 조금도 망설이지 않고 단호하게 대답했다.

"그래, 그렇지, 쳇."

이제는 더 달아날 데가 없었다. 마침내 조외진은 혼자 골똘히 생각에 잠겼다. 부선장이 착잡한 듯 침을 꿀떡 삼켰다.

사이클러 큰 순환의 선장이 선장실 한구석에서 깊은 침묵에 빠져 있을 무렵, 새로 선발된 화성 이주민 유가야는 가벼운 우주 멀미와 묵직한 불안에 숨이 턱 막힐 지경이었다. 우주정거장과 사이클러를 오가는 셔틀 안에서였다.

'정말 이대로 죽는 건 아닐까?'

승객 운송 셔틀은 빠른 속도로 우주정거장 궤도를 벗어났다. 셔틀이라고는 하지만 옛날 우주왕복선처럼 날개 달린 우주선은 아니었다. 크기가 좀 클 뿐 길쭉하게 둥근 모양이기는 여느 우주선과 마찬가지였다. 정거장을 떠난 셔틀은 곧 사이클러와 맞먹을 정도로 속도를 높였다.

도킹을 하려면 셔틀도 어차피 사이클러와 동일한 궤도를 똑같은 속도로 나란히 날아가야 하므로, 사이클러를 이용한다고 에너지가 절약되는 건 아니다. 그렇다고 이 셔틀을 타고 그대로 화성까지 날아갈 수는 없었다. 셔틀 조종사까지 114명이나 타고 있는 이 우주선 내부 공간은, 거짓말을 조금 보태면 아침 출근 시간 지하철만큼 빽빽이 들어찬 상태였다. 물론 모두가 지정석에 앉아 있기는 했지만(묶여 있었다), 남는 공간이 전부 사이클러에 옮겨 실을 식량과 연료, 생필품 같은 보급 물자로 가득 차 있어서 인원과 상관없이 '작은 순환'이라고 부르는 게 더 어울리는 상황이었다.

'아, 이런 곳에 탄 채로 사흘만 표류해도 죽어버리고 말 거야. 일단 나부터 죽겠지. 제발 어서 사이클러로 옮겨 탔으면. 승선 거부 같은 건 안 하면 좋을 텐데.'

지금 셔틀 안에서 가장 바쁘게 순환하는 건 역시 우주 정세에 관한 소문이었다. 어차피 다 죽을 운명이라는 비관론부터 우주에 나온 이상 목숨 정도는 내놓을 각오가 돼 있는 거 아니냐는 호기로운 패배주의까지, 작게 순환하는 감정의

분자들이 안 그래도 탁한 공기를 한층 더 탁하게 바꾸어놓았다.

"사이클러가 우릴 받아줄까요?"

옆자리에 앉은 여자가 말을 걸었다. 유럽 어느 나라에서 왔다는 동양계 수학자였다.

"받아줄 거예요."

"궤도동맹이 사이클러에 최후통첩을 보냈다던데요."

"아닐 거예요. 사이클러는 아무 나라에도, 어느 행성에도 속해 있지 않잖아요. 우주에 속한 시설이니 함부로 하지는 못할 거예요."

가야는 먼저 화성에 간 친구 차서림을 떠올렸다. 아니, 정확히는 차서림의 동생인 차난아의 이야기를 되짚었다. 난아가 그 사이클러로 망명한 건 지구에서 손을 쓸 수 없는 곳이어서였다. 사이클러가 난아에게 피난처가 될 수 있었듯이, 다른 사람에게도 마찬가지일 것이다. 가야는 그렇게 믿기로 했다.

'그래, 나는 살아서 큰 순환에 도착할 운명이야. 가서 난아를 만난 다음 난아 소식을 서림이에게 전해야 하니까. 눈 딱 감고 한숨 자고 나면 도킹이 다 끝나 있을 거야. 이 자세로 잠이 들 수 있다면 말이지.'

"우주는 무법천지랬어요. 아직은 자연법칙만 존재하고 사람이 만든 규칙은 아직 거의 없는. 그래도 아예 없는 게 아니라 거의 없다는 말에서 희망을 찾아야 할지도 몰라요. 모두가 동의한 게 하나는 있으니까요."

옆자리 수학자가 말했다. 아까는 비관적인 소리를 해대더니 이번에는 또 지나치게 교과서적인 낙관론이었다.

"그게 뭐죠?"

가야는 어쩐지 그렇게 물어야 할 것 같아서 짧게 질문했지만, 본질적으로 그것은 수학자의 혼잣말에 가까운 대화였다.

"누구든 우주에 자유롭게 접근할 수 있어야 한다는 원칙이요. 그런다고 누구나 우주선을 만들어서 우주에 나올 수 있는 건 아니지만, 적어도 자기 우주선을 만들어서 나온 사람을 방해해서는 안 된다는 이야기예요."

"그렇군요."

"최소한 이건 지켜지지 않을까요?"

"왜요?"

"딱 하나밖에 없는 원칙이니까요."

가야는 꼭 그렇게 되는 건 아닐 거라고 말하려다 그냥 입을 다물었다. 상대방도 이미 알고 있겠지. 수학자니까. 게다가 화성인으로 선발된 수학자라면 낙관이나 희망이 현실에서 반드시 실현될 이유는 없다는 사실쯤은 누구보다 잘 알고 있을 것이다. 아까부터 더 불안해하는 건 그였으니까. 지금 중요한 건 그 사람이 옆자리에 앉은 자신에게 낙관을 이야기했다는 사실, 그뿐이었다. 가야는 그의 손을 꼭 잡았다. 수학자도 잡은 손에 힘을 주었다.

"우주정거장을 떠나지 말았어야 했을까요?"

수학자가 물었다. 답을 기대하고 한 말은 아닌 것 같았다. 가야는 머릿속으로만 답을 정리해보았다. 화성으로 가는 문이 완전히 닫히기 전, 좁아지는 문틈에 몸을 던지기로 한 자신들의 결정을 복기했다. 강행하자는 결정이 다수결로 내려지고 난 후, 어느 지질학자가 러시아어 악센트가 섞인 공용어로 중얼거리던 말이 머릿속을 맴돌았다.

"안전기준이라는 게 있는 나라에서 온 인간들은 이게 문제야. 지하철 문에 몸이 끼면 문이 자동으로 열릴 거라고 상상하는 거. 안전장치 없는 엘리베이터 같은 건 타본 적이 없는 거야? 어떤 문은 한번 닫히기 시작하면 중간에 다시 열리지 않는다고. 슬쩍 밀어서 닫히는 문을 다시 열어? 그러다 어깨가 부서지고 말지. 이건 정말 무모한 짓이라고!"

무모한 짓. 그럴지도 모른다. 생각이 조금 다르다고 사람이 사람을 죽게 하지는 않으리라는 근거 없는 낙관.

그때였다. 조종석에서 안내 방송이 나왔다. 크고 또렷하지만 다급한 목소리였다.

"승객 여러분, 모두 충격에 대비하시기 바랍니다. 후방에서 미확인 물체가 고속으로 접근합니다. 모두 충격에 대비하시기 바랍니다."

수학자와 유가야는 망연자실한 얼굴로 서로를 바라보았다. "미사일이라는 소리죠?"

가야가 떨리는 목소리로 말했다. 수학자는 대답하지 않았다. 셔틀 내부의 공기가 갑자기 꽁꽁 얼어붙었다. 내내 작게 순환하던 불안과 근심과 헛소문이 일순간에 모두 순환을 멈췄다.

침묵은 순환하지 않는다. 침묵은 그냥 내려앉는다.

유가야는 새로운 사실을 알게 되었지만, 그 지식을 써먹을 시간은 이제 몇 초밖에 남지 않은 것 같았다.

바로 그 몇 초 뒤에, 객실 한쪽으로 난 창문이 일제히 밝아졌다가 어두워졌다. 인공태양 수준의 강렬한 광원이 창밖에 나타나자, 셔틀의 인공지능이 눈에 해로운 광선을 감지하고 곧바로 유리창에 색깔을 입힌 모양이었다. 창밖에 놀라운 광경이 펼쳐진 게 분명했지만, 영화와 달리 소리는 전혀 전해지지 않았다. 우주는 그렇게 단호하고 고요했다. 침묵이란 우주가 인간의 삶에 스며든 흔적이었을지도 모른다고 가야는 생각했다.

그때 창 쪽에 앉은 누군가가 날아가는 미사일을 봤다고 소리쳤다. 그러자 그 소문이 웅성웅성 작게 순환했다. 다시 공기가 돌기 시작했다.

"우린 살았다는 말이죠?"

수학자가 말했다.

"일단은요."

한참 뒤에 다시 수학자가 물었다.

"일부러 우리 옆에서 부스터를 켠 거겠죠?"

"아마 그렇겠죠."

"과시하려고."

"무력시위!"

"그럼 그 미사일이 사이클러 쪽으로 날아간 것도 아닐 거예요, 그렇죠? 단지 보여주는 게 목적이었다면."

가야는 고개를 끄덕였다. 하지만 확신은 없었다. 미사일이 곧장 셔틀을 노리고 날아온다면 창밖이 환해지는 일 따위는 일어나지 않을 것이다. 무언가가 번쩍이는 순간 미사일은 이미 목적을 완수했을 것이다. 혹시 다음 미사일은 그런 식으로 날아오는 게 아닐까? 유가야는 요동치는 심장을 진정할 방법을 찾을 수가 없었다.

사이클러에서 운동은 취미 생활이 아니라 탑승객의 계약을 이행하는 일이었다. 궤도 순환선 수석 트레이너의 주요 임무는 행성 사이를 오가는 승객들의 골밀도와 근육량을 일정

수준 이상으로 유지하는 것이었다. 건강한 사람들만 선발되어 우주로 나오는 것이 원칙이므로, 현실적으로는 질병을 치료하는 것보다 체력을 유지하는 일이 더 중요할 때가 많았다. 그래서 큰 순환의 의료진은 모두 수석 트레이너의 지시를 받게 되어 있었다. 물론 수석 트레이너는 선장의 지시를 받아야 했으므로, 모든 일은 결국 선장의 책임이었다.

조외진은 셔틀에서 건너온 승객들을 반갑게 맞이했다. 사이클러가 자전을 재개해 인공중력이 생겨나자, 바닥으로 내려와 제 발로 설 수 있게 된 승객들이 그에게로 다가와 울먹이는 소리로 말했다.

"고맙습니다, 선장님. 어려운 결단을 내리셨어요. 덕분에 저희는 이제 살았습니다."

선장은 환하게 웃으려 애썼지만, 창백한 얼굴은 회복될 기미가 보이지 않았다. 선장은 내내 다리를 달달 떨고 있었다. 선장실을 박차고 나와 승선 준비 명령을 내린 직후부터였다. 지구 쪽에서 날아온 미사일은 셔틀과 사이클러 모두를 멀찍이 벗어났지만, 솔직히 조외진은 아직 자신이 없었다. 근지구 궤도동맹이 보낸 협박장과 미사일을 '누구든 자유롭게 우주에 접근할 수 있어야 한다'라는 원칙 하나로 호기롭게 깔아뭉갤 수 있는 배짱이 그에게는 없었다.

'쏘면 맞을 텐데. 맞으면 죽을 거고. 덕분에 이제 살았다는 말도 나는 잘 모르겠어. 3초 뒤에 바로 미사일에 맞아 죽어도 이상할 게 없는 상황이라고. 승선을 강행하다니, 미친 짓 아닐까? 내가 내린 결정이어서 더 믿음이 안 가. 아, 얼굴에 핏기가 안 돌아오네.'

물론 사이클러 선장의 업무 중 제일 까다로운 도킹 작업이 무사히 완료된 건 너무나 다행이었다. 하지만 아직은 끝난 게 아무것도 없었다. 상황은 하나도 정리되지 않았고, 우주 정세는 여전히 험악하기만 했다. 자존심 대결에서 밀렸다고 생각한다면 오기로라도 보복을 해버리는 게 군인들이었다. 위신이 깎인 군대는 모두의 도전을 받기 마련이니까. 조외진은 130명의 목숨을 책임질 자신이 없었다. 우주선이 자전하면서 생긴 전향력 때문인지 갑자기 머리가 핑 돌았다.

"선장님, 들어가서 쉬세요. 피부색 이야기를 하려는 건 아닌데, 다른 인종 같으세요."

정우연이 바로 뒤에 서서 걱정스러운 목소리로 속삭였다. 선장이 고개를 휙 돌리는 바람에 세반고리관이 더더욱 격하게 요동쳤다.

"그럴까?"

조외진은 몸을 한번 크게 휘청이고는 비틀비틀 선장실로 발걸음을 옮겼다.

선장을 들여보낸 후 정우연은 새로 승선한 승객들의 건강

상태를 확인했다. 특별히 복잡한 비행은 아니었을 텐데 녹초가 된 사람이 유난히 많았다. 사선을 넘은 직후 긴장이 풀린 탓이었다.

인공중력이 충분히 커지자 여기저기 바닥에 드러눕는 사람들이 생겨났다. 패잔병을 보는 듯 딱한 광경이었지만, 정우연의 가슴 한구석에서는 양치기의 본능이 꿈틀대기 시작했다. 함께 화성으로 내려갈 100명의 우주선 동기들.

수석 트레이너의 우렁찬 목소리가 쩌렁쩌렁 울렸다.

"사이클러 큰 순환의 트레이너 정우연입니다. 힘든 상황인 줄은 알지만 이대로 쓰러지시면 안 됩니다. 다들 자리에서 일어나셔서 보행로 쪽으로 이동해주세요. 걸으셔야 회복이 빠릅니다. 여기는 공간이 좁아서 회복이 더딥니다. 넓은 곳으로 가면 평정을 되찾을 수 있을 거예요. 자, 어서 보행로 쪽으로 이동하세요. 승무원들이 안내할 겁니다. 산책하듯이 천천히 걸으시면 됩니다."

부선장은 정말로 그게 회복에 도움이 되는지 늘 궁금했지만, 양몰이 개의 본능에 제동을 걸고 싶지는 않았다. 어쩌면 트레이너도 별생각은 없었을 것이다. 아직 화물 셔틀이 도착하지 않았는데도 승객들의 심리적 안정을 위해 우주선을 회전시켜 인공중력을 발생시켜놨으니, 이 사람들을 가만히 누워 있게 하는 건 연료 낭비라고 판단했을 것이다.

다행히 수석 트레이너의 직관은 옳은 것으로 밝혀졌다. 정우연이 옳았다는 게 아니라 결과적으로 그렇게 되었다는 말이었다. 승객들이 대부분 트랙으로 나가 걷기 시작했을 때, 길 양옆에 놓인 벽 곳곳이 서서히 붉은색으로 물들었다. 화성의 상징인 테라코타 색('마스-코타'라고 부른다)도 아니고, 피를 연상시키는 붉은색은 더더욱 아니었다. 단풍처럼 자연스러운 색이라기보다는, 12월을 닮은 인공적인 빨강이었다.

'아, 12월이었지. 곧 크리스마스였는데. 지나갔나? 시간이 정확히 어떻게 되지?'

유가야는 작년 연말에 산 탁상 달력 마지막 장을 떠올렸다. 그 장을 펴놓을 일은 없을 것 같아서 사자마자 미리 열어본 12월 달력. 거기에 그려진 한 달을 지구에서 보내지 못하는 게 아쉬울 만큼 마음에 드는 그림이었다.

'그래, 12월이었어. 아무래도 좋은 마지막 달.'

가까이에서 벽을 들여다보니 드문드문 붉은색으로 물든 곳마다 작은 집들이 그려져 있었다. 그 사이는 눈 덮인 언덕이었다. 빨간 집 지붕에도 눈이 쌓여 있어서 빨강보다는 흰색이 훨씬 많은 벽화였다. 단지 채워 넣지 않아서 생긴 여백이 아니라, 일부러 좋은 자리에 널찍하게 깔아놓은 여백의 광활함이 느껴졌다.

'난아가 그린 걸까? 이 일을 한댔는데. 그런데 스타일이 전

과는 다르네.'

가야는 그 한적한 산속 마을을 따라 걸었다. 집들이 빽빽하게 들어선 마을이 아니어서 다음 집을 보려면 성큼성큼 몇 걸음을 더 걸어야 했다. 다음 빨강이 있는 곳에는 아까와는 다르게 생긴 집이 지붕에 눈을 얹고 서 있었다. 다음 집으로, 또 다음 집으로, 편지를 배달하는 우체부처럼 집집마다 들러 안부를 물었다. 어떤 집 창으로는 크리스마스트리가 보였고, 어떤 집 굴뚝에는 연기가 피어올랐다. 어떤 집 지붕에서는 쌓인 눈이 미끄러져 떨어지려는 찰나였다. 그 집 하나하나마다 난아가 살고 있는 것 같았다.

끝없이 이어질 듯한 길을 천천히 걷다 보니 어느덧 사거리에 이르러 있었다. 줄지어 걷는 사람들이 서로 엉키지 않도록 승무원들이 중간에서 교통정리를 했다. 교차로는 작은 공터였는데, 공터 한가운데 길바닥에는 벽에 그려진 것과 비슷한 톤의 그림이 이어져 있었다. 승객 몇 사람이 그 앞에 멈춰 서서 그림을 구경했다. 유가야도 그들 가운데 멈춰 섰다.

발아래에는 눈을 이불처럼 덮고 잠든 드래곤의 모습이 그려져 있었다. 몸을 둥글게 말고 꼬리를 멀리 늘어뜨린 붉은 용이었다. 드래곤의 머리 쪽에 있는 가로수는 새빨간 불꽃을 나뭇잎처럼 달고 있었다. 드래곤이 그 앞에서 코를 골기라도 한 모양이었다. 민화풍으로 그린 서양식 붉은 드래곤.

어딘지 모르게 불길한 이야기를 담은 장면이었지만, 그걸 보고 다시 산책길에 오른 사람들은 다들 얼굴에 비슷한 웃음을 머금었다. 마냥 밝고 따뜻한 위안이 아니라서 그 이미지 어딘가에 숨겨진 메시지에 공감하는 일이 더 쉬웠을지도 모른다. 언젠가 차서림의 집에 놀러 갔다가 처음 난아를 만난 날, "가져오다가 바닥에 떨어뜨리기는 했는데 배고프면 하나 드셔보세요" 하면서 들쭉날쭉하게 잘라놓은 복숭아가 담긴 접시를 내밀던 어린 난아가 떠올랐다. 그 기묘한 안도감이 8 자 같기도 하고 무한대 기호 같기도 한 산책로를 따라 사이클러 곳곳으로 퍼져나갔다.

양치기의 본능대로 씩씩거리며 트랙을 돌던 정우연은 멈춰 있는 사람들을 흩어놓으려고 교차로 가운데로 성큼성큼 걸어갔다. 다들 발아래를 바라보고 있어서 멀리서 볼 때는 누군가 쓰러져 있기라도 한 줄 알았는데, 가까이 다가가 보니 그런 사건이 아니었다. 그건 태양계에서 가장 먼 거리를 지나온 고독한 여행자가 산책길에 오른 사람들의 마음에 뜻밖의 불꽃을 지피는 광경이었다.

100명을 수용하든 500명을 담아내든 진짜 세상과는 비할 바가 못 되는 조그만 폐쇄순환계에서 차나나의 벽화는 대자연과도 같은 역할을 했다. 배설된 감정이 닫힌 공간을 계속 맴돌지 않도록 창을 내고 비를 뿌려 마음의 무게를 흩어버리는 일. 그 안에 있으면 별다른 노력을 하지 않아도 영혼이 저절로 정화되는 것 같았다. 그 길을 따라 몇 시간이고 걷고 있으면 정처 없고 부질없는 행성 간 순환 궤도가 마치 우주에서 제일 고귀한 순렛길이라도 된 듯 충만한 기분에 빠져드는 일이 많았다.

눈 쌓인 길을 살살 걸어 붉은 용이 잠든 광장으로 가는 여정.

'아, 이 과격한 반체제 행성주의 예술가를 어떻게 하면 좋을까!'

그 그림 하나로 또 심장이 요동쳤다. 인생이 요동치는 건지도 모른다고 정우연은 생각했다.

'정말 내가 이 사람과 영영 헤어질 수 있을까?'

뭘 해야 할지는 금방 알 수 있었다. 언제고 그 사람의 외로움을 바라봐야 했다. 그건 사이클러 업무 지침서에도 나와 있는 수석 트레이너의 공식 임무 중 하나였다. '장기 승선 중인 망명자 차난아의 건강과 심리 상태에 특별히 주의를 기울일 것.' 얼마나 적극적으로 해도 되는지는 어디에도 적혀 있지 않았지만.

그래서였다. 물론 꼭 그래야 하는 건 아니었다. 확인해야 할 다른 일도 많았다. 하지만 정우연은 당장 달려가 그 일을 하기로 마음먹었다. 얼마 전 나나가 잠에서 깨기 직전에 몰래

하려다 만 일이었다.

나나는 방황하는 인파에 섞여 하염없이 걸었다. 나나는 첫 산책을 하는 사람들 사이에 섞이는 게 좋았다. 그때만큼은 모두가 이방인이고 방향을 잃은 사람들이다. 그 안에 섞이면 군중 속의 고독을 오랜만에 느낄 수 있다. 모두가 똑같은 1인분의 고독이었다.

조금은 유령처럼 보일지도 모른다고 생각했다. 방금 우주선에서 내린 사람들은 서로의 얼굴을 알고 있을 테니. 낯선 여자가 섞여 있다는 걸 알아채고 흘끔거리는 눈빛이 느껴졌다. 다소 따끔하기는 했지만 아직은 견딜 만했다. 얼마나 음흉하게 숨기고 얼마나 날카롭게 찔러야 할지 갈피를 못 잡는 시선이었으므로. 너무 날카롭게 파고들었다 싶으면 아직은 스스로 흠칫 놀라 물러나는 가시였으므로.

나나는 큰 순환에서 처음으로 좀비 놀이를 하던 날을 떠올렸다. 다들 알고 하는 놀이는 아니고 나나가 일방적으로 핼러윈에 시작한 좀비 흉내였다. 망명 후 두 번째로 맞는, 일반 승객이 모두 행성으로 내려가고 승무원도 3분의 2만 남겨진 한가한 시즌이었다. (첫 번째는 망명 직후여서 다른 사람을 돌아볼 여유가 없었다.) 사람들이 빽빽하게 머물다 간 자리에는 공허가 대신 들어앉아 있었다. 구석에 도사린 우울처럼, 언제고 튀어나올 불안처럼.

나나는 한가하게 쉬고 있는 승무원들 뒤로 다가가 카흑 하고 목덜미를 무는 시늉을 했다. 그러면서 바삭한 깻잎튀김을 베어 무는 상상을 했다. 깻잎 맛이 나는 우주선 승무원들. 소리는 이가 아닌 목구멍에서 났다. 아무리 튀김 인간이라도 얇게 바삭거리는 소리를 내며 목덜미가 부서질 리는 없었다.

습격을 당한 사람들은 소스라치게 놀라며 앞으로 튀어 나갔다. 이게 무슨 일이야, 하는 반응이었다. 그런 식으로 좀비 놀이가 완성됐다. 사람들이 도망친 건 무서워서가 아니라 민망해서였다. 아무 일도 없는 척 서 있으면 더 민망한 상황이 펼쳐졌다. 좀비가 된 나나는 저항하지 않는 먹이를 더욱 신나게 물어뜯었다. 카흑카흑 야무지게 뜯어 먹다가, 폭주하듯 온몸을 부르르 떨기까지 했다. 그 지경에 이르지 않기 위해 인간 승무원들은 필사적으로 나나를 피해 다녔다. 스스로 생각해도 많이 비뚤어진 친근감의 표현이었지만, 나나는 그 놀이를 멈추지 않았다.

그러던 어느 날이었다. 좀비의 습격이 시작되고 얼마 지나지 않았을 무렵, 변종 튀김 인간 하나가 나타났다. 나나에게 팔을 물린 승무원 한 명이 체념한 듯 두 어깨를 힘없이 늘어뜨리더니 잠시 후 갑자기 눈을 번쩍 뜨고 어디론가 힘차게 달려 나갔다. 그러고는 다른 승무원 뒤로 몰래 다가가 카흑

하고 어깨를 깨물었다. 좀비가 둘이 된 것이었다.

'뭐지, 이 미친 깻잎튀김 인간은?'

30분 만에 사이클러를 완전히 장악한 좀비 콤비는 우주선에 고립된 마지막 인간을 신나게 뜯어 먹은 후 교차로 가운데에 서서 크게 울부짖었다. 놀이의 종료를 알리는 신호였다. 놀이가 끝나는 순간 나나는 그 사람과 눈이 마주쳤다. 지난번에 승선한 수석 트레이너였다.

'어디서 이런 귀여운 멍청이를 데려온 거야? 화성의 미래는 생각보다 밝겠어.'

나나는 그의 눈을 뚫어지게 바라보았다. 정우연도 피하지 않고 똑같은 눈빛을 돌려주었다. 그게 시작이었다. 나나의 우주가 다시 열린 날.

승객이 타고 나면 나나는 자취를 감추는 날이 많았다. 화성으로 날아간 승객들은 나나가 상처받고 침울한 모습이었다고 언니에게 말했다. 하지만 그건 나나의 본모습이 아니었다. 그들이 본 건 나나가 마음을 닫은 사람에게 내미는 가면 같은 것이었다. 마음을 닫을수록 친절한 가면을 내미는 승무원도 있었지만, 둘 다 본모습이 아니기는 마찬가지였다.

나나와 정우연은 자주 서로에게 본모습을 내보였다. 다른 사람들 쪽으로는 가면 두 개를 내밀어놓고, 그 뒤에서 둘만 아는 솔직한 눈빛을 나누며 오래오래 대화를 나누었다. 뜨겁지는 않아도 진실한 눈이었고, 웃음이 터지지는 않아도 쉽게 그치지 않는 대화였다.

'작게 순환하고 싶어. 이 사람과.'

이런 미친 생각이 드는 날도 있었다.

'이 사람과는 작은 순환을 해도 부끄럽지 않을 거야.'

상대방도 똑같이 미친 생각이 들었으므로 무모한 착각은 아닌 셈이었다. 그러나 둘은 그 생각을 서로에게 말하지 않았다. 사이클러 안에서 가장 솔직한 두 사람이었지만, 그 말만큼은 쉽게 할 수 없었다.

'그 사람은 얼마 안 돼서 화성으로 내려갈 거야. 그리고 나면 영원히 이별이겠지.'

인파 속을 걸으며 나나는 생각했다.

'이 이상 다가가면 둘 다 불행해질 게 틀림없어. 사이클러 직원들도 다들 그러잖아. 승선 스케줄이 어긋나는 사람은 만나는 게 아니라고. 그 사람과 나는 더 말할 것도 없지. 나는 천상의 순환에 영원히 묶인 사람이고, 그는 지상의 법칙대로 나이를 먹어갈 사람이니까.'

수만 번 되뇐 결론이었지만, 딱 한 번이 더해지자 견딜 수 없을 만큼 무거워지는 말이었다. 나나는 새삼 서글퍼졌다. 그래서 말없이 눈물을 흘렸다. 따가운 시선이 몇 개 더 꽂혔다. 나나는 인파에서 벗어나 교차로 한쪽 모퉁이에 몸을 기대고 멈춰 섰다.

"한참 찾았잖아요. 어느 방향으로 돌고 있었어요?"

나나는 고개를 돌렸다. 세반고리관이 요동치지 않도록 천천히.

교차로 한가운데, 한가하게 잠든 붉은 드래곤 바로 위에, 그가 서 있었다. 그와 눈이 마주치자 숨이 막히고 말문이 막혔다.

'바쁘지 않아요? 여긴 어떻게?'

마주친 눈을 통해 많은 이야기가 흘러들어 왔다. 말로 바꿀 수는 없지만 무슨 뜻인지는 정확히 알 수 있는 메시지들. 언어 이전의 감정, 혹은 이유가 생기기 이전의 존재를 표시하는 기호 같은 것들. 그런 무수한 문자가 눈으로 쏟아져 들어왔다. 또한 그만큼 많은 정보가 반대로도 흘렀다. 서로 완전히 이해할 수 있었으므로, 그 교환 또한 착각이 아니었다.

"여기 있었어요. 잠깐 헤매도 결국은 여기로 돌아올 수밖에 없어요."

나나가 대답했다. 잠시 잊고 있었지만, 눈물이 막 쏟아지던 참이어서 목소리가 제대로 나오지 않았다. 그 목소리를 듣고, 말이 아니라 목소리를 듣고, 정우연의 표정이 걱정스럽게 일그러졌다. 지금 내 마음이 구겨져 있는 모양과 똑같은 방식으로 일그러지는 사람. 그래서 둘을 맞대면 빈틈 하나 없이 꼭 맞을 것 같은 누군가.

나나의 가슴속에서 뜨거운 것이 치밀어 올랐다.

'천상의 순환 따위! 조금 전에 미사일에 맞아서 사라질 뻔했잖아. 중력이 있어서 등을 댈 수 있는 바닥이라고? 그래서 마음이 놓인다고? 이 바닥은 보기보다 단단하지 않아. 자전만 멈춰도 금방 사라지는 중력인걸. 내가 여기에 묶여 있다고? 여기에 있는 건 쇠사슬마저 먼지보다 가벼울 거야. 순간보다 더 가치 있는 게 있어? 한 시간 뒤의 우주도 장담할 수 없다면 말이야.'

나나는 이제 피하지 않기로 했다. 아주 가까이에서 그 사람을 마주 보는 일을.

나나는 그를 향해 박차고 나아갔다. 작은 중력 때문에 거의 날아가는 것처럼 보였다. 날개를 활짝 편 붉은 드래곤 같았다.

"짖는 개는 물지 않는 법이라고 하잖아."

조외진은 선장실 문 앞에 서 있는 부선장의 얼굴을 물끄러미 바라보았다. 동의를 구하는 눈빛이었다.

개인 공간이 거의 없는 사이클러에서 선장실은 몇 안 되는 사적 공간이었다. 하지만 방의 주인인 조외진은 그 공간이 유치장 같다고 생각했다. 결정의 무게를 혼자 짊어지는 사람이기에 특별히 주어지는 사치스러운 공간. 그리고 사실은 수치스러운 공간.

부선장은 우주 정부의 지구 지부에서 보내온 소식을 묵묵히 전할 뿐 선장의 절박한 눈빛에는 반응을 보이지 않았다. 다만 마음속으로 이런 생각을 떠올릴 뿐이었다.

'짖고 나서 무는 개도 있어요. 다른 개들한테 과시하는 거죠. 잘 봐, 나 지금 저놈 물어버린다, 하고.'

부선장이 가져온 건 다음 공격이 임박했다는 소식이었다. '이미 승객이 타버렸는데 설마' 하는 기대는 너무 낙관적인 전망이었음이 드러나고 말았다.

지금 들어온 첩보는 협박이 아니었다. 사이클러는 영화에 나오는 우주 전함이 아니므로 사람을 태우거나 내리는 것 말고는 달리 할 수 있는 조치가 없다. 그저 소행성처럼 정해진 궤도를 따라 우주를 떠돌 뿐. 선택할 수 있는 행동이 남아 있지 않으니 누구든 무언가 해보라고 요구할 수도 없었다. 협박할 타이밍은 지나갔다는 뜻이다.

'그런데 미사일이 또 날아올 거라고?'

조외진은 황급히 자리에서 일어나 제복 상의에 팔을 꿰었다. 그러다 왼쪽 팔을 찔러 넣고 오른쪽 팔이 들어갈 구멍을 더듬던 자세 그대로 일시 정지 버튼을 누른 듯 동작을 멈췄다.

'가만, 지금 나가도 딱히 할 일이 없는데. 방을 나가면 어디

를 간다는 거야? 누구한테 뭘 보여주겠다는 거지?'

　그래도 일단은 플레이 버튼을 눌렀다. 옷을 마저 입고 단추를 끝까지 잠갔다. 더는 그 좁아터진 선장실에 머물고 싶지 않았다. 할 수 있는 게 아무것도 없다고 생각하니 오히려 마음이 가볍기도 했다.

　'교차로에 가서 동상처럼 비장하게 서 있으면 되겠군. 해야 할 말은 제복이 알아서 해주겠지.'

　선장이 통행로 쪽으로 몸을 획 꺾었다. 부선장이 재빨리 그 뒤를 따랐다.

　유가야는 통행로를 걷고 또 걸었다. 마음은 무거워도 발걸음은 날아갈 듯 가벼웠다. 마음이 놓여서가 아니라 그저 중력이 너무 작은 탓이었다. 그래서 기분이 이상했다.

　'이 산책은 역시 좀 이상해. 이건 상쾌한 걸까 마음이 무거운 걸까.'

　난아의 작품을 직접 본 적이 있었다. 지구에 세워진 건물 외벽에 투사된 작품이었다. 지금보다 중력이 훨씬 커서 땅 위에 놓인 어느 것도 위태로워 보이지 않는 풍경이었다. 유가야는 발걸음을 멈추고 80층짜리 건물을 올려다보았다. 아래쪽은 나무에 시야가 가렸지만 10층 이상은 꼭대기까지 훤히 다 보였다. 근처에 있는 모든 사람이 발걸음을 멈추고 같은 곳을 바라보고 있었다.

밤이었다. 건물은 커다란 나무처럼 보였다. 건물을 비추는 푸른 조명이 나뭇잎처럼 겹겹이 포개져서 꼭대기까지 빽빽하게 들어차 있었다. 가끔 수많은 나뭇잎이 일정한 패턴으로 흔들려 큰 바람이 건물 주위를 감도는 듯한 착각을 일으켰다. 근처 관공서 건물의 옥상에 세워진 깃발은 아래로 힘없이 늘어져 있었다.

그러다 문득, 나무 아래쪽에서 붉은 기운이 올라오는 게 눈에 띄었다. 서서히 자라나던 빨간 조명은 조금씩 위로 번지며 빨강에서 밝은 노랑까지 몇 가지 색으로 갈라졌다. 불꽃이었다. 삽시간에 자라난 불길이 나무를 삼키는 데는 3분 정도밖에 걸리지 않았다. 잠깐 딴 데로 갔다가 돌아온 사람들은 무슨 일이 일어난 건지 몰라 어리둥절해질 정도였다. 건물은 불길에 휩싸인 채 5분간 이글이글 타올랐다. 길쭉한 해가 뜬 것처럼 주변 일대가 온통 환해졌다.

그러다 어느 순간, 아무 전조도 없이 조명이 갑자기 꺼졌다. 태양이 꺼지듯 한순간에 팟. 그러자 폭발하듯 맹렬한 기세로 어둠이 퍼져나갔다. 어둠이 집어삼킨 시가지의 풍경이 꼭 우주 같다고 유가야는 생각했다. 사실 그건 평범한 야경일 뿐이었는데도.

국가는 불길에 주목해 그 작품을 선동이라고 해석했지만, 차난아가 표현하려 한 건 태양이 사라진 순간에 밀려오는 어둠이었다. 가야는 그렇게 느꼈다. 낭만이나 낙관 없이 비정한 우주를 삶 한가운데에 가져다 놓는 것, 그것도 아무도 원하지 않은 시간에.

'횃불보다 훨씬 불온한 감정이지. 그것 때문에 쫓겨났다면 차라리 그러려니 했을지도 몰라.'

그 작품에 비하면 이 통로 벽에 담긴 우주는 희망적이고 따뜻했다. 차가운 눈발이지만 결국 작은 불꽃의 온기를 체감하기 위한 한기이고, 대체로 텅 빈 언덕이지만 결국 누군가의 첫 발자국을 오래 간직하기 위한 여백이었다. 예전에 알던 난아를 생각하면 참 묘한 일이었다. 어쩌면 난아는 사람들이 생각하는 것보다 훨씬 행복하게 살고 있을지도 모른다.

그런 생각에 잠긴 사이, 행렬이 이동하는 속도가 점차 느려졌다. 정체 구간을 앞둔 고속도로 위 같았다. 그래도 사이클러 큰 순환을 맴도는 사람들의 행렬은 멈추지 않았다. 조금 더뎌지고, 조금 간격이 좁아졌을 뿐이었다. 교차로 근처에 또다시 사람들이 모였다. 승무원 몇 명이 교통정리를 하고 있었는데, 아마도 사람들이 걷는 방향을 바꾸는 모양이었다.

정체 때문에 거리가 가까워진 사람들이 미사일에 관해 속닥거렸다.

"상황이 끝난 게 아니라던데. 또 뭔가 날아올 수도 있대."

"그렇겠지."

"그럼 우리는 어떻게 되는 거야? 뭘 해야 하는 거지?"

"뭘 하긴, 그냥 이렇게 걸어야지. 기도나 해, 혹시 종교 같은 게 있으면."

신경을 끊으려 해도 떠들어대는 소리가 자꾸 귀로 파고들었다. 무슨 수를 써도 귀는 닫히지 않았다. 개인 소지품 가방에 든 헤드폰이 떠올랐다. 그 가방을 실은 화물 셔틀은 아직 사이클러에 도착하지 않았다.

교차로에 가까워지자 모두의 시선이 광장 한가운데로 쏠렸다. 가야는 별생각 없이 그쪽을 바라보았다. 거기에 난아가 있었다. 또한 조금 전 수석 트레이너라고 자기를 소개한 젊은 남자도 함께였다.

둘의 입술이 맞닿아 있었다. 웅성대는 인파나 우주를 건너다니는 소문 따위 아무 상관도 없는 것처럼, 눈을 감고 귀를 닫고 과거와 미래로 이어지는 길까지 모두 차단한 채 서로에게 오롯이 운명을 맡긴 두 사람이.

둘은 서로에게 온전히 집중하고 있었다. 가야는 두 사람의 이야기를 전혀 모르지만, 그걸 몰라도 알 수 있었다. 둘 모두의 삶이 짧게나마 완성되고 있다는 것을. 그 온전함이 영원히 지속되지는 않겠지만, 꼭 영원한 것만이 가치 있는 건 아니라는 사실도 함께.

둘의 마음이 얼마나 애틋한지는 맞잡은 손과 서로를 붙들고 있는 나머지 한 손의 모양만 봐도 알 수 있었다. 둘은 서로에게 열심이었고, 더는 잃고 싶지 않았으며, 다른 일은 아예 존재하지도 않는 것처럼 서로에게만 밀착해 있었다.

'게다가 이 살벌한 전쟁통에! 언제 우주선이 사라질지 모르는 와중에 말이지!'

유가야는 지구에서 본 난아의 작품을 떠올렸다. 80층 높이의 나무가 불러일으킨 바람과, 그 건물을 집어삼킨 커다란 불길, 그리고 그 모든 것이 사라졌을 때 예고 없이 성큼 다가온 광막한 우주. 그건 정말이지 경이로운 감정이었다. 영원히 순환 궤도에 가둬놓기에는 너무나 아까운 재능이었다.

그래서 유가야는 눈앞의 광경이 한편으로는 놀랍고 한편으로는 반가웠다. 그런 모습을 보게 될 줄은 몰랐고, 그 장면을 봤으니 이제 됐다 싶었다.

'드디어 만났구나, 난아야! 언니한테는 내가 잘 전해줄게. 이 아이는 여전히 미친 녀석인 것 같으니, 딱히 걱정할 필요는 없을 것 같다고.'

인공중력이 다시 사라졌다. 사이클러 큰 순환이 서서히 자전을 멈추자, 엘리베이터가 아래로 움직이는 순간처럼 모두의 몸이 가벼워졌다. 그러다 위쪽으로 몸이 떠오를 수도 있지만, 개개인이 심장으로 느끼는 감각은 추락에 가까웠다.

부선장이 조외진에게 보고했다.

"화물 셔틀 도킹 절차에 들어갑니다."

조외진은 고개를 끄덕였다. 비장한 동상처럼 서 있으려고 교차로에 나왔는데 공터는 이미 다른 이들의 차지였다. 선장은 그쪽을 지그시 바라보았다. 벌써 한 시간이나 기다렸지만 자기가 주인공이 될 차례는 올 것 같지 않았다. 그 역사적이고 비장한 순간에 제복의 힘을 빌려 선장이 하려던 말은, 두 연인이 내보내는 강렬한 메시지에 완전히 빛을 잃고 말았다.

교차로로 들어오는 인파는 승무원들의 안내에 따라, 가운데를 가로지르지 않고 우회전해서 옆길로 빠져나갔다. 그러다 조금 전 중력이 사라지자 각자 있던 곳에 그대로 멈춰 섰다.

'그래, 아무렴 어때. 순환할 건 순환하고 멈출 건 멈춰야겠지. 이깟 제복이 뭔 말을 더 보태겠어? 이런 마무리도 나쁘지 않지.'

다만 조외진은 한 가지가 아쉬웠다. 우주가 자잘해지는 것. 사이클러나 우주정거장처럼 큰 구조물은 평화로운 우주에서만 존재할 수 있다. 저놈의 미사일 때문이었다.

우주는 기본적으로 훤히 열려 있어서 날아오는 미사일을 막을 방법이 없다. 유일한 방법은 그게 나쁜 짓이라는 걸 모두에게 각인시키는 것인데, 한쪽이 미사일을 쏴대기 시작한 이상 다른 쪽도 미사일을 아낄 이유가 없다. 그런 상황에서 가장 현명한 대처법은, 큰 구조물 하나의 기능을 작은 개체 수백 개에 나누어 담아 네트워크를 이루게 하는 방식이다. 그러면 누군가의 공격으로 작은 개체 100개 정도가 파괴된다 해도 전체 네트워크의 기능이 정지되는 일만은 피할 수 있다. 처리 속도는 현저히 느려지겠지만 그래도 그편이 안전하다.

'하지만 그런 날이 오면 우주를 건너는 우주선은 전부 작은 순환밖에 못 하게 되겠지. 큰 구조물이 떠 있는 우주가 더 위대한 우주인데 말이야. 드래곤이 있는 눈밭이 더 좋은 눈밭인 것처럼.'

다시 부선장이 조외진의 귀에 대고 속삭였다. 공교롭게도 선장의 상념을 깨는 건 늘 부선장의 몫이었는데, 그건 단지 그가 자기 일에 최선을 다하고 있기 때문이었다.

"미확인 물체가 고속으로 접근하고 있답니다."

조외진은 자기도 모르게 자세가 굳어졌다. 미사일이 날아오고 있다는 말이었다. 제복을 입고 있어서 다행이었다. 원래부터 딱딱한 자세로 보였을 테니.

이번에는 빗나가지 않겠지. 지난번 미사일도 실수는 아니었을 것이다. 근지구궤도동맹의 핵심 국가들이 보유한 심우주 미사일은 요행을 꿈꾸는 게 허황해 보일 만큼 빠르고 정확하다. 그리고 비싸다. 우주에 나와 있는 건 웬만하면 다 비싸지만, 그것들과 비교해도 월등히 비싼 물건이다.

'소멸하는 게 목적인 물건치고는 말이지.'

교차로 한가운데, 한 시간째 길을 막고 있던 연인들의 몸이 공중으로 살짝 떠올랐다. 정확히 위쪽으로 떠오른 걸 보면 둘이 동시에 발끝을 쭉 뻗은 모양이었다. 무언가가 발이 쭉 펴지게 했겠지. 평범한 발바닥이 부스터가 될 만큼 놀라운 감정으로 가득 찬 순간. 사람들은 숨을 죽였고, 두 연인의 영혼은 두 사람만의 작은 세계 안을 빠르게 폐쇄 순환 했다.

'이 시간을 오래 지켜주지 못해 미안하네. 그래도 두 사람, 결국 이어져서 다행이야. 미래가 다 닫혀버린 지금에라도 말이야.'

나나는 시간이 얼마나 흘렀는지 가늠할 수 없었다. 시간이 눈금 없이 한 덩어리가 되어 있어서, 긴 듯도 하고 순간인 것도 같았다. 그런 건 이제 아무 상관 없었지만, 두 사람의 몸이 공중으로 둥실 떠오르는 순간에는 정말이지 가슴이 터져버릴 것만 같았다.

'분명 이 우주는 영원히 지속될 거야!'

그 충만함 속에서 나나는 생각했다.

'아무것도 바스러지지 않을 거야. 아무것도 닳아 없어지지

않고 영원히 이 자리에 존재할 거야.'

미사일 소식이 전해지든 말든 우주선 바깥 상황은 여전히 분주했다. 식량과 보급 물자, 승객들의 개인 물품 따위를 실은 무인 화물 셔틀은 자전을 멈춘 큰 순환의 정중앙 회전축으로 천천히 접근해갔다. 도킹을 위해서였다. 셔틀은 조금씩 속도를 줄여 사이클러 500미터 앞까지 다가갔다. 두 우주선은 허공에 붙박인 듯 완전히 똑같은 궤도로 날아가고 있었다.

궤도동맹 로고가 그려진 심우주 미사일은 남은 연료를 모두 태워 부스터를 가동했다. 속도를 높이려는 게 아니라 목표를 놓치지 않도록 마지막 방향 조정을 하려는 것이었다.

목표와의 거리는 더욱 빠르게 좁혀졌다. 미사일은 망설이는 법이 없었다. 안전장치가 부착되지 않은 지하철 자동문처럼 인간의 사정을 고려하지 않고 곧장 앞으로 나아갔다. 미사일은 키스가 뭔지 몰랐다. 인간의 마음이 왜 움츠러들거나 황홀해지는지도.

미사일이 미사일의 일을 완수했다. 새겨진 운명대로 목표물을 향해, 쾅.

부선장이 조외진에게 속삭였다.

"화물 셔틀 도킹이 불가능해졌습니다. 화물 셔틀이 미사일에 피격됐습니다."

조외진은 눈을 크게 떴다. 그러더니 부선장 쪽을 돌아보며
물었다.

"우리가 아니고?"

"우리가 아니고요."

조외진은 그제야 안도의 한숨을 내쉬었다. 두 사람이 마주
보며 고개를 끄덕였다. 배가 좀 고프고 생필품이 다소 모자
라겠지만, 비축분이 있으니 그거라면 어떻게든 버텨볼 수 있
다. 모두 무사히 살아만 있다면.

선장이 낮은 소리로 속삭였다.

"아직 아무에게도 그 소식을 전하지 말게. 저 두 사람이 사
이클러 탑승자의 임무를 마칠 때까지 조용히 기다려주자고.
우리는 미사일 같은 게 없지만, 저 일이 계속되는 동안에는
우리가 이기고 있는 거거든."

행성 탈출 속도

내가 화성을 떠나겠다고 말했을 때, 엄마는 "그래"라고 짧게 대답했다. 나는 다시 한번 말했다.

"지구에 가서 살 거라고."

지구 중력에 적응해서 사는 게 얼마나 힘든지 아느냐는 잔소리가 돌아오기를 기대하며, 오해의 여지가 없도록 고르고 골라서 한 말이었다. 그래도 엄마는 담담하게 반문할 뿐이었다.

"응. 채라랑 같이 지내려고 가니?"

"당연히 아니지. 지금 그게 문제가 아니잖아. 엄마랑 나, 이제 영영 못 만난다는 뜻이야."

"만날 수 있어. 요즘은 서로 연락하기도 쉬워졌고."

지구를 떠나는 사람들이 남겨진 가족들에게 제일 많이 하고 온다는 거짓말이었다. 다시 만날 수 있다는 거짓말. 엄마는 나에게 그 말을 하고 있었다. 언젠가 그 말을 듣게 될 날이 오리라는 것을 예감하고 오래전부터 대비해왔다는 듯.

어떻게 이런 걸 미리 대비할 수 있지? 나는 도대체 몇 살부터 엄마 품을 떠날 아이로 보였던 걸까? 엄마는 도대체 몇 살부터 나를 붙들지 않기로 마음먹은 걸까?

세상 만물은 수로 이루어져 있다. 화성처럼 척박한 곳은 더 그렇다. 화성 정착민의 작은 창문 밖에는 구경할 만한 게 아무것도 없다. 폐허와 바람과 모래뿐이다. 누군가 그 공허가 수로 가득 채워져 있다고 주장한다면, 옆에서 그 작은 창을 함께 바라보고 있던 동료는 별생각 없이 고개를 끄덕여줄 것이다. 훌라후프나 주사위로 채워져 있다고 해도 의미 없기는 마찬가지니까.

채울 수 있으면 뭐든 채워보라지. 그래 봐야 이건 텅 빈 행성일 뿐이라고.

실제로 화성을 가득 채운 건, 수가 아니라 수학을 잘하는 사람들이다. 화성에는 늘 박사가 넘쳐난다. 박사가 아닌 사람보다 박사가 더 많았는데, 화성으로 이주한 첫 세대는 박사학위가 두당 세 개씩이었다. 지금도 화성에 있는 박사학위 수를 다 더하면 화성 전체 인구를 조금 넘는다.

박사가 아닌 사람은 대부분 어린이다. 기후학자네 둘째, 지질학자 집안의 쌍둥이, 아니면 엔지니어만큼 수학을 잘하는 법학 전문가의 딸 같은. 그 아이들도 하나같이 수학을 잘한다. 네 살짜리 꼬맹이가 거주지 공동 휴게실 식탁 아랫면에 몰래 그려놓은 낙서도 수학 공식을 흉내 낸 그림이다. 가끔 진짜 공식을 써놓는 네 살짜리도 있는데(지구 나이로 네 살이다) 딱히 천재 취급을 받지도 못한다. 지구에서 어른들이 말이 빠른 아이를 보고 "얘는 말 배우는 게 조금 빠르구나" 하고 말듯, 화성의 부모들은 "얘는 그냥 수학이 조금 빠르구나" 하고 대수롭지 않게 넘긴다. 그만큼 화성에는 수학 못하는 아이가 드물다. 백에 하나, 아니면 천에 하나.

그런데 그 하나가 바로 나다.

"너는 문명을 완성할 아이니까 괜찮아."

엄마는 내가 받아 온 첫 수학 성적을 보고는 진심으로 당황했다. 성적은 확실히 수로 이루어져 있어서 다르게 해석할 여지조차 없었다. 엄마는 곧 정신을 차리더니 괜찮다고, 괜찮다고, 다짐하듯 두 번이나 말했다.

엄마는 행성관리위원회 행성건설국이라는 데서 일했다. 화성 표면과 궤도를 잇는 우주공항 부지를 선정하는 게 그 무렵 엄마의 일이었다. 지구의 우주공항은 몇 군데에 치우쳐 있다고 했다. 돈 많은 나라 사람들이 모여 사는 곳 근처다. 로켓 발사 소음이 들리지 않을 만큼 멀리 떨어져 있기는 하지만. 반면 화성의 우주공항은 행성 전체에 균일하게 분포할 예정이었다. 지도로 보면 조금 치우쳐 보이기는 하는데, 그건 언젠가 바다가 될 곳을 제외하고 계획을 세운 탓이다.

여기서 중요한 건 엄마가 행관위 사람이라는 점이다. 행관위 행성직 직원들은 가족이나 출신국보다는 화성 자체를 더 중요하게 생각한다. 그러니까 다른 화성인에 비해 조금 더 신념이 강한 사람들이다. 그래서 일반 가정에서 듣기에는 영 이상한 소리를 할 때가 많았다.

"맨 처음 지구에서 화성으로 사람을 보낼 때 박사학위가 세 개인 사람들을 잔뜩 보낸 건 그다음에 박사학위가 두 개인 사람이 와도 살아남을 수 있도록 베이스캠프를 마련하기 위해서였어. 그 후에 박사학위가 둘인 사람들은 화성 표면에 박사학위가 하나밖에 없는 사람이 와도 안전하게 지낼 수 있는 집을 지었지. 그런 식으로 이어지는 거야. 박사학위가 하나인 사람들이 돔을 올리고 도시를 만든 다음에는 석사학위나 학사학위만 있는 사람도 안전하게 화성에 정착할 수 있을 테니까."

나는 진지하게 따져 물었다.

"엄마, 그게 무슨 말도 안 되는 소리야? 그렇게 가방끈 긴 사람만 보내니까 제대로 된 미용사도 없어서 엄마가 그렇게 웃긴 머리를 하고 있는 거잖아."

"아니, 진짜로 그렇다는 게 아니라, 비유하자면 그렇다고. 먼저 화성에 온 사람들은 나중에 올 사람들이 편하게 살도록 환경을 조성하는 임무를 띠고 있었다는 말이야. 그 임무를 완수하려면 지구에서 출발하기 전부터 더 많은 준비가 되어 있어야 했고, 때로는 생명의 위협도 감수해야 했지. 하지만 이 사람들은 아무리 열심히 살아도 화성 사회를 완성할 수 없었어. 왠지 알겠니? 처음부터 역할이 너무 분명하게 정해져 있으니까. 이런 사람들은 아무리 뛰어나도 결국 부품이야. 우주선 조종사는 존경받는 직업이지만 승객을 실어 날라야 의미가 있어. 승객 없이 날아오는 여객용 우주선은 아무 의미도 없어. 그 비행에서 더 중요한 쪽은 조종사가 아니라 승객이라고. 다음 사람을 위해 뭘 해야 한다는 목적이 정해져 있지 않은 사람 말이야. 목적이 없는 사람은 그냥 살면 돼. 그러라고 우리 같은 세대가 그 고생을 한 거니까."

맥락을 알고 들으면, 수학 같은 건 못해도 좋다는 말은 마음이 따뜻해지는 위로가 아니었다. 그보다는 화성 행성관리위원회의 '미래사회비전'에 가까웠다. 다시 말하면, 아무 도움도 안 되고 아무것도 할 줄 모르는 밥벌레들이야말로 화성의 문명을 완성할 세대라는 뜻이었다. 온통 수학으로 이루어진 황량한 행성에 사칙연산 빼고는 하나도 이해하지 못하는 채로 내던져진 아이처럼. 그게 바로 나다!

물론 엄마는 나쁜 양육자가 아니었다. 떠나겠다는 나에게 해줄 말은 "그래"라는 짤막한 대답뿐이었지만, 그래도 엄마는 그 순간을 오랫동안 준비했을 것이다. 그런 티가 확 나기도 했다. 목소리는 떨렸지만 눈빛은 흔들리지 않았는데, 그건 확신이 있다는 말이었다. 그렇게 되기까지는 아마 수없이 많은 고민이 필요했을 것이다. 비록 잘못된 전제가 깔려 있기는 했지만.

지구를 떠날 때 '박사학위가 두 개인 우주선 조종사'였던 엄마. 나는 그 세대를 이해하려고 애썼다. 결과는 만족스럽지 않았지만, 아무튼 엄마가 나에게 정성을 다한 것은 의심의 여지가 없었다.

나는 화성에서 **태어났다**. 아빠는 엄마와 이혼하고 행성 반대편에 가서 살았다. 둘은 우주를 함께 건너온 '우주선 동기'여서 혈맹 같기도 하고 원수 같기도 했다. 아무리 작아도 화성은 행성이어서, 반대편에서 살 정도면 인생에서 아주 사라져버렸다고 말해도 좋았다.

함께 자란 또래 아이들은 대부분 지구에서 태어나 화성으로 이주해 왔다. 화성 사회는 우리에게 관심이 많았다. 특히 건강에 관심이 많았는데, 나중에 생각해보니 그건 돌봄이 아니라 데이터 축적에 가까웠다. 모든 아이가 주기적으로 검사를 받았지만 나는 다른 아이들보다 예닐곱 가지 검사를 더 받았다. 검사를 마치고 교실에 돌아오면 다른 아이들은 모두 집으로 간 뒤였다. 많지도 않은 출석일이 대부분 그런 날이었다. 다른 아이들은 나만 없는 교실에 모여 특혜를 상상했고, 나는 혼자 남은 교실에서 외로움을 떠올렸다.

강하는 내가 일곱 살일 때 우리 동네로 이사 왔다. 화성으로 이주한 지 50일밖에 안 됐다고 했다. 지구에서 온 아이들은 지구에서 먹은 나이에 화성에서 먹은 나이를 제멋대로 더해버려서 누가 얼마나 살았는지 도무지 가늠할 수가 없었다. 1년의 길이가 두 배쯤 차이 나는 행성에서 먹은 나이를 아무렇게나 더해버리면 어쩌자는 건지. 또래 아이들이 다 그래서 불평하는 사람은 아무도 없었다. 사실 아이들은 나이를 정확하게 세고 싶지 않은 걸지도 몰랐다. 완전히 파악되고 싶지 않은 본능 같은 것일지도 모른다. 하지만 쭉 지구에서 살다 온 강하의 나이는 거의 정확하게 계산이 됐다. 분명 나와 같은 나이였다(지구에서는 중학교를 다니다가 왔다고 한다).

강하와 나는 곧 서로 좋아하게 됐지만 서로의 첫사랑이 되지는 않았다. 덕분에 다 커서 만난 채라에게 첫사랑은 너라고 당당하게 말할 수 있었다. 강하는 눈치가 빠르고 다른 사람의 감정을 잘 살피는 여자아이였는데, 나도 마찬가지로 다른 사람의 표정을 잘 읽는 사춘기 남자아이였다. 똑같이 사려 깊고 섬세한 아이들이 같은 생활 반경에서 살면 오래지 않아 서로 좋아하게 될 수밖에 없다. 서로의 마음이 텔레파시처럼 잘 읽히기 때문이다. 그 나이 아이들이라면 소울메이트라고 착각하기 딱 좋은 경험이지만, 눈빛만 봐도 무슨 생각을 하고 있는지 전부 읽어낼 수 있는 사람과 한 공간에 같이 있으면 금세 지치는 것도 사실이었다. 서로에게 전해지는 정보가 너무 많아서다.

나는 강하가 좋았지만, 솔직히 강하를 보는 게 피곤했다. 강하도 마찬가지였을 것이다. 그래서 우리는 멀찍이 거리를 두고 오래 친구로 남기로 했다. 말로 한 적은 없고 눈빛이나 몸짓만으로 합의한 내용이지만, 다행히 나만의 착각은 아니었다. 다른 정착지로 이사 가기 며칠 전 강하가 먼저 나를 찾아와 별말도 없이 당연한 것처럼 입을 맞추고 갔으니까. 그건 정말이지 이상한 일이었다. 두 사람이 서로 입술을 맞대다니. 첫사랑은 아니지만 첫 키스는 함께한 친구.

며칠 후, 화성 반대편으로 이사 간 강하가 말을 걸었다.

"사실 우리 아빠가 너네 엄마 감시하고 있었다."

"뭐?"

나는 깜짝 놀라 물었다. 앞에서도 말했듯이 화성 반대편으로 갔다는 건 인생에서 아주 사라졌다는 뜻이다.

"어머니 행관위시잖아. 완전 화성 사람. 우리 아빠는 본국에서 지령받고 파견된 요원이거든. 완전 지구 사람. 화성 행성정부에서 추진하는 일을 방해하기 위해서라면 무슨 일이든 다 할걸."

"뭐라고? 그런데 그거, 나한테 말해도 돼?"

"엄마한테만 말하지 마. 어차피 그 작전 다 접고 여기로 이사 온 거여서 말해도 달라질 건 없을 거야. 어른들이 처리할 문제니까 괜히 끼어들지 말자. 나도 그랬으니까. 내가 뭘 했느냐면, 아빠가 나한테 너랑 친해지랬거든? 그런데 참았어."

강하는 행성 반대편에서나 할 수 있는 고백을 하고 있었다. 나는 뭐라고 답해야 할지 몰라서 두 가지 고백 중 더 심각해 보이는 부분을 골라 질문을 이어갔다.

"그럼 너네는 집안이 다, 그래?"

"스파이냐고? 흠, 아빠 엄마는 맞지만 나는 글쎄. 아직 지령은 안 받으니까. 그래도 이제 가업이 된 걸까? 하지만 요원도 공무원이면 시험 같은 거 보지 않나? 나도 자세한 건 몰라. 때 되면 누가 말해주겠지."

부모님께 설명을 들은 게 아니라 자연스레 눈치를 챈 모양이었다. 강하는 모처럼 한 두 가지 고백 중 더 하고 싶었던 말로 화제를 옮겼다.

"아빠 말대로 조금만 더 친하게 지냈으면 우리 정말 큰일

났을 것 같지 않아?"

"큰일 났겠지."

나는 고개를 끄덕였다. 강하가 흥미를 보이며 떠보듯 물었다.

"넌, 어떻게 큰일 내고 싶었는데?"

무슨 말이 하고 싶은 걸까. 나는 잠시 생각을 정리한 다음 방어적으로 대답했다.

"딱히 큰일을 내고 싶은 건 아니었는데. 너는? 생각해본 적 있어?"

그 질문을 기다렸다는 듯, 강하는 연극 수업 때처럼 잔뜩 들떠서 대답했다. 또 지나치게 많은 정보가 화면을 뚫고 넘어 왔다. 늘 태양풍처럼 찬란하게 폭발하는 영혼.

"이렇게 말하게 됐겠지. '야, 나랑 도망치자. 여기를 떠나서 지구로!' 뭐 지금은 아니고 한 5년쯤 뒤에. 그대로 쭉 가면 우리는 헤어질 수밖에 없었을 테니까. 5년이나 친하게 지냈는데 그깟 가업 때문에 헤어지고 싶지는 않았을 거고."

강하는 오지 않은 미래를 상상하듯 생각에 잠겼다. 그러더니 이렇게 덧붙였다.

"역시 귀찮았겠지?"

"아주 피곤했겠지."

"안 하길 잘했다."

"안 하길 잘했어."

그게 우리의 결론이었지만, 둘 다 그다지 확신은 없었다. 48대 52 정도로 아슬아슬해서 언제든 뒤집을 수 있는 결론이었다.

강하가 떠나자 파리한 화성의 태양이 조금 더 어두워졌다. 나는 수학을 잘하는 다른 아이들과 잘 어울리지 못했다. 아이들은 내가 잘 모르는 언어로 속닥속닥 뒷말을 주고받았다. 어른들은, 다들 박사여서 언제든 선생님 역할을 할 수 있었던 그 많은 어른들은, 아이들이 나를 따돌리기 위해 자기들끼리만 알아듣는 말로 대화하는 것을 나쁘게 보지 않았다. 오히려 재치 있다고 여길 때도 많았다. 그 언어가 바로 수학인 탓이었다.

화성에서 자란 아이들에게 정착지에 있는 어른은 누구나다 부모였다. 사생활이 보장되지 않는 공간이어서 가족의 영역이 명확히 구분되지 않았고, 어차피 모든 어른은 어린이를 보살필 의무가 있었다. 하지만 부모가 그렇게 많은데도 어떤 아이는 충분히 보호받지 못했다.

'화성을 건설하러 우주를 건너온 세대는 화성의 문명을 완성할 아주 특별한 세대를 오래오래 따돌리겠구나.'

나는 그 사실을 일찍 깨달았지만, 근처에 있는 화성 행성

관리위원회 인사에게는(엄마다) 알리지 않았다. 대신 각오를 다졌다. 그건 결국 내 몫의 싸움이 될 예정이었다.

학교에서는 가끔 소풍을 갔다. 물론 딱히 새로운 데는 아니었다. 외부 활동복이 찢어지거나 산소 공급 장치에 작은 이상이라도 생기면 정말 큰일이 날 수도 있어서, 정착지 사이에 펼쳐진 광활한 폐허에 어린이나 청소년을 인솔자 없이 내려놓는 일은 행성 전역에서 불법이었다. 그래도 아이들은 소풍이나 답사를 좋아했다(물론 인솔자가 있었다). '그래도'가 아니라 '그래서'라고 해야 할지도 모른다. 아이들은 왠지 위험한 일을 할 때 더 들뜨고 쉽게 흥분했다.

우리는 커다란 바퀴가 달린 스쿨버스를 타고 정착지 밖으로 나가 한참을 달렸다. 우리 스쿨버스는 이름과는 달리 크기만 좀 큰 표준형 화성 전기차량이었다. 차가 멈춘 곳에는 아무것도 없었다. 하지만 인솔자 선생님이 컴퓨터 단말기를 만지작거리자 모두의 헬멧 안쪽에 도표와 숫자가 표시되었다. 먼 옛날 지구에서 날아온 무인 탐사로봇이 지나간 경로였다.

화성에는 주기적으로 모래바람이 불어서, 로버가 남긴 바퀴 자국 같은 건 한 계절만 지나도 찾을 수 없다. 몇 년만 지나면 로버 자체도 모래에 파묻힐 지경이었다. 그래도 로버가 지나간 지점의 좌표는 어딘가에 있는 컴퓨터에 꼼꼼하게 기록되어 있었다. 화성의 아이들은 로버가 몇 주 동안 느릿느릿 간 길을 한나절 만에 따라 걸으며, 사람의 발길이 닿기 훨씬 전에 그 땅에 도달한 로버가 발견해낸 것들을 하나하나 순서대로 복습했다. 말하자면 그게 화성의 고대사였다. 지구의 아이들이 공룡 발자국을 찾아가는 일과 비슷한 정도로 시시한 일이었다. 공룡 발자국을 찾아가는 게 왜 시시한지는 잘 모르겠지만, 아무튼 채라는 그렇게 말했다.

일반적인 역사책과 달리 순렛길은 전부 수학으로 이루어져 있었다. 로버가 여섯 개의 바퀴로 나아간 속도나, 생명체의 흔적을 발견하기 위해 했던 화학 실험까지 모두. 아이들 중 누군가가 수학으로 된 농담을 하자 다른 아이들이 일제히 낄낄거렸다. 이번에도 선생님은 제지하지 않았다. 별 이야기 아니라고 여기는 듯했다.

나는 아이들의 농담을 알아듣지 못하지만, 아이들의 제스처는 예민하게 읽어낸다. 몸의 언어는 헬멧이나 외부 활동복으로 가려지지 않는다. 아이들이 굳이 가리려 하지 않았으므로. 그래서 그건 단순한 농담이 아니다.

나는 그들 무리에 섞이지 않도록, 그러면서도 너무 뒤처지지는 않게 적당히 거리를 두고 로버가 한 탐사 활동을 따라잡느라 허둥댔다. 그러다 로버가 드론을 띄웠던 지점에서 잘 이해가 안 되는 함수 몇 개를 들여다보다가, 문득 고개를 들고 주위를 살폈다. 위화감 때문이었다.

예감은 틀리지 않았다. 근처에는 사람이 아무도 없었다. 헬멧 스크린 한쪽에 띄워져 있는 답사 현장 지도를 살폈지만, 무슨 영문인지 내가 서 있는 곳이 어디인지 알 수가 없었다. 그러자 긴장으로 온몸이 굳었다. 간신히 호흡을 가다듬고 가만히 들어보니 무선 통신 장치를 통해 아이들이 대화하는 소리가 평온하게 이어지고 있었다. 인솔자의 목소리도 드문드문 들렸다. 내 시야에는 아무도 보이지 않았지만, 아무튼 별일은 아니라는 뜻이었다.

나는 팔뚝에 붙어 있는 단말기를 조작해 헬멧에 답사 계획표를 불러냈다. 걸어서 갈 수 있는 거리에 옛 정착지 유적이 있었는데, 거기가 그날의 최종 목적지였다. 나는 수업 진도를 따라잡는 것은 포기하고 곧장 그쪽으로 발걸음을 옮겼다.

버려진 옛 마을에는 사람이 아무도 없었다. 아이들도, 인솔자도, 커다란 바퀴가 달린 스쿨버스도. 민속촌으로나 쓰는 옛 정착지에는 그 흔한 돔조차 덮여 있지 않았다. 헬멧을 쓰지 않고 편하게 돌아다닐 수 있는 공간이 아주 좁다는 뜻이었다. 박사학위가 세 개인 화성 원시인들은 그만큼 열악한 '움막'에서 겨울을 났다.

그래도 없는 것보다는 낫겠지.

생명 유지 장치가 켜져 있는 건물 안으로 들어가서 인솔자를 기다리면 좋았겠지만, 바로 근처에는 작동 중인 건물이 하나도 없었다. 주위를 둘러보자 헬멧 스크린에 작동 대기 상태인 건물의 정보가 표시되었다. 그나마 다행이었다. 버려진 정착지라 해도 최소한 건물 하나는 작동 대기 상태로 두는 게 원칙이었다. 절박하게 피난처를 찾아온 누군가가 닫혀 있는 문 앞에서 절망하지 않도록. (이건 말할 필요도 없이 행관위가 한 일이다. 그래서 사람들은 행관위를 신뢰하고 존경한다.)

작동 대기 중인 건물은 원래 우주선으로 쓰이던 건물이었다. 다섯 명의 지구인이 우주를 건너며 7개월 동안 생활한 바로 그 공간이었다. 정착 초기에는 이런 우주선을 그대로 생활 시설로 사용하는 일이 많았다. 건물을 새로 지을 여력이 없었으니까. 생활공간이 딸린 운송 수단인 셈인데, 말하자면 캠핑카 같은 우주선이었다.

나는 그 안으로 들어가서 문을 닫고 생명 유지 장치를 확인했다. 외부 활동복에는 아직 산소가 꽤 남아 있었다. 혹시나 수치가 많이 떨어지면 건물에 비치된 공기통과 배터리를 이용해 채울 수 있었다. 지구의 오래된 동굴 벽화처럼, 화성 원시인들이 벽에 그려놓은 오징어 괴물 그림이 귀여웠다. 크라켄이었다. 화성에 있는 스포츠 동호회에서 마스코트로 제일 많이 사용한다는 전설 속 바다 괴물이었다.

나는 안도의 한숨을 내쉬었다. 그러자 낄낄거리는 소리가 무선 통신 장치를 통해 전해졌다. 마치 한숨 소리를 기다리고 있기라도 한 것 같았다.

누구의 목소리일까? 시시덕거리는 소리도 수학으로 표시하지 왜?

그때 우주선 문이 잠기는 소리가 났다. 우주선을 타본 적은 없지만 무언가가 잠기는 소리는 내 귀에도 익숙했다. 화성의 모든 건물에는 밀폐가 아주 잘되는 문이 달려 있었다.

다시 불길한 예감이 들었다. 아무래도 심상치 않은 일이 일어날 모양이었다. 조종석 계기반에 불이 들어오자 위화감은 한층 구체적인 위기감으로 바뀌었다. 무언가를 나타내는 도표가 화면에 나타났다. 큼직한 원으로 된 3차원 그림이었다.

설마?

경고등이 반짝이고 의자에 앉으라는 메시지가 들려왔다. 나는 즉시 의자에 몸을 고정했다. 몸이 저절로 반응했다. 화성의 아이들은 경고음을 들으면 절대 망설이지 않는다. 몸이 고정되자 의자가 뒤로 젖혀졌다. 이어서 이런 말이 들려왔다.

"긴급 대피 절차에 따라 자동 조종 모드로 작동합니다."

톤이 아주 높고 귀에 거슬리는 남자 목소리였다. 그런 목소리가 들리면 대충 큰일이 났다는 뜻이었다.

저 목소리를 어디서 들어봤더라 생각하는 사이 등 뒤에서 갑자기 굉음이 울렸다. 보이지 않는 억센 손길이 내 몸을 의자 등받이로 바짝 밀어붙였다. 관성이었다. 내 몸이 지닌 우주의 본성이었다. 변화에 저항하려는 성질. 질량으로 표현되는 나의 본질.

압도적인 힘이 나를 들어 올렸다. 내 보잘것없는 질량으로는 도저히 저항할 수 없는 초월적인 힘이었다. 그다음에 일어난 일은 정말 괴상했다. 강하의 입술이 내 입술에 닿았을 때보다 훨씬 더 그랬다.

나는 우주로 발사되었다. 지형의 굴곡 때문에 경계선이 분명히 보이지는 않지만 그래도 대충 직선이었던 지평선이 완전히 동그랗게 보이는 높이까지.

붉은 행성의 대지가 둥글게 휘어졌다. 서서히, 아니 생각보다 빠르게. 시야를 가득 채운 우주의 어둠이, 아니 우주 전체를 깨끗이 비워 만든 거대한 공허가, 평생 발을 디디고 산 대지보다 훨씬 많이 보이는 지점까지 위로 올라갔다. 중력이 거의 다 상쇄되어갔다. 나는 의자에 몸이 묶인 채 속절없이 손발을 버둥거렸다. 그것은 완전한 절망이었다.

'지구로 돌아가는 걸까, 이 우주선은? 여기는 당장 먹을 것도 없을 텐데. 연료는 충분할까? 이대로 영영 우주를 떠도는 건 아닐까?'

나는 우주선이 어디를 향해 날아가는지 짐작조차 할 수 없었다. 두려움이 엄습했다. 죽음을 눈앞에 둔 공포였다. 우주는 공포였다. 어떻게 해볼 도리가 없는 압도적인 공허였다. 원시인들은 그 공포를 표현하기 위해 우주선 벽에 크라켄을 그렸다고 했다. 벽에 그려진 크라켄이 조금 전과는 전혀 다르게 보였다. 화면에는 분명 우주정거장으로 가는 궤도가 표시되어 있었겠지만, 나는 그 궤도를 알아볼 수 없었다. 우주 만물이 다 그렇듯 그 또한 수와 도표로 이루어져 있었으므로.

절망이 영혼을 빠르게 잠식했다. 영혼은 너무나 보잘것없었고 절망은 압도적으로 거대하기만 했다.

이제 우주 전체에서 진짜 내 편은 채라뿐이었다. 채라는 화성에 아무 이해관계가 없었다. 지구에 사는 지구인이었다는 말이다. 나는 채라 이외의 사람에게는 그날 일을 다시 이야기한 적이 없었다. 그러니까, 엄마에게도 하지 않은 이야기였다.

"우주정거장에 머물다가 닷새 뒤에 집으로 돌아왔어. 문제가 커져서, 관할 구역이 행성 표면의 반쯤 되는 교육기구까지 안건이 올라갔대. 그래 놓고 교육 당국에서 뭐라 그랬냐면, '아이들이 벌인 철없는 장난'이래. 뻔한 결말이지? 우주선 외부에서 비상 탈출 장치를 원격으로 조작해서 사람이 탄 우주선을 우주정거장으로 날려 보낸 일이 글쎄, 장난이었대. 그런 장난 들어본 적 있어? 내가 우주선에 들어가기 30분쯤 전에, 그 패거리 중 하나가 생명 유지 장치를 점검했대. 얼마나 오래 작동하는지. 그래서 살인미수 같은 범죄는 아니래. 죽일 생각은 없었다는 거지. 하지만 반대로 생각하면 우발적인 사고가 아니라 계획된 범죄라는 증거도 될 수 있잖아. 그렇게 말해주는 사람이 하나도 없더라. 답사 중간에 내가 길을 못 찾은 건 누군가 내 헬멧 스크린에 뜬 지도의 좌우를 뒤집어놓아서 그런 거래. 종일 수학으로 시시덕거리는 아이들한테는 꽤 간단한 문장이었나 봐. 그걸 본 아이들이 낄낄거렸을 거고, 인솔자 선생님은 그게 무슨 말인지 단박에 알아들었을 텐데도 그냥 씩 웃고 말았을 거야. 수학 농담이니까. 내 온몸이 굳은 채로 행성 한가운데에 홀로 내던져진 순간에 말이야.

더 엉망인 게 뭔지 알아? 엄마는 내가 한패일 거라고 믿었어. 장난친 녀석들이랑 말이야. 내가 대장이라고 생각했을지도 몰라. 우주선에 탄 건 나니까. 교육 당국이 오해하기 딱 좋게 상황을 설명했거든. 나는 오해를 바로잡지는 않았어. 그 말은 차마 못 하겠더라. 지구에서 온 아이들과 같은 무리에 속한 적은 평생 단 한 번도 없었다는 말은. 속으로만 생각했지.

'엄마, 그 녀석들은 내 친구가 아니야. 아직은 먼 미래의 일이지만 우리는 결국 전쟁을 치를 사이라고.'

그건 행관위 미래 비전에 반대되는 증언이었어. 내 말이 사실이면 엄마네 계획은 뭔가 크게 잘못되어가고 있는 건데, 당연히 내 말이 사실이잖아. 그래서 말 안 했어. 엄마는 엄마가 믿고 싶은 대로 그 일을 이해했을 거야. 내가 그렇게 놔둔 거긴 해. 엄마는 무조건 내 편을 들어주는 사람이었던 적이 없으니까. 화성 편이었지. 하아, 그 기분 알아? 행성 전체에 퍼져 있는 중력이 나만 비껴가는 기분 말이야."

나의 연인 이채라. 채라와 나는 서로를 연인으로 공표한 사이였지만 정말로 우리가 연인이었는지는 확실하지 않았다. 일단 우리는 **만난** 적이 없었다. 현실에서뿐만 아니라 네트워크 안에서도 마찬가지였다. 화성과 지구 사이에는 짧아도 6분, 길면 40분이 넘는 긴 통신 시차가 있어서 두 행성에 사는 사람이 마주 보고 대화를 주고받는 일은 애초에 불가능하다. 손을 잡거나 옆에 나란히 눕는 건 말할 것도 없었다.

어쩌면 채라는 나를 만나는 동안에도 몇 번은 지구에 연인을 두었을지도 모른다. 거의 확신할 수 있는 순간도 있었지만, 화가 나지는 않았다. 지구에 있는 채라의 연인도 딱히 나에게 질투를 느끼지는 않았을 것이다. 그건 게임 속 캐릭터나 영화배우와 사랑에 빠지는 것과 크게 다르지 않았다.

"세상이 수로 이루어져 있다니, 화성 사람들이 잘못 생각하는 거야. 세상은 사실 언어로 이루어져 있는데."

언젠가 채라가 한 말이었다. 채라는 자주 그런 식으로 말했다. 내용은 위로가 맞지만, 형식은 안 그랬다. 행성 너머에 있는 친구와 대화하는 요령은, 대답을 기다리지 않고 한 번에 길게 말하는 것이었다. 그래야 그 연락을 받은 상대방이 대답과 질문을 섞어 마찬가지로 긴 메시지를 돌려보낼 수 있다. 반대로 말하면, 저렇게 짧게 한마디를 던지고 말할 차례를 넘기는 건 상대를 숨 막히게 하는 일이었다. "그게 무슨 소리야?" 하고 물으면 다음 대답은 또 한참 뒤에나 돌아올 테니.

그래도 채라는 그런 식으로 의미심장하게 말하는 걸 좋아했다. 시간이 갈수록 점점 더 그랬다. 어쩌면 내 속이 터지기를 바라고 일부러 한 행동일지도 몰랐다. 너무 익숙해진 나머지 더는 서로가 찬란하게만 느껴지지는 않던 시절이었으니까.

시비 걸듯 짧게 대꾸하는 대신 나는 채라의 말을 오래 곱씹었다. 작은 상처 몇 개가 흉터처럼 깊어지기는 했어도 채라는 아직 내 편이 분명했다. 아직 서로가 눈부셨던 시절에는, 우리도 화성의 밤하늘에 지구가 떠 있고 지구의 밤하늘에 화성이 떠 있는 밤마다 서로가 있는 곳을 바라보며 대화를 나누기도 했다. 몇 분씩 시차가 생기는 그 대화를 말이다. 우리는 그렇게라도 함께하고 싶었고, 함께 있는 흉내라도 내고 싶었다.

천천히 전해지는 채라의 말은, 목소리는, 그리고 눈빛은, 영민함과 탁월함으로 밝게 빛났다. 마침내 전해지는 내용이 이 채라이기에, 답을 기다리는 시간은 낭비가 아니었다. 채라는 엇박으로 벌어진 시차마저도 가치 있는 것으로 바꿔버리는 사람이었다. 그런 존재였다. 나는 채라를 독점하지 못한다는 사실에 분노하거나 질투를 느끼지는 않았지만, 그렇다고 내가 채라에게 열광하지 않은 건 아니었다. 사랑은 아니었을지도 모르지만, 나는 채라를 경애하고, 귀애하고, 연모하고, 흠모했다. 가끔은 숭배도 했다.

열정의 이름으로 그런 부질없는 시도를 몇 번이고 반복해 본 사람은 알 수 있었다. 밤하늘의 저 많은 별 중에서 말을 걸 수 있는 천체는 지구밖에 없다는 걸. 그러면서 차츰 눈치채게 된다. 지구와 화성이 서로 얼마나 느리게 답하는 천체인지를.

우주가 언어로 이루어져 있다면 지구는 아주 느린 단어로 채워져 있는 게 분명했다. 채라는 답답하거나 어눌한 사람이 아니었지만, 우주를 사이에 두고 만날 때는 날카롭기보다는 오히려 뭉툭한 영혼이었다. 나 또한 채라의 눈에는 그래 보였을 것이다.

오랫동안 우리는 한편이었고 서로를 비추는 거울이었다.

그런데 내 눈에 채라는 충분히 예리하고 영특해 보이지 않았다. 점점 더 그렇게 됐다. 순전히 거리 때문이었지만, 아무튼 결과적으로 어눌해 보였다. 처음에 나는 그 사실을 크게 신경 쓰지 않았다. 그러나 채라는 그 점이 마음에 걸렸다. 아름답고 영민하고 날렵했던 채라는, 누구에게나 자신이 선명하고 명쾌하고 찬란하기를 바랐다. 성격 때문이 아니라 그냥 그런 나이였다. 나중에는 나도 그렇게 되었다. 나 역시 그런 나이로 접어들자 채라의 눈에 비친 나의 어눌함을 견디기가 어려웠다.

"괜찮대도, 그런 사소한 단점은. 너는 문명을 완성할 세대라니까."

엄마는 늘 그 소리였다. 하지만 내가 완성할 화성의 문명은 현지에서 봐도 무디고 둔탁했다. 특히 돔 밖에서는 더 그랬다. 외부 활동복을 입고 장갑을 끼고 있으면 아무리 손재주가 뛰어난 사람도 뒤뚱거리고 허둥대는 걸로밖에 안 보였다. 채라는 내 걸음걸이가 귀여워 보인다며 좋아했지만 내 입장에서는 그렇지 않았다.

나는 친구를 많이 사귀기가 어려웠고(성격 탓이 아니다!), 점점 혼자 있는 시간이 많아졌다. 거주지 돔 안은 어디를 가나 붐벼서 조용한 곳을 찾을 수가 없었다. 그래서 자주 밖으로 나가 정착지 주위를 오래 걸었다. 되도록 멀리, 거주지 돔 꼭대기가 지평선에 겹쳐져 보일락 말락 하는 거리까지 나가는 게 보통이었다. 그보다 더 멀리 가려면 신고를 해야 했다. 지구에서는 꽤 먼 거리지만 화성인에게는 그게 '집 앞'이었다.

화성에서 태어난 아이에게는 주어진 임무라는 게 없었다. 어른이 되고도 마찬가지였다. 선발되거나 채용되지 않았으므로, 달성할 목표도, 임무를 수행하기 위한 최소 자격 요건도 정해진 적이 없었다. 어른이 되자 역사기록관에서 내가 일할 자리를 마련해주었다. 나는 의욕 없는 사서 아니면 묵언 수행 중인 수도승처럼 심심한 역사가로 자랄 운명이었다. 그게 다 행관위가 시행하는 프로그램 덕이었다. 채라는 그게 부럽다고 했지만, 나는 그다지 행복하지 않았다.

"여기는 지구가 아니잖아. 그냥 아무것도 없는 사막이라고. 하고 싶은 거 하면서 행복하게 살라고 해봐야 여기서는 할 수 있는 게 아무것도 없어. 탈선도 못 하고 모험도 사전에 계획표를 제출해서 허락받고 떠나야 해. 목표를 갖고 태어나지 않은 사람은 인생이 다 표류하는 수밖에 없다고. 사실 나는 목적이 정해진 삶이 부러워. 억지로 가업이라도 잇고 싶어. 우리 집 가업은 말고. 문명의 마지막 단계에 출현하는 어중이 떠중이가 되라니, 나는 정말 그러고 싶지 않아."

하지만 언젠가 화성에서 사는 게 목표인 채라에게는 나야말로 모든 것을 가진 사람처럼 보였을지도 모른다. 별다른 재주도 없으면서 그 나이에 벌써 화성에 자리 잡고 사는 걸로 보였을 테니. 채라에게 화성은 결과고 트로피였다. 화성살이라는 건 막상 해보면 아무 특권도 아니고, 그저 모두가 떠난 교실에 혼자 가방을 챙기러 가는 일에 불과한데도.

채라는 꼭 화성으로 오겠다고 했다. 벌써 두 번이나 이주자 선발에서 탈락했지만, 지원 분야를 바꿔서 계속 도전할 생각이었다. '채라가 오면 정말로 내 삶도 달라질지도 몰라.' 나는 진심으로 그렇게 믿었다. 시차 없이 대화를 나눌 수 있다면 채라는 정말 근사한 사람일 테니까. 그건 아마 이채라라는 사람을 만나 처음부터 다시 **사랑하게** 되는 일일 것이다. 오래된 연인과 비로소 함께하는 일이 아니라. 우리는 아직 진짜로 만난 적이 없으니까.

그 생각을 하자 발걸음이 빨라졌다. 나는, 세상은 사실 언어로 이루어져 있다는 채라의 말을 마음속에 오래 간직하고 있었다. 채라 본인도 내가 그 말을 그렇게 오래 간직하고 있을 줄은 몰랐을 것이다.

평생을 걸어 다닌 산책로에는 구석구석 이름이 붙어 있었다. 나만 아는 이름이었다. 채라의 말대로, 언어로 세상을 가득 채우는 첫 번째 연습이었다.

화성에서도 크고 눈에 띄는 지형은 마을이 들어서기 전부터 이름이 지어져 있었지만, 마을이 들어서고 인구가 늘자 그 이름들은 대부분 사용되지 않았다. 발음이 어렵고 현지에 정착한 사람들이 보기에 뜻이 영 엉뚱해서였다. 수를 좋아하는 사람들은 420이니 674니 하는 이름을 자주 썼다. 봉우리의 높이를 말하는 거였는데, 화성에는 아직 바다가 없어서 해수면의 높이가 아니라 적도 평균 반지름이 기준이었다. 위치를 나타낼 때는 그냥 경도와 위도로 된 좌표를 쓰는 게 보통이었으므로 정착지 바로 근처를 벗어난 땅 대부분에는 아무 이름도 붙어 있지 않았다.

나는 그 땅에 이름을 붙였다. 다른 사람이 아무도 안 하는 일이었으므로. 그래서 내 산책로를 좌표가 아닌 지명으로 전부 풀어 쓸 수 있었다. 이런 식이었다.

집을 나서면 나는 일단 *영해* 쪽으로 발걸음을 옮긴다. *해변, 부두, 등대*를 지나 *오름* 쪽으로 방향을 틀면 *낙하, 조류, 화석*을 거쳐 *시계탑*에 이르는 길이 뻗어 있다. 거기서부터 *밀물, 초원, 해일*까지는 평지다. 테라포밍이 완성되면 물에 잠길 정도로 낮은 지대다. *정박*에 머물러 조금 숨을 돌리고 *웅덩이* 쪽으로 걸어가면 *채석, 도기, 석기, 서낭, 발굴*로 가는 길이 이어지는데, 자세히 보면 널려 있는 돌 모양이 조금씩 다르다. 그 길 끝이 *가마*인데, *오일장, 마당, 광장, 영지* 같은 넓은 평지가 사방으로 펼쳐진다. 거기에서 가던 길로 쭉 더 가면 들불이다. 별반 다를 것 없는 평지이지만 마치 용이 뿜어 낸 불에 그을린 듯 박혀 있는 돌들의 한쪽 면에만 검붉은색이 입혀진 곳이다. 그곳에서 처음 만나는 작은 크레이터가 *반지*다. 그 왼쪽에 솟은 걸터앉기 적당한 바위가 *마중*과 *머뭇*이다. 가만히 앉아서 내가 보낸 메시지에 채라가 답하기를 기다리기 좋은 곳이다. 거기서 이어지는 길에 *가로수길*이라는 이름을 붙였는데, 나무는 한 그루도 없지만 오솔길처럼 뻗은 좁은 길이 마치 사람이 일부러 낸 길처럼 선명해 보여서다. 물론 진짜로 사람이 낸 건 아니고 우연히 생긴 길이다. 그 길 끝에 있는 *징검*은 누가 봐도 징검다리처럼 생긴 땅이다. 거기를 건너면 낮은 바위에 삼면이 둘러싸여 왠지 아늑한 느낌을 주는 *성역*이 나온다. 그 너머가 *종강*이고 왠지 조바심이 들게 이어진 내리막이 *지각*이다. 조금 급한 오르막을 오르면 *일몰대*와 *낙향*이다. 전망이 근사한 고지인데 지구보다 크기가 작은 화성의 중력 때문에 지형이 신나게 춤추는 곳이어서 조금만 더 걸어도 기분이 달라진다. 그래서 *위화*와 안도는 이름이 주는 인상과 달리 바로 근처에 붙어 있다. 갑자기 위화감이 느껴졌다가 몇 발만 더 가면 마음이 놓인다. 길은 이런 식으로 집까지 이어진다. *해시계, 사원, 담장, 가루, 유목, 홀로, 소멸, 동면.*

그날 오후 홀로를 지나 소멸 근처에 이르렀을 때 채라의 메시지가 우주를 건너 날아왔다.

"나 또 떨어졌어. 이번에도 화성에 못 가. 위로가 필요해."

지구의 탈출 속도는 초속 11.2킬로미터다. 화성의 탈출 속도는 초속 5킬로미터밖에 안 된다(비슷한 걸 겪어봐서 아는데, 사실 대단히 빠른 속도다). 탈출 속도보다 느린 물체는 아무리 맹렬하게 날아가도 결국 행성으로 돌아와 타원 궤도를 그리며 영원히 주위를 맴돌게 된다. 그보다 빠른 물체만이 행성으로 돌아가지 않는 궤적을 그릴 수 있다.

'내가 지구로 가면 안 될까? 채라가 중요한 거라면 말이야.'

이건 아주 간단한 계산이었다. 채라가 지구를 벗어나는 것보다 내가 화성을 벗어나기가 훨씬 쉽다. 어차피 화성과 나는 처음부터 잘 맞지 않았으니까.

나는 곰곰이 생각했다. 채라를 만나러 지구로 가려는 건 아니었다. 두 개의 행성에 걸쳐 있는 인류 문명에서, 한 행성을 벗어나서 갈 수 있는 곳은 나머지 한쪽 행성밖에 없다. 나는 채라와 삶을 함께하고 싶은 게 아니라, 수학을 잘하는 화성의 또래들과 문명을 완성하기 위한 투쟁을 하며 여생을 보내고 싶지 않은 것이다. 그래도 그건 무의미한 모험이 아니었다. 채라가 내 운명의 짝은 아니라 해도, 적어도 채라와 나 사이는 다른 누구의 간섭도 없이 우리 두 사람이 직접 일군 관계이기는 했다. 그 무렵 나에게는 그게 중요했다. 시간이 갈수록 더 그랬다.

화성의 문명 따위, 가업을 이은 강하에게 맡겨도 그만이잖아. 엄마는 슬퍼하겠지만, 박사학위가 두 개인 우주선 조종사니까 어떻게든 감당할 수 있을 것이다.

저녁에 기록관 관장님이 집무실로 나를 불렀다. 집무실은 아주 작은 방이었지만, 화성에서는 혼자 쓰는 공간은 다 사치고 특권이었다. 때로는 권위이고 위엄이기도 했다.

문을 닫고 들어서자 앉을 공간이 없었다. 원래는 관장님 책상 맞은편이 앉는 자리였는데, 그 뒤 벽에 걸린 화면에 내가 정리해서 올린 자료가 떠 있어서 그 화면을 보고 대화를 나누려면 서 있는 수밖에 없었다.

"재미있는 자료야. 직접 다 조사한 건가?"

관장님이 물었다. 나는 그렇다고 대답했다. 그건 그 일대 여섯 개 정착지 거주자들이 자기 마을 근방에 붙인 비공식 지명을 정리한 것이었다. 그런 지명은 고정되어 있지 않고 시간이 지나면서 바뀌게 마련이었다. 내가 만든 자료는 지도 모양이었는데, 스크롤바를 따라 시간 축을 이동시키면 지금껏 생겨났다 사라진 땅의 이름을 한눈에 다 볼 수 있었다. 동네 사람들이 남긴 온갖 낙서와 메모를 긁어모으고, 수십 명도 넘는 사람들을 면담해서 만든 결과물이었다. 채라의 말처럼,

언어로 세상을 채우려는 두 번째 시도였다.

관장님이 지도의 시간 축을 이리저리 옮기며 말했다.

"역사 자료로도 훌륭하지만, 그보다는 실용적인 방식으로 활용해보고 싶었거든. 행관위 주소국에서 지명 현지화 작업을 하고 있는데 그걸 위한 기초 자료로 써도 좋을 것 같아서. 그쪽에 슬쩍 보여줬더니 처음에는 꽤 관심을 보이는 눈치였지만 결국 채택될 것 같지는 않아."

나도 그 자료가 주소국(공식 명칭은 지명주소국)에 전해졌다는 사실을 알고 있었다. 실은 좋은 결과가 있기를 내심 기대하고 있었다. 그런데 결과가 썩 좋지 않은 모양이었다.

"문제가 있었나요?"

"문제라기보다는 글쎄, 다소 사적이라고 하는 게 적당할까?"

"그거야 사람들이 비공식적으로 부르던 지명을 모은 거니까요. 이런 건 사적일수록 가치 있는 이름인데요."

"무슨 말인지는 알아. 그런데 너무 사적이랄까."

"너무 사적이라고요?"

"그런 거지. 예를 들면 지도 저쪽 편에 자네가 직접 붙인 지명 말이야. 대단히 상세한 것에 비하면 다른 사람은 아무도 모르는 이름이라는 문제가 있잖아. 이건 비공식 지명도 아닌 셈이지. 그런 곳들이 지도 곳곳에서 여럿 발견된단 말이야.

사적인 기억인 건 좋지만, 그래도 집단의 사적 기억이어야 모두의 것이 되니까. 그랬다네."

나는 반론을 제기했다.

"하지만 화성 주민 대부분은 지명 같은 걸 안 붙이고 숫자로 공간을 파악하고 마는데요. 그런 식이면 공통의 기억은 다 숫자로 돼 있을 텐데."

"그러게나 말이야. 언덕이나 바위에 대한 집단의 기억 같은 건 별로 없지. 아무튼 일단은 보류하기로 했어. 내 결정이 아니어서 더 해줄 말은 없고, 나도 기대했는데 아쉬워."

문을 닫고 관장 집무실에서 나왔다. 문을 닫으면 그대로 없던 일이 되는 건 줄 알았는데 그 일의 불씨는 조금 더 크게 자라났다. 저녁에 엄마가 그 보고서 이야기를 꺼냈을 때는 솔직히 나도 조금 놀랐다. 엄마는 주소국 사람도 아닌데, 도대체 몇 사람이나 그걸 본 걸까?

엄마가 말했다.

"네가 이름 붙인 곳에 가봤어."

"아, 봤구나, 그거."

"봤지. 재밌더라. 재밌었는데, *위화*나 *홀로* 같은 데서 정말로 그런 감정을 느꼈니? 혹시 요즘도 그래? 소멸 같은 걸 자주 떠올리고 그러니?"

나는 엄마의 얼굴을 빤히 쳐다보았다. 근심을 잔뜩 담은 먹구름이 눈가에 걸려 있었다. 나는 아무 대답도 하지 않았다.

다음 날 오전에, 주소국에 있는 누군가가 내 프로젝트를 이어받기로 했다는 말을 들었다. 처음에는 무슨 소리인지 영문을 알 수 없었는데, 나중에 알고 보니 내가 수집한 자료를 바탕으로 구체적인 이름을 짓는 팀을 새로 꾸려서 본격적으로 지명 현지화를 진행한다는 이야기였다.

'내 작업을 가로채겠다는 말이잖아. 문명을 완성하는 건 바로 나라고 아주 노래를 불렀으면서, 내가 언어로 공간을 장악하는 건 마음에 안 드는 거야? 그럼 나는 뭘 완성해?'

"본격적으로"라는 말에 순간 화가 치밀어 올랐지만 금방 다시 차분해졌다.

'아무럼 어때? 아무나 잘 마무리해주면 좋지. 노래를 부른 건 엄마고 작업을 가로채는 건 주소국인데, 같은 행관위라고 대충 섞지는 말자.'

하지만 나는 알 수 있었다. 내가 화성의 탈출 속도에 조금 더 가까워졌다는 걸. 그것은 타협이 아니라 포기였다. 화를 내지 않는 건 붙들지 않는다는 뜻이기도 했다. 엄마가 나에게 그랬듯, 내가 채라에게 그랬듯. 내가 만든 지도가 붉은 모래로 바스러지는 느낌이 들었다. 그건 다른 누구의 간섭도 받지 않고 내가 직접 일군 나만의 작은 세계였다.

다음 달에 나는 지구 귀환 프로젝트에 지원했다. 화성에 정착해서 사는 사람 몇 명을 지구로 돌려보내는 사업인데, 목적은 지구를 떠나 화성으로 날아오는 사람들이 남겨질 가족들에게 해오던 뻔한 거짓말을 아주 조금 더 그럴듯하게 들리게 하는 것이었다. 즉, 사람들이 남발한 공수표에 쓰여 있는 대로, 정말로 지구로 돌아가는 사람의 수를 늘려보자는 기획이었다. 그래야 두 행성이 한층 가까워진 것처럼 보일 테니까. 그게 그 어마어마한 돈을 투자할 만큼 가치 있는 일인지는 모르겠지만, 행성정부 사람들은 그렇게 믿는 모양이었다.

엄마에게 화성을 떠나겠다고 말한 건 바로 이 프로젝트 때문이었다. 잔뜩 긴장하고 꺼낸 말이었지만, 알다시피 결과는 싱거웠다. 그렇게 나는 화성을 떠나는 걸로 정해졌다. 너무 쉬워서 어이가 없을 지경이었다.

나를 말린 건 오래전에 행성 반대편으로 사라진 강하가 유일했다.

"최종 면접은 응시하지 마."

몇 년 만에 연락한 강하는 인사도 생략하고 대뜸 그렇게 말했다. 뭘 어떻게 알고 갑자기 나타나서 그런 말을 하는 걸까? 벌써 가업을 이은 걸까? 경위야 어떻든, 나는 강하가 얼마나 진지하게 하는 충고인지 단박에 알 수 있었다.

"왜? 안 보고 지낸 사이지만 내가 가버리면 어쩐지 허전할 것 같아?"

실없는 농담이었지만, 강하는 잠시 생각을 정리한 후에야 대답을 건넸다. 딱 강하다운 태도였다.

"그런 건 아닌 것 같아. 아무튼 면접은 안 보면 좋겠어. 결과가 썩 좋지는 않을 거야."

"떨어진다고?"

"아니. 너 화성 태생이잖아. 무조건 주목받을 텐데 이거 기획한 사람들이 기회를 놓치겠어? 그 문제가 아니라, 지구로 가봐야 결국 후회할지도 모른다고. 그 프로젝트 브랜드명이 뭐야?"

"오디세이아 프로젝트지."

"그러니까. 오디세이아면 보통은 '긴 여행'이라는 뜻으로 읽히지만, 이번에는 확실히 '귀환'이라는 의미야. 트로이 전쟁을 마치고 집으로 돌아가는 오디세우스의 여정 말이야. 그런데 너는 오디세우스가 아니잖아."

"그럼?"

"이 비유에서 너는 트로이 사람이지. 이타카로 가봐야 남의 집이라고. 이건 처음부터 너한테는 안 맞는 옷이라니까."

"그런데 강하야, 나는 트로이가 안 맞는 트로이 사람이야. 여기서도 마찬가지라고. 알잖아?"

"그래도."

분명하게 맺지 못한 강하의 마지막 말이 고마웠다.

우주공항까지는 차로 이동했다. 화성 우주공항은 대부분
부지만 정해져 있고 시설이 들어선 곳은 거의 없어서 우주선
을 타려면 아주 멀리 이동해야 했다. 거기에서 제대로 된 로
켓을 타고 우주정거장으로 올라간 다음 단거리 고속 셔틀로
사이클러까지 날아갔다. 오랜만에 운행이 재개된 사이클러
에는 정원만큼 사람이 차지 않았다. 꽤 쾌적한 여행이었다는
말이다.

우주를 건너는 내내 엄마와 자주 연락을 주고받았다. 통신
시차가 날마다 조금씩 길어졌다. 그 사이에는 심우주가 놓여
있었다.

우주선에 타기 한참 전부터 채라와는 연락이 잘 닿지 않았
다. 연락이 뜸해진 게 처음은 아니었다. 채라는 가끔 아무 이
유 없이 사라질 때가 있었다. 분명 이유가 있었겠지만 나한
테는 절대 말하지 않았다. 캐물어봐야 연락이 끊기는 시간만
더 길어졌다. 그러니까 그건 채라의 성역 같은 것이었다. 연락
이 끊어지면 나는 채라가 우주에서 사라져버린 듯 불안했지
만, 조바심을 내지 않고 채라의 사진이나 영상을 오래 들여다
보며 시간을 달랬다.

아마 채라는 잘 지내고 있을 것이다. 더 열심히 준비해서

다음 선발을 준비하겠지. 나이 제한에 걸리기 전까지는 몇 번이라도. 게다가 이번에는 연락이 끊어진 이유를 정확히 알 것 같았다. 최선을 다한 자기는 떨어졌고, 아무것도 한 게 없는 나는 이번에도 처음 지원한 프로젝트에 어렵지 않게 붙었으니까. 나에게 그건 거의 원죄 같은 것이었다. 심지어 채라를 대할 때도 조금은 그랬다.

사이클러에서 다시 작은 셔틀로 갈아탔다. 목적지는 지구 쪽 우주정거장이었다. 제3정거장에 정박해 일차 검역을 마친 후 우주공항으로 내려가 격리 시설에서 며칠을 보냈다. 거기서는 엄마가 어눌해 보였다. 박사학위가 두 개인 우주선 조종사에, 화성 행성관리위원회를 지탱하는 핵심 인물 중 하나인 그 엄마가. 서운함이 밀려왔다. 정말로 엄마가 멀어 보였다.

'하지만 지구에 가서 채라를 직접 만나면 딱 이만큼 더 반가울지도 몰라.'

어쩌면 나는 채라에게 너무 많은 것을 의탁하고 있었는지도 몰랐다.

모든 절차가 끝나고 드디어 밖으로 나갔다. 나는 지구 행성정부 부산 사무소에 일자리를 얻었다. 채라의 집이 부산에 있어서였는데, 첫 출근은 열흘 뒤였다. 나는 그길로 곧장 채라를 만나러 갔다.

직접 마주한 지구는 바스러져가는 행성이었다. 그해 남해

안 일대는 낮 기온이 매일 45도까지 올라갔다. 헬멧 없이도 숨을 쉴 수 있지만 탁한 공기 때문에 금세 마스크가 필요했다. 기차를 타고 가는 내내 나는 창밖 풍경을 정신없이 살폈다. 직접 본 건 처음이지만 영상으로는 늘 보던 풍경이어서 아주 낯설지는 않았다. 직접 봐서 제일 좋은 건 키 큰 나무고, 제일 기괴한 건 버려진 시가지였다. 말라 죽은 키 큰 가로수가 인도 쪽으로 쓰러진 채 방치된 모습이 섬뜩했다. 그걸 치울 사람이 아무도 없을 정도로 파괴되고 방치된 도시 경관이었다.

지하철에서 내려 언덕을 올랐다. 채라의 집은 언덕 위 반쯤 비어버린 동네에 있었다. 나는 그 동네가 눈에 익었다. 지구 시간으로 치면 채라를 알고 지낸 지도 10년이 다 됐으니 당연한 일이었다. 그 10년 사이 몰라보게 낡아버린 집들이 눈에 들어왔다. 채라의 친구가 살았던 집은 사람이 떠나자 금세 폐가가 되어 있었다.

뒤를 돌아보자 저 끝에 바다가 보였다. 태어나 처음 보는 수평선이었다. 사납게 보이는 구름이 그 큰 하늘을 다 뒤덮어 해가 어디에 떠 있는지 전혀 알 수 없었다. 바다 쪽에서 바람이 불었지만 시원한 느낌은 조금도 들지 않았다. 화성보다 세 배나 큰 중력 때문에 공기마저도 묵직하게 느껴졌다. 지구의 지형은 화성의 지형보다 훨씬 얌전해 보이지만(중력이 작아지면 사람만 방방 뛰어다니는 게 아니라 지형도 같은 비율로 위로 솟구친다), 그 완만한 언덕을 오르는 일은 보기보다 딱 세 배 더 힘들었다.

그리고 몇 달에 걸친 긴 여정의 끝에, 마침내 나는 채라의 부모님이 운영하는 국숫집 앞에 멈춰 섰다. 내 오디세이의 소소한 종착점. 지금은 구름 뒤에 가려져 있지만, 화성에서 보는 것보다 훨씬 커다란 태양을 오래 마주 보았을 간판이며 포스터에는 색채가 조금밖에 남아 있지 않았다. 그래서 내 기억보다 훨씬 낡아 보이는 광경이었다.

나는 가게 안으로 들어서며 큰 소리로 외쳤다.

"안녕하세요! 처음 뵙겠습니다!"

바깥 공기를 통해 직접 전해지는 목소리가 아직 조금 낯설었다. 건물 안쪽뿐만 아니라 밖으로도 퍼져나가는 소리. 밀도가 높은 대기가 있는 행성의 일상적인 감각. 채라의 부모님은 나를 알아보지 못하고, 혹시 아는 사람인가 하는 의아한 눈으로 나를 빤히 쳐다보았다. 나를 알아본 건 다른 사람이었다.

"어머, 안녕하세요. 어머, 이게 무슨 일이에요? 저기, 맞죠? 맞네, 그분이네! 그런데 어떻게 여기 계세요? 여기 계시면 안 되잖아요."

그 시간에 내가 있어야 할 곳이 화성이라는 걸 아는 사람,

채라의 언니 이세라였다.

다시 언덕길로 나왔다. 나는 세라를 따라 채라의 집으로
향하는 오르막길을 올라갔다.

"모르셨구나."

세라가 말했다. 눈에 보이는 모든 길에는 공인된 이름이 붙
어 있었지만, 길 이름 뒤에 숫자가 백 단위로 붙어 있는 걸 보
면 그곳에 사는 사람들이 일상적으로 부르는 이름은 아닌
것 같았다. 세라가 물었다.

"채라가 말 안 했어요?"

"네, 못 들었어요."

"저런. 비밀이라고 하긴 했어요. 가족 말고는 아무한테도
말하면 안 된다고. 사실은 부모님한테도 이야기 안 하고 저한
테만 미리 알려줬다가 딱 보름 전에 엄마한테만 살짝 말하더
라고요. 아시죠? 아빠가 알면 안 돼서……."

세라가 말끝을 흐렸다. 나는 전혀 모르는 이야기였다. 왜
아빠가 모르게 해야 하는지.

채라의 집은 아파트 5층이었다. 그 동은 엘리베이터가 고
장 난 지 오래였다. 5층은 그래도 다닐 만하고 10층, 15층에
살던 사람들은 대부분 다른 데로 떠났다고 했다. 나는 난간
을 붙들고 힘겹게 계단을 올라갔다. 화성 중력 기준으로는

15층까지 걸어 올라가는 것이나 다름없었다.

채라의 방에는 온갖 잡동사니가 들어차 있었다. 반쯤 집을 떠나 있거나 오래 집을 비우게 된 지구인들이 모처럼 집에 돌아왔을 때 흔히 보게 된다는 광경이었다. 평생 살았던 내 방이 창고가 되어 있는 것. 가족의 동선이 나를 빼고 새로 짜여 있는 것.

비어 있는 책상 앞에는 종이 상자가 쌓여 있어서 의자를 뺄 수가 없었다. 나는 그 앞에 서서 채라의 책상을 내려다보았다. 먼지가 쌓여 있었는데, 누군가 손으로 쓰다듬은 흔적이 어렴풋이 남아 있었다.

"그 이야기를 듣고 뛰어온 아빠가 부순 거예요."

세라가 말했다. 그 이야기. 나는 그 방에 도착하고 나서야 그 이야기를 처음 들었다. 세라의 눈이 향하는 곳을 돌아보았다. 나무로 된 방문은 손잡이 부근이 박살 나 있었다. 무거운 도구를 휘둘러 억지로 부순 듯 격한 충돌의 흔적이 남아 있었다.

집 안으로 들어온 폭력. 저건 망치였을까? 지구의 탈출 속도를 떠올렸다. 내가 까맣게 모르고 있던 채라의 속도를 가늠해보았다.

"그래서 여기를 떠났군요."

내가 말했다. 한숨처럼 마지못해 새어 나온 말이었다. 집

안 곳곳에 부서진 흔적이 보였다. 지구에서 본 풍경이 다 그래서 처음에는 별로 의식하지 못했지만, 그런 파괴의 흔적이 집 안에도 있다고 생각하니 갑자기 커다란 위화감이 들었다. 유리창에 난 금도, 찌그러진 창틀도, 식탁 모서리에 팬 날카로운 상처도, 심하게 삐걱거리던 의자 다리도, 한 조각이 떨어져 나간 욕조도, 조금 전 채라 어머니의 목에서 본 것 같은 오래된 멍도. 갑자기 모든 게 다 의심스러웠다.

아무 이유 없이 일방적으로 채라와의 연락이 끊어졌던 때의 기억을 더듬어보았다. 그건 얼마나 긴 시간이었을까? 어쩌면 얼굴에 난 상처 같은 게 사라지는 데 걸리는 시간만큼은 아니었을까. 나는 왜 그걸 눈치채지 못했을까? 그렇게나 채라에게 의지하고 있었는데도.

"그래서라기보다는 애를 붙들어 맬 게 없었죠. 어디든 떠나고 싶어 했어요. 하다못해 군대라도."

세라가 말했다. 초속 11.2킬로미터. 그게 채라의 속도였다. 처음으로 마주한 채라의 항적이었다. 나는 그 우주선이 어디에서 날아와서 어디로 날아가는지 몰랐고, 실은 물어볼 생각조차 하지 않았다. 그러면서 그 우주선을 흠모하고 경애했다.

"결국 화성으로 갔고요." 나는 그 말밖에 돌려줄 게 없었다.

"네, 거기까지는 못 쫓아갈 거니까요. 이 구질구질한 것들이요."

세라의 말투에서 오래 묵은 환멸이 느껴졌다. 순간적으로 드러나버린 그 감정이 너무나 무겁고 압도적이어서, 나는 벽에 등을 기대고 흘러내리듯 바닥에 앉았다.

"그리고 아빠도?"

"그게 제일 중요하죠, 물론."

나는 머릿속이 아득해졌다. 왜 전혀 몰랐을까?

"저 여기 좀 있다가 가도 될까요?"

세라가 고개를 끄덕이더니 다른 방으로 사라졌다.

그 집에 채라는 없었다. 채라는 화성으로 날아갔다. 내가 방금 떠나온 곳으로.

세라의 이야기를 들어보면, 채라는 지구 행성정부가 주관하는 일반 이주자 선발이 아니라, 우주군 정보국이 추천하면 행성정부가 무조건 뽑게 되어 있는 일종의 특별 전형에 합격한 듯했다. 그런 신분에는 보통 까다로운 비밀 유지 조항이 붙는다. 예를 들면, 화성에 있는 친구나 연인에게 그 사실을 발설해서는 안 된다는 조항 같은.

채라가 연수원으로 떠났다는 날짜를 되짚어보았다. 그곳으로 가기 전에 채라는 내가 화성을 떠나기로 했다는 사실을 이미 알고 있었을 것이다. 하지만 채라는 어렵게 잡은 기회를 포기하지 않았다. 중요한 건 화성에 가서 누구를 만나 어떻게 사느냐가 아니었다. 채라의 계산도 나와 마찬가지였다. 채라에게 남은 건 오직 하나, 지구 탈출 속도뿐이었다.

오디세이아 프로젝트에 선발되기 직전에, 강하가 나를 만류한 일이 떠올랐다. 강하는 어쩌다 채라의 일을 미리 알게 됐겠지만, 몇 년 만에 갑자기 연락해서 후회할지도 모른다고 말해주는 것까지가 강하의 최선이었을 것이다. 임무와 역할을 부여받고 화성에 잠입해 살아가는 사람들의 비밀스러운 최선.

'어쩌면 내가 곧 화성을 떠난다는 게 채라에게는 더 유리한 상황이었을지도 몰라. 그러면 활동이 더 자유로워지니까. 그걸 확인하는 임무가 강하에게 떨어졌던 걸까?'

화성으로 간 채라는 이제 엄마와 화성 행성관리위원회를 방해하기 위해 무슨 일이든 다 할 것이다. 어쩌면 일부러 엄마에게 접근해 정보를 캐려고 시도할지도 모른다. 위험한 시도겠지만 정말 필요할 때 한두 번은 그런 공작에 투입될 수도 있겠지. 엄마에게 알려야 할까? 아니, 그건 그 사람들이 어떻게든 알아서 할 일이야. 나는 이제 거기에 속해 있지 않아. 내 세계는 이제 여기야.

나는 주인 없는 책상과 책장을 바라보며 한참 생각에 잠겼다. 그 방은 채라가 오래 머물다 사라진 곳이었다. 이제 채라는 없지만, 공간에는 채라의 흔적이 아직 남아 있었다. 부재라는 형태의 존재감이었다. 채라의 부재는 아주 빨랐다. 아주

빠른 속도로 허공을 빙빙 맴돌다 어느 순간 궤도를 박차고
나가 멀리 사라졌다.

문득 정신을 차려보니 시선이 천장에 고정되어 있었다. 채
라도 저 천장을 오래 바라보았을 것이다. 시간이 얼마나 지났
을까. 세라가 다가오더니 조심스럽게 말을 걸었다.

"곧 비가 온댔어요. 많이 올 거예요. 부모님도 곧 오실 텐
데……."

정말로 방 안이 아까보다 훨씬 어두워져 있었다. 시간이 꽤
흐르기도 했지만, 아직 해가 질 무렵은 아니었다. 창밖에 비
친 하늘은 아까와 비슷한 회색이었지만, 어쩐지 불길한 예감
같은 것이 잔뜩 배어났다. 폭풍이 온다는 예감이었다. 화성에
서 나고 자란 나에게도 아직 그 예감이 남아 있다는 게 신기
하고 낯설었다.

그리고 세라의 말은 이제 그만 돌아가라는 뜻이기도 했다.
나는 자리에서 일어나 아쉬운 걸음으로 현관으로 갔다. 세라
가 긴 우산 하나를 쥐여주었다.

"필요할 거예요."

"고맙습니다."

"멀리 가세요?"

"아니요, 금방이에요."

그렇게 대답했지만, 사실 시간이 얼마나 걸릴지는 가늠할수 없었다. 나는 얼빠진 사람처럼 아파트 입구까지 걸어서 내려갔다. 이제 갈 곳이라고는 새 직장에서 마련해준 숙소뿐이었다.

밖에는 어느덧 비가 내리고 있었다. 높은 곳에서 바라본하늘은 온통 짙은 색으로 가득했다. 제법 강한 바람이 불었지만, 날씨는 여전히 후덥지근했다. 채라는 지구의 기후가 망가져 있다고 했다. 버티기 어려울 만큼 가혹해졌다는 뜻이다. 그 말은 원래는 그렇지 않았다는 의미이기도 했다. 아무리모질어도 생명체가 버틸 수 있을 만큼만 혹독해야 생명이 꽃을 피울 수 있었을 테니. 하지만 이제는 그렇지 않다고 했다.

나는 이제 어떻게 살아가야 할까. '어떻게'보다 먼저 '뭘' 해야 하지?

그런 생각을 하며 지하철까지 내리막길을 따라 걸었다. 비바람이 점점 거세졌다. 화성에서는 절대 겪을 일이 없는 날씨였다. 비가 내리는 것. 몸이 밀려날 만큼 세찬 바람을 맞는 것.

채라를 만나려고 화성을 떠난 건 아니잖아. 이상하게 생각할 것 없어. 채라한테는 잘된 일이니까. 그럼 됐지 뭐. 나는 나대로 잘 살 거야. 직장도 있고, 화성에서 태어난 세대라는 상징성도 있잖아. 뭐든 내 할 일이 있겠지. 적어도 수학 잘하는 사람들이 차지한 세상은 아니니까.

지하철 안은 어쩐지 긴장감이 가득했다. 구름 낀 하늘이 보일 리 없는데도 불길한 기운이 객실 가득 채워져 있었다.

30분쯤 달린 후 지하철역을 빠져나오니 이미 폭풍 한가운데였다. 숙소 방향으로 열 걸음쯤 걸었을 때 우산이 뒤집히면서 살이 부러졌다. 나는 망가진 우산을 손에 들고 비를 맞으며 오르막 쪽으로 걸었다. 위에서부터 쏟아져 내려오는 물살이 계곡물처럼 거셌다. 계곡 같은 건 어차피 본 적도 없지만, 아무튼 그랬다.

나는 비의 양을 가늠할 수가 없었다. 얼마나 많이 오면 큰일 날 만큼 많이 오는 건지, 얼마나 거세면 걷기를 포기해야 하는지, 나에게는 그걸 판단할 기준이 하나도 없었다.

접히지도 펴지지도 않는 우산을 한 손에 꼭 쥐고 길가 건물 입구에 서서 비를 피했다. 문이 잠겨 있어서 안으로 들어갈 수는 없었다. 가던 길을 돌아보니 언덕을 내달리는 물살에 베개가 떠밀려가고 있었다.

저건 누구의 베개일까? 어쩌다가 안전한 침대를 떠나 비 내리는 길바닥에 내버려진 걸까?

이 정도면 지구 사람들에게도 당황스러운 풍경일 것이다. 채라를 만나러 온 건 아니지만, 방금 채라가 떠나버린 곳으로 나 혼자 열심히 와버린 건 역시 조금 허탈한 일이었다. 옷에서는 물이 뚝뚝 떨어지고 있었다. 온몸을 적신 빗물은 상상했던 것보다 세 배 더 무거웠다.

강하의 말이 옳았다.

"그런데 너는 오디세우스가 아니잖아."

그 말이 떠오르자 비로소 길을 잘못 들었다는 생각이 들었다. 웬만해서는 돌이킬 수 없는 먼 길이었다.

바로 그때 가로등이 일제히 꺼졌다. 주변 건물까지 전기가 나가지는 않아서 완전한 어둠 속에 갇히지는 않았지만, 큰 걸음으로 성큼 다가서는 우주의 공포는 목덜미를 서늘하게 만들기에 충분했다. 어디선가 우주선 문이 철컥 닫히는 소리가 들리는 듯했다. 분명 환청이었지만, 기억에서 건져 올린 생생한 환청이었다. 오래된 로켓에 실려 우주로 발사된 것처럼 손발을 버둥거리는 밤. 덜컥 무언가가 내려앉는 소리.

나는 바닥에 털썩 주저앉았다. 중력이 너무 무겁고 비에 갇힌 신세가 참담했다. 터무니없이 강력한 폭풍 앞에 존재는 더없이 왜소해졌다. 지구인들은 이럴 때 어떻게 하는 걸까? 스스로 대답하듯 갑자기 눈물이 터져 나왔다. 괜히 주저앉는 바람에 시작된 눈물일지도 몰랐다. 나는 서러운 소리를 내며 엉엉 울었다. 빗소리가 그보다 훨씬 요란해서, 마치 작은 돔으로 둘러싸인 초소형 거주지처럼 바로 근처에서만 오래 맴도는 소리였다.

그때 화성에서 메시지가 날아들었다. 나는 물에 젖어 흥건한 주머니에서 단말기를 꺼냈다. 지구 사람들이 흔히 전화기로도 쓰는 작은 컴퓨터였다. 단말기를 켜자 어두컴컴한 길 위에 작은 빛이 밝혀졌다. 채라였다. 헬멧을 쓰고, 날렵한 신형 외부 활동복을 입고, 찬란하게 빛나는 나의 연인 이채라.

"나야, 채라. 언니 만났다며. 놀랐지? 미안해. 나는 그렇게 됐어. 너한테 다 이야기하고 싶지는 않았어. 다 봤으니까 왜 말하고 싶지 않았는지 알겠지? 그건 너무 긴 사연이고 나를 사연 있는 사람으로 만들어버려. 그러고 싶지는 않았어. 오늘 나는 네가 늘 걷던 산책로에 왔어. 초행인데도 네가 붙인 지명을 다 알아보겠더라. *위화* 다음이 안도! 정말 그랬어! 불안하다가 갑자기 마음이 놓였어! 그리고 *머뭇*에 앉아서 한참 네 생각을 했어. 너에게 연락을 할까 오래 머뭇거리면서. 그 이름도 정말 좋은데, 그건 역시 네 마음이었겠지? 너는 늘 네가 쓸모없는 인간이라고 말하지만, 너는 정말 탁월해. 왜 여기 사람들은 가까이에서 보고도 그걸 몰랐을까? 땅이 생긴 모양에서 네가 느껴졌어. *마중*에서 너는 얼마나 자주 내 연락을 기다렸을까? 그러다 연락이 오면 얼마나 기뻤을까? 너의 마음은 이런 바위를 어루만지고 자라났구나, 하고. 나 말이야, 이렇게 엇갈려서 정말 미안해. 나는 어쩔 수 없었어. 내 선택은 그랬어. 그래놓고 이렇게 말을 걸고 있지. 부끄럽지만

이 말을 하려고. 여기는 너의 세계고 나는 너의 세상으로 날아왔어. 너는 여기 없지만 내가 오늘 비로소 너의 세계를 만났다고. 보고 싶어, 진심으로. 또 연락할게. 알고 있지? 나는 언제나 여기 있을 거야. 네가 어디에 있든 또 내가 어디에 있든."

나는 몰아치는 폭풍 한가운데로 걸어 나가 쏟아지는 비에 흠뻑 젖은 몰골로 답신을 보냈다. 채라가 보낸 것보다 짧은 메시지였다.

"사과는 잘 받았어. 그러니까 이제 미안하다고 안 해도 돼. 얼굴 보니까 드는 생각인데, 네가 행복하면 나는 된 것 같아. 이거 보이지? 나도 지금 너의 세계에 들어와 있고, 그래서 네 선택을 이해해. 그래, 커다란 친구 어딘가에 지금처럼 작게 머물러줘. 그러면 너와 내가 어디에 있든, 행성 두 개만큼 네가 보고 싶을 거야."

채라에게서 온 답장은 더 짧았다. 말은 한마디도 없고, 얼굴 전체를 다 써서 행복하게 웃고 있는 채라의 마음만이 단말기 화면을 가득 채우고 있었다.

나의 사랑 레드벨트

"주간 불면이에요."

나야는 그렇게 말하는 피검자의 얼굴을 가만히 살폈다. 매년 하는 행성 고위 관리 정기검진이었다.

정반음은 눈썹에 표정이 다 드러나는 여자였다. 짧은 곡선 두 개일 뿐인데도 그것만 보면 이 사람이 무슨 생각을 하는지 다 알 것 같았다. 정기검진 때마다 그 생각이 들었는데, 반음 자신은 모르고 있는 듯했다.

그 말을 하는 반음의 눈썹은 더없이 진지했다. 아무리 이상하게 들려도 진심이라는 뜻이었다. 나야가 물었다.

"그건 낮에 잠을 못 잔다는 뜻인가요?"

"그렇죠."

나야는 아플 때가 아니면 낮에 잠들어본 적이 없었다. 물론 낮잠을 즐기는 사람도 많지만, 꼭 자야 하는 건 아니다.

"낮에 못 자서 특별히 불편한 데가 있으세요?"

"아니요, 사는 데 지장은 없어요. 밤낮이 바뀌는 건 가끔 지구 쪽 사람들이랑 화상 회의를 할 때나 있는 일이니까요. 나머지는 좋아요."

"그럼, 그런 날은 많이 불편하세요?"

"아무래도 밤을 새우고 잠을 보충하지 못한 채로 다음 일정을 수행해야 하니까 피곤하기는 하죠. 힘든 정도는 아니에요. 가끔이니까."

나야는 반음이 왜 그 이야기를 꺼내는지 의아했다. 그다지 문제 될 것도 없고 크게 불편하지도 않은 일인데. 나야의 생각을 읽기라도 한 듯 반음이 말했다.

"잠을 못 자는 게 문제가 아니라 그때의 마음 상태가 걱정스러워서요."

나야는 등받이에 편안하게 등을 기대고 숨소리를 조금 크게 냈다. 한숨이 아니라, 듣고 있으니 계속하라는 의미였다. 반음이 말을 이었다.

"지구에 있을 때 불면증에 시달린 적이 있거든요. 그래서 잠 못 드는 밤의 느낌을 잘 알아요. 뭔가 중요한 일을 끝내지 못한 느낌? 아니지, 그보다는 곧 뭔가 중요한 일이 일어날 거여서 그 일이 일어날 때까지 잠들지 못하고 깨어 있는 느낌이에요. 그게 무슨 일인지는 저도 모르고요. 그런데 주간 불면을 겪을 때 그 느낌이 다시 살아나는 거예요. 꼭 뭔가를 기다리는 것처럼."

"대기 상태군요. 요즘 특별히 걱정되는 일이 있으신가요?"

나야는 단말기에 대화를 받아 적는 시늉을 하면서 반음의 얼굴을 슬쩍 살폈다. 자꾸 신경 쓰이는 데가 있었다.

'이건 뭘까? 뭐가 문제지?'

몇 분 더 관찰하고 난 후 나야는 확신했다. 지금 중요한 건 반음의 시선이었다. 떠들썩하게 감정을 드러내는 눈썹이 아니라. 반음의 눈썹은 거짓말을 하지 않았지만, 그렇다고 모든 이야기를 다 하고 있지도 않았다. 그런데 바로 아래에 있는 두 눈은 눈썹이 하지 않는 말을 전하려 하고 있었다. 내부 고발자처럼.

정반음은 마치 그 방에 누가 더 있기라도 한 듯 말하는 중간중간 어딘가로 시선을 던졌다. 나야의 왼쪽 뒤편이었다. 동의를 구하듯 문장이 끝날 때마다 옮겨 가는 시선.

'가만, 이 방 구조가 어떻게 생겼더라? 저 시선이 닿는 곳에 뭐가 있었지?'

나야는 고개를 돌리지 않았다. 대신 발끝이 그쪽을 향하도록 자세를 조금 고쳐 앉았다. 그렇게 앉아 있다 보면 언젠가 자연스럽게 그쪽으로 눈이 갈 것이다.

"그 표현 좋네요. 대기 상태. 전원 스위치가 좀처럼 꺼지지 않아요. 뭔가 마음에 걸리는 일이 있는 것 같은데 하나하나 따져보면 아무것도 없어요. 다 잘 돌아가는 것 같은데 뭔가 빠뜨린 것 같은 찜찜한 기분이 계속 남아 있고요."

반음의 설명이 길어졌다. 나야는 고개를 끄덕이거나 몇몇 단어를 단말기에 옮겨 적으면서 반음의 시선이 향하는 곳으로 슬쩍 눈을 돌렸다. 거기에는 창문이 있었다.

'잠깐, 저건 누군가의 동의를 구하는 시선인데. 여기, 5층이야. 설마 저 창밖에 누가 있는 거야? 그럴 리가. 사람 환영을 보는 건가?'

나야는 창밖을 주시하는 대신 몇 번이나 봤던 그 방의 모습과 창밖에 담긴 풍경을 떠올렸다. 정반음의 집무실. 거기에는 밀폐된 유리창이 나 있었고, 바깥에는 흔한 화성의 모래사막이 펼쳐져 있었다. 굴곡 없이 평탄한 지대였는데, 지평선이 아주 높은 곳까지 올라와 있었다. 나야는 처음 그 방에 들어선 날 받은 인상을 떠올렸다. 반음의 방은 화성에서는 드물게 5층 건물 맨 위층에 있어서 창문 아래에 펼쳐진 전망이 특히 아름다웠다.

창 아래 허공을 떠올리자 갑자기 온몸에 소름이 돋았다. 나야가 어깨를 움츠리는 바람에 반음이 반사적으로 말을 멈추었다. 그리고 별일 아니라는 것을 확인하고는 다시 장황하게 말을 이어갔다. 숙제를 끝내듯 준비한 말을 어서 털어버리려는 조급함이 엿보이는 말투였다.

이제 반음이 뭘 숨기려는지 알 것 같았지만, 나야는 여전히 그 태도가 의아했다.

'왜 굳이 저러는 걸까? 걸려도 문제없을 증상 하나를 일부러 던져주면서까지. 이건 그냥 정기검진일 뿐인데. 재임용 전 검사도 아니고, 딱히 저걸 잡아내려고 하는 면담도 아니잖아. 왜지? 직무 수행이 어려울 만큼 심각한 걸까? 웬만큼 심각해도 도움을 주면 줬지, 불이익이 되지는 않을 텐데. 얼마나 심한 거야? 그리고 도대체 누굴 보고 있는 거지?'

반음은 탐관오리가 되기로 결심했다. 희망찬 새 세계의 부패한 관리라니, 이 얼마나 자존심 상하는 실패의 낙인인가. 하지만 결단을 내리고 나니 그렇게 마음이 편할 수가 없었다. 결국 그건 반음에게 딱 어울리는 길이었을지도 모른다.

화성에서 부패는 전염되기 쉽다. 우주선 동기라는 인간들이 있어서다. 끝없이 펼쳐진 텅 빈 우주를 건너 지구에서 화성으로 함께 건너온 동료들.

작은 우주선 안에서 펼쳐지는 생활은 그다지 아름답지 않다. 프라이버시도 없고 나쁜 감정이 흩어질 여유 공간도 없다. 아무리 타인에게 관심 없는 사람도 몇 달 동안 바로 옆에서 지켜보고 있으면 그 타인의 모든 것을 알게 된다. 알고 싶지 않아도 알 수밖에 없다. 반대로 말하면 나의 모든 것이 다른 사람에게 까발려진다는 뜻이기도 하다. 짐승으로서 하게 되는 온갖 지저분한 물질 순환과, 인간이기에 지닐 수 있는 모든 게으르고 사악한 본성까지 전부.

새 세계에 도착한 반음의 동료들은 행성 곳곳으로 뿔뿔이 흩어져 다시는 얼굴을 마주하지 않았다. 화성에 있는 모두가 그 기분을 알기에, 우주선 동기와 같은 곳에서 일하고 싶지 않다는 요청은 어느 기관에서나 쉽게 받아들여진다. 세상 누구보다 절친한 사이가 되었다는 사람도 있다고는 하지만, 반음은 그 말을 믿기가 어려웠다. 어떻게 그 꼴을 보고도 멀어지지 않을 수 있을까. 그건 존엄의 문제인데.

하지만 원수가 되었든 소울메이트가 되었든 변하지 않는 한 가지가 있었다. 우주선 동기가 무언가를 청탁하면 거절하기가 대단히 어렵다는 사실이다. 물론 이건 사이클러처럼 큰 우주선을 타고 온 사람들에게는 잘 적용되지 않는 규칙이다. 그러나 정반음처럼 작은 우주선을 타고 심우주를 건너온 사람에게는 거의 철칙처럼 정확하게 지켜지는 법칙이다. 악마와의 계약처럼, 물렛가락에 손이 찔리면 영원히 잠든다는 저주처럼.

몇 주 전에, 우주선 동기인 문결이 반음의 집무실로 찾아왔다. 화성 시간으로 13년 만이었다. 고약한 악취를 풍기던 동물. 이제는 아무 냄새도 나지 않았지만, 시간을 건너 불어오는 바람이 생생하게 그때의 악취를 실어 왔다. 반음은 자기도 모르게 손으로 코를 막았다. 문결은 그 손의 의미를 눈치채지 못했다.

"할 말이 있어서 왔어. 직접 해야 하는 이야기여서."

화성에서 부패는 이런 식으로 시작된다. 마침내 반음에게도 그때가 온 것이다.

문결은 존경받는 도시 건설 전문가였다. 13년 전 화성에는 도시라고 할 만한 게 없었지만, 지금은 사정이 달랐다. 곳곳에 도시가 들어섰고, 그중 하나는 문결이 설계한 것이었다. 도시를 설계하다니! 화성에서 그건 어마어마한 업적이었다. 비록 그 도시라는 게 지구의 테마파크처럼 작은 규모라고 해도.

화성에서 모든 도시는 확장을 고려해 설계된다. 지금은 인구가 1,000명밖에 안 되는 도시지만, 먼 미래에는 50만 명까지도 수용할 수 있는 기반 시설이 들어설 위치가 모두 계획되어 있다는 뜻이다. 그 말은 나중에 어디가 알짜배기 땅이 될지를 미리 알 수 있다는 의미고, 아주 작은 부지라도 선점한다면(그런 다음 오래 살아남을 수만 있으면) 가만히 앉아서 부자가 될 수 있다는 소리다. 이건 화성으로 이주하는 모든 인

간의 마음 깊은 곳에 잠재한 근원적인 욕망이었다. 버티고 버
텨서 마침내 내 몫의 붉은 땅을 얻으리!

그날 문결은 거부할 수 없는 제안을 했다. 우주선 동기의
저주가 아니었어도 화성인이라면 누구나 받아들일 수밖에
없는 조건이었다. 도시 인구가 1만 명으로 늘어나는 시점에
신시가지가 들어설 위치에 목 좋은 부지 하나를 빼놓겠다는
제안.

인구 기준 1만 명이면 후세를 기약하지 않아도 될 만큼 이
른 시점이다(물론 반음에게 자식 같은 건 없다). 또한 너무 가까
운 미래는 아니어서 내부 정보 없이 도시 발전 방향을 정확
하게 예측하기는 어려운 시기이기도 하다. 즉, 지금도 감당할
수 있는 적은 비용을 들여, 신분 상승을 이룰 만큼 큰 이익
을 얻을 기회라는 소리다. 인구 증가 속도가 점점 빨라지고
있으니, 늦어도 은퇴할 무렵에는 확실히 결과를 볼 수 있을
것이다.

"그럼 나는 뭘 해주면 되지?"

조금 떨리는 목소리로 반음이 물었다. 답은 이미 알고 있었
다. 지역 관할 행성대리인이 도시개발업자에게 해줄 수 있는
일이란 사실 뻔했다.

문결이 그 뻔한 답을 직접 말했다. 악마가 계약 내용을 또
박또박 말하듯, 마법사가 정성 들여 주문을 외듯, 어쩐지 신

성하게 느껴지는 의례였다.

"레드벨트를 해제해주면 돼."

사실 주간 불면이 있다는 건 거짓말이 아니었다. 반음은 해가 뜬 뒤에는 잠을 자지 못했다. 이른 새벽에도 마찬가지였다.

"오늘 얼굴이 그래 보이는데, 무슨 일 있어?"

반음은 현장 실사를 하러 일찌감치 차에 올랐다. 커다란 바퀴가 달린 구식 전기차량이었다. 에어로크가 좁아 다소 불편했지만, 내부 공간은 웬만한 일인용 주거 공간만큼 넓었다. 그것은 반음의 직책에 딸린 특권이었다. 개인용 차량은 아니고 업무용 장비였지만, 다른 사람들은 서너 명이 함께 쓰는 차량을 은퇴할 때까지 혼자 독차지할 수 있다는 건 사치에 가까운 일이었다.

구식 모델이기는 해도 행성대리인의 현장 실사 차량은 언제나 최상의 상태로 정비되어 있었다. 딱 하나, 저 인공지능 컴퓨터의 언어 기능만 빼고.

"그거 할 기분이 아닌가 보구만. 그 사람이 저기하게 그랬어?"

이 말은 대충, "반갑게 말대꾸할 기분이 아닌가 보구만. 정신과 의사가 깐깐하게 체크했어?"라는 뜻이었다. 이놈의 인공지능은 벌써 반년째 단어 사전 접속에 오류가 생겨서 말하는 게 이 모양이다. 말을 놓은 지는 조금 더 됐는데 아무도 고쳐줄 생각을 하지 않았다.

"아흐네 씨는 오늘도 여전하시네요. 인사는 됐고 오늘 실사 일정표부터 확인합시다."

반음은 지난 5년간 늘 그래왔듯 공손하게 말했다. 저러다가 또 언제 멀쩡해질지 모르니 함부로 할 수는 없는 노릇이었다. 사실 '아흐네'라는 이름을 지닌 저 인공지능 인격은 행성대리인과 동등한 자격을 지닌 업무 파트너였다. 즉, 고장 나면 적당히 고쳐 써도 되는 단순한 기계 설비 같은 게 아니었다. 말하는 건 저래도 업무 능력은 여전히 탁월한 행성의 비인간 대리자.

운전석 한쪽에 붙어 있는 모니터에 일정표가 떴다. 지도에 표시된 경로를 보니 33구역과 34구역 사이 지점에서 뭔가 확인이 필요한 것이 발견된 모양이었다.

"오랜만에 그런 데서 저게 왔네."

아흐네가 말했다. 오래 듣다 보니 이제 이런 괴상한 말이 무슨 의미인지 대강 알아들을 수 있었다. 뭔가가 '왔다'는 건, 문맥상 탐사로봇이나 드론이 채집한 정보에 특이한 점이 있으니 직접 현장에 가서 확인해달라는 요청이 들어왔다는 말이다. 주체에 해당하는 '그런 데'는 보통 화성이나 지구에 있는 행성 과학자 단체이다. 여기에 '오랜만에'라고 단서를 단 걸 보면, 늘 요청하던 사람들이 아니라 평소에는 특별히 부탁할 일이 없던 단체 쪽에서 드물게 무언가를 청했다는 의미다.

"예, 오랜만에 그런 데서 저게 왔네요. 자, 그럼 오늘도 출발합시다. 경로는 일정표대로 안 가도 되겠죠? 오늘은 다른 길로 가봅시다."

"거봐, 그거네. 기분이 영 저기한가 보네."

반음은 운전대를 잡고 차를 출발시켰다. 굳이 직접 운전하는 시늉을 할 필요는 없었지만 이번에는 왠지 그러고 싶었다. 실사 현장에 가는 게 아니라, 언젠가 구시가지와 신시가지를 잇는 대로가 들어설 길을 드라이브하는 느낌으로.

그러고 보면 아흐네는 감정을 읽는 데는 아직 서툴다. 탐관오리가 되기로 마음먹은 후 첫 실사에 나서는 반음의 기분은 '영 저기'하기는커녕 더없이 가볍고 홀가분하기만 했다.

반음은 아무것도 없는 붉은 사막 위로 차를 몰았다. 아무것도 없다고는 하지만, 아침 해에 그림자를 길게 늘어뜨린 언덕의 스카이라인이 빈 땅을 역동적으로 채우고 있었다. 지구에서 살다 온 사람이 보기에 중력이 작은 화성의 지형은 어디나 물결치듯 역동적이다.

이쯤이다 싶은 곳에서 반음이 속도를 줄이자 아흐네가 또 눈치 없이 말했다.

"저기, 그거를 저거해야겠는데."

반음은 언젠가 자기 집이 들어설 곳에 시선을 고정한 채, 아흐네가 말한 대로 속도를 높였다. 그러면서 그 길 주변에 시가지가 들어선 광경을 상상했다. 거대한 투명 돔에 10층쯤 되는 건물 몇 개가 들어 있고, 그런 돔이 길을 따라 쭉 늘어서 있었다. 마치 스노글로브를 늘어놓은 모양 같았다. 어디선가 차들이 나타나 도로를 메웠고, 도로 옆 넓은 보도에는 출근길 인파가 넘쳐났다. 테라포밍이 완성되어가는지 하늘이 푸른빛을 띠고 있었는데, 그건 좀 아니다 싶어 고개를 젓자 다시 먼지 낀 화성의 하늘이 머리 위로 퍼져나갔다. 아직 아무도 돔과 헬멧을 벗어나지는 못했지만, 밝고 아늑하고 살기 좋아 보이는 동네였다. 하늘에 떠 있는 '그것'의 그림자가 반음이 탄 차 위에 넓게 드리웠다.

반음은 그런 망상에 소질이 있었다. 상상력이 뛰어나다고 할 수도 있지만 어떨 때는 선을 넘는다 싶을 정도로 지나치게 생생하게 뻗어가는 풍경이었다. 보통은 어디까지가 실제고 어디부터가 환각인지 곧바로 구별할 수 있지만, 마음이 약해져 있거나 당혹스러운 상황을 만나면 직관적으로 구별이 안 되는 때도 있었다. 일례로 지구에 살던 어린 시절에는 작은 불이 난 건물 안에서 달아날 길을 찾지 못해 헤맨 일도 있었다. 아직 불이 번지지 않은 곳에서 시뻘겋게 이글거리는 불길을 보는 바람에 그쪽으로 탈출할 엄두를 못 낸 탓이었다. 타는 냄새와 열감을 동반한 생생한 환시. 적잖이 당황스러운 일이었지만, 반음은 그 사실을 다른 사람들에게 알리지 않았다. 그리고 어떻게든 살아내기로 결심했다.

그런 반음에게 과학은 정말로 유용한 도구였다. 과학자의 길로 들어서면서 반음은 아예 직접 눈으로 본 것은 믿지 않고 숫자로 표현된 것만 신뢰하는 버릇을 들였다. 과학이 숫자 놀음만으로 되는 건 아니지만, 의심하는 태도는 언제나 도움이 됐다. 망상을 이겨내는 데도, 과학자로 자리 잡는 데도 마찬가지였다.

심심하면 생명 활동의 증거를 발견했다고 주장하는 화성의 과학자들은, 좀처럼 들뜨지 않는 반음의 회의주의를 신뢰했다. 신기한 일이었다. 반음은 그들이 발견한 것이 생명 활동의 증거가 아닌 이유를 찾아냈다. 늘, 반드시 찾아냈다. 거짓말을 조금 보태면, 정반음이 있었기에 화성은 여전히 생명이 발생한 적 없는 불모의 행성으로 남아 있는 것이나 다름없었다. 물론 지나친 과장이지만, 가까운 동료들이 느끼기에는 분명 그랬다.

아무 발견도 일어나지 않는 나날. 과학자들에게 그것은 대단히 실망스러운 일이었지만, 다른 한편으로는 다행스러운 일이기도 했다. 광풍에 가까울 정도로 대발견에 집착했던 화성 과학계가 아직도 과학적인 엄밀함을 잃지 않고 있었으므로. 이 또한 정반음 한 사람의 업적은 아니지만, 정반음 같은 사람들의 업적인 건 분명했다. 그래서 동료들은 정반음을 신뢰했고, 중요한 직책을 그에게 맡겼다. '레드벨트'의 유지와 해제를 결정하는 역할이었다.

반음은 평생 망상과 싸웠다. 오래 싸워봤기에 남들보다 잘 싸웠다. 인류 최초로 화성에서 생명체의 흔적을 발견하겠다는 순진한 열망 같은 건 반음처럼 노련한 파이터에게는 스파링 상대도 못 됐다. 진짜 무서운 건 다른 것들이다. 잘못된 사고가 이성을 제압할 방법은 그것 말고도 다양하다. 반음이 두려워하는 건 바로 그런 것들이다.

그래도 반음은 '레드벨트의 수호자'라는 자신의 역할을 잘 수행해내고 있었다. 반음에게 레드벨트는 챔피언 벨트였다. 영원히 지켜낼 수는 없지만 아직은 링에서 내려올 때가 아니었다.

개발업자에게 화성은 개척과 개발의 대상이지만, 과학자들에게 화성은 그 자체로 거대한 자연유산이다. 즉, 보존과 기록의 대상이라는 뜻이다. 이미 인간의 발길이 닿은 곳에서는 화성 고유의 자연현상과 인류의 진출로 인해 생긴 인위적인 변화를 구별할 수 없다. 깊은 땅속에서 생명의 흔적을 발견한다 해도 그게 지구에서 유래한 오염물인지 그 땅에 오랜 시간 잠재해 있던 화성 고유의 생명현상인지 구별하기 어렵다. 행성 대기의 변화 과정을 보여주는 지질학적 증거도 마찬가지다. 그래서 과학자들은 아직 개발되지 않은 화성 전체를 탐사하고 기록한다. 그 방대한 지역을 정말로 다 일일이 기록한다.

이만하면 모을 자료는 다 모았다 싶은 시기가 되면, 과학계는 비로소 해당 지역에 걸려 있던 개발제한조치 해제를 선언한다. 이걸 레드벨트라고 부르는데, 물론 지구의 그린벨트를 염두에 두고 만든 말이다. 다만, 여기서 '충분히 기록했다'는 건 결국 자의적인 판단일 뿐이므로, 가장 엄밀한 회의주의자와 인공지능 인격체가 협의체(인간 대리자와 비인간 대리자 각 한 명)를 이루어 행성을 대리해 최종 판단을 내린다. 그게 바로 정반음의 직책인 행성대리인의 임무다.

"현재 레드벨트 현황이 어떻게 되죠?"

아흐네가 말없이 모니터에 자료를 띄웠다. 행성 전체 면적 중 98.7퍼센트다. 99퍼센트 선을 돌파한 후로는 감소 속도가 눈에 띄게 빨라졌다.

"이대로 가면 5년 안에 95퍼센트까지 내려가겠네요."

레드벨트 점유율이 떨어지는 건 개발업자의 관점에서는 성공이고, 행성대리인 입장에서는 양보이다. 실패는 아니다. 어차피 레드벨트는 100에서 시작해서 점점 줄어들게 되어 있다. 언제가 될지는 몰라도, 테라포밍이 시작되면 레드벨트 점유율은 0이 된다. 대기는 행성 전체에 퍼져 있으므로. 반대로 말하면, 행성 대기 개조를 하기 위해서는 화성에 있는 모든 행성대리인의 허락을 받아야 한다. 그 전에 탐사와 기록이 끝나기만 한다면 행성대리인은 임무에 실패하는 게 아니다. 하지만 그때까지 탐사와 기록과 연구가 끝나지 않는다면, 행성대리인은 실패하는 것이다.

물론 탐사가 '끝난다'는 것 또한 자의적인 판단이므로, 성공과 실패는 순전히 과학자의 양심에 관한 문제일 수 있다. 그러거나 말거나 다른 사람들은 분명 레드벨트가 완전히 해제되는 날을 축하하고 기념할 것이다. 화성 문명의 완성을 알리는 결정적 지표 중 하나일 테니.

"오늘 현장은 어쩌면 추가 조사팀을 보내야 할지도 모르겠다는 의견이 많던데, 아흐네 씨 의견은요?"

다시 운전대를 두 손으로 움켜쥐며 정반음이 아흐네에게 물었다.

"글쎄, 일단 그걸 자세히 저거해봐야 알겠지만, 이번 건은 좀 그렇지 않아?"

반음은 한숨을 내쉬었다. 그렇다는 건지 아니라는 건지 도통 알 수 없는 소리였다.

현장 근처에는 무인 실험 장비가 서 있었다. 흔히 탐사로봇으로 불리고 외양도 바퀴 여섯 달린 로버처럼 생기기도 했지만, 실제로 보면 일단 크기부터가 지구의 중형 트럭만큼 커서 로봇이라기보다는 '무인 실험실'이라는 느낌이 강하게 드는 장비였다(실제로 공식 명칭도 그런 이름이다).

무인 실험실은 몇 주 전부터 부지런히 그 일대의 땅을 파고 다녔다. 긴 막대기를 꽂아 땅속 깊은 곳의 지질학적 특성이나 화학 조성을 탐색하는 일이었는데 지평선 안쪽, 그러니까 반경 2킬로미터 정도 되는 원 안에 700번이 넘게 막대기를 꽂았다 뺐을 정도로 꼼꼼한 작업이었다. 이 또한 누군가는 7,000번은 돼야 한다고 주장하고 다른 누군가는 70번이면 충분하다고 말하겠지만, 행성 전체에서 비슷한 작업이 진행된다고 가정하면 700번도 결코 적은 수는 아니었다.

근처에 차를 세우자 탐사로봇 인공지능이 무전을 통해 멀쩡한 문장으로 말했다.

"이 아래에 과거에 지하수가 채워져 있다가 물이 빠지면서 공동화된 지형이 있는데, 이 동굴에 갇힌 공기층에서 생명현상의 흔적으로 의심되는 기체가 미량 검출되고 있었거든요."

"유기물이 호흡한 증거 같다는 말이죠?" 반음이 물었다.

"그렇습니다. 미량이라 단정할 수는 없는데, 이 근방 120군데 지점에서 거의 비슷하거나 혹은 일관성 있게 변화하는 데이터가 나오고 있어요. 뭐가 있기는 있다는 건데."

"어제 보고한 내용은요? 그 현장은 어디죠?"

"여깁니다."

탐사로봇이 지도를 보냈다. 걸어가면 1분 안에 도착할 거리였다.

반음은 헬멧을 쓰고 에어로크를 지나 차 밖으로 나갔다. 화성 시간으로 13년이나 지났지만, 아직도 반음은 헬멧을 쓰고 밖으로 나설 때마다 왠지 비장한 기분이 들었다. 어떤 사람들은 에어로크를 '현관'이라고 부르기도 했다. 지구에서 현관은 신발을 신고 벗는 곳이지만, 화성에서는 헬멧을 쓰고 벗는 곳이 현관이었다. 아예 에어로크에 신발을 갖다 놓고 헬멧과 함께 신고 벗는 사람도 있었는데, 엄밀히 말하면 안전 규칙 위반이다. 아무튼 중요한 건, 현관을 지난 인간이 방금 전과는 전혀 다른 세계를 보게 된다는 점이다. 그건 지구에서나 화성에서나 다 마찬가지였다. 화성의 실내외 환경이 더 극적으로 다를 뿐.

물론 그것도 디지털 인격체인 아흐네에게는 해당되지 않는 말이었다. 아흐네는 반음의 손목에 있는 단말기와 헬멧에 내장된 소형 컴퓨터에 몸을 나눠 올라타 있었다. 무게는 느껴지지 않지만, 손목과 이마에 켜진 파란색 불빛이 행성의 비인간 대리자가 인간 대리자와 함께한다는 것을 표시했다. 평소에 그 파란 불빛은 행성대리인실 전용 차량 앞쪽에 머물렀다.

"저거를 그거해봐."

땅 위에 난 구멍 근처에 다다랐을 때 아흐네가 말했다. 반음은 긴장하며 구멍 안쪽으로 불빛을 비췄다. 땅이 꺼져서 생긴 구멍이라기보다는 동굴 맨 위쪽, 지면에 가까운 부분이 조금 무너지면서 작은 통로가 생겨난 것에 가까웠다.

"더 가까이 가시면 위험할 수 있습니다. 이쪽은 지면이 워낙 얇아서 구멍 근처에서 추가 붕괴가 발생할 수 있거든요."

탐사로봇이 주의를 환기했다. 고개를 들어보니 탐사용 드론이 머리 위에 떠 있었다.

"그걸 저렇게 해야 하지 않을까?"

아흐네가 탐사 장비를 내려보내야 할 것 같다는 의견을 제시했다. 반음은 고개를 끄덕이며 헬멧 안쪽 화면에 주변 지도를 불러냈다. 반음의 머릿속에 가득 든 것은 탐사 장비가 아니라 다른 것이었다. 몇 주 전에 들은 거부할 수 없는 제안.

현장 자체는 도시개발 예정지에서 꽤 멀리 떨어져 있었다. 근처 수백 군데에서 진행된 탐사 활동 때문에 갑자기 모습을 드러낸 구멍의 위치 자체는.

탐사로봇에게 물었다.

"동굴은 어느 방향으로 퍼져 있죠? 내가 보고 있는 지도에 표시해줄래요?"

탐사로봇이 자료를 보내자 아흐네가 헬멧 모니터에 데이터를 앉혔다. 동굴의 분포 예상 지역이 지도에 표시되었다. 반음은 동굴이 뻗어가는 방향으로 고개를 돌렸다. 울퉁불퉁한 지평선 너머, 조금 전 반음이 지나온 길이 보였다. 상상의 시가지가 펼쳐졌던 곳, 머지않아 반음의 집이 들어설 동네. 화성에서 부패는 꼭 이런 식으로 꼬인다.

반음이 다시 탐사로봇에게 물었다.

"이런 동굴이 저쪽까지 뻗어 있다는 뜻인가요?"

"아니요, 이렇게 넓은 지하 공간은 주로 이쪽에만 분포해 있고, 말씀하신 방향으로는 좀 더 좁은 동굴 여러 개가 깊숙하게 뻗어나갈 겁니다."

"그 말은 저쪽으로 가면 붕괴 위험은 특별히 없다는 말씀 같네요."

"붕괴요? 그렇죠. 좁은 동굴 네트워크가 뻗어 있는 정도니까요. 상당한 깊이로. 지금 보내드린 자료는 그 동굴망이 뻗어 있을 것으로 예상되는 지역의 분포도이지, 그 동굴망이 구체적으로 어떻게 생겼는지를 나타낸 지도는 아닙니다. 그래서 이 지역 전체가 텅 비어 있는 것처럼 표시되어 있죠. 하지만 추가 탐사를 하면 정확한 지도를 그릴 수 있을 겁니다. 연구 성과도 상당할 거고요."

옳은 말이었다. 이제 그 지역에 정말로 생명이 존재했는지는 중요하지 않을지도 모른다. 그런 어마어마한 지하 공간이 만들어져 있다면 그것만으로도 화성 자연사 연구에 한 획을 그을 대발견이 될 테니까.

하지만 정반음은 흥분하지 않았다. 회의주의로 유명한 과학자여서가 아니었다. 그 순간 반음은 다른 것을 떠올리고 있었다.

"이 동굴이 알려진 지 얼마나 됐죠?"

반음의 물음에 탐사로봇이 자세한 발견 경위를 설명했다. 꽤 긴 설명이었지만 반음의 귀에는 한 가지 사실만이 커다랗게 들어와 박혔다. 처음 이 동굴의 존재가 전문가들에게 알려진 시점. 그것은 문결이 13년 만에 반음을 찾아온 날로부터 딱 이틀 전이었다.

그러니까 이건 청탁받은 일이 재수 없게 꼬인 사건 같은 게 아니었다. 이렇게 될 것을 미리 알고 있던 문결이 그 일에 영향을 미칠 적절한 사람을 찾아내고는 적당한 시점에 개입을 요청한 사건이었다.

'그랬겠지. 왜 아니겠어?'

반음은 곰곰이 생각에 잠겼다. 개발업자들이 바라는 건 동굴이 발견됐다는 사실 자체를 숨기는 일이 아니다. 그건 이미 불가능하다. 그들이 바라는 건, 지하 동굴 탐사에 영향을 미치지 않는 지상 부분을 레드벨트에서 제외해달라는 것이다. 이건 가능한 일 같기도 하고 불가능한 일 같기도 했다. 보통은 지역 전체를 레드벨트로 지정해버리는 게 상식이지만, 깊이 개념을 도입해 지상과 지하를 분리해버리는 것도 영 이상한 일은 아니지 않은가.

반음은 한숨을 길게 내쉬었다.

'지금 나는 루비콘강을 건넌 걸까, 안 건넌 걸까?'

하지만 어차피 이건 한번 발을 들인 이상 건너지 않을 수 없는 강이다. 부패를 권하는 자는 당근만 보여주는 게 아니다. 등 뒤로 감춘 문걸의 손에는 반드시 채찍이 들려 있을 것이다.

반음은 자기 약점을 잘 알고 있었다. 사고 과정 전반에 드리운 치명적인 오류, 혹은 망상. 차가 있는 곳으로 걸어가는 동안, 반음은 밝혀져서는 안 되는 그 비밀이 자기 옆에서 나란히 걸어가는 모습을 흘끗 쳐다보았다.

'하아, 이건 너무 어마어마한 결함인데.'

'그것'은 반음이 걷는 속도에 맞춰 천천히 한 걸음씩 발걸음을 뗐다. 발이 땅에 닿을 때마다 묵직한 충격음이 땅을 울렸다. 뒤를 돌아보면 커다란 발자국이 깊게 패 있었다. 현장까지 가는 길에 두 줄, 현장에서 차로 돌아가는 길에 새로 생겨난 두 줄. 그것은 벌써 10여 년째 반음을 따라다니고 있었다. 집무실이든 현장이든, 아니면 숙소든, 반음이 가는 곳에는 눈만 돌리면 어디든 그것이 있었다.

조금 전 현장에서도 마찬가지였다. 탐사로봇이 붕괴 위험을 알리며 더 다가가지 말라고 말한 직후, 그것의 육중한 몸이 구멍을 향해 몇 걸음을 더 내디뎠다. 그러자 무게를 이기지 못한 지면이 요란한 소리를 내며 갈라졌다. 그것은 엉거주춤하더니 속절없이 아래로 곤두박질쳤다. 그게 끝이 아니었다. 붕괴의 여파로 반음이 디디고 선 땅도 무너져 내렸다. 깊이를 알 수 없는 어두운 땅속으로 와르르.

물론 반음은 무너지는 땅 위에 의연하게 서 있었다. 발을 디딜 지면은 사라지고 없지만, 그건 절대 사실일 리가 없었다. 반음의 몸은 허공에 둥둥 떠 있었다. 반음은 눈에 보이는 광경이 환각임을 명심했다. 직관은 전혀 다른 이야기를 하고 있었지만, 의식은 몸이 하는 거짓말에 현혹되지 않았다. 잠깐 몸이 부르르 떨렸을 뿐.

반음은 그 생각을 하며 위를 올려다보았다. 다른 사람이 보면 하늘을 우러르는 것처럼 보일 것이다. 그것이 고개를 숙이더니 반음의 얼굴을 물끄러미 내려다보았다. 그 커다란 얼굴을 뚫어져라 바라보면서 반음은 오래된 절망감을 느꼈다.

'너를 어쩌면 좋니? 내가 너를 언제까지 숨길 수 있을까? 너 정말 나한테 왜 이러는 거야?'

그것은, 어릴 적 만화에서 본 전투 로봇 모양을 한 거대한 환영은, 징 키리릭 윙 하는 근사한 기계음을 내며 우아하면서도 늠름한 자세로 서 있었다. 반음은 고개를 저으며 다시 발걸음을 옮겼다. 로봇 환영이 만들어낸 커다란 그림자가 반음의 발길이 닿을 곳에 먼저 드리워 있었다.

로봇의 이름은 '알록'이었다. 갑옷처럼 생긴 금속 표면 한 조각 한 조각이 다 다른 색이어서 붙여진 이름이었다. 심지어 좌우대칭도 안 됐다. 왼팔의 색깔과 오른팔의 색깔이 달랐다는 말이다.

알록은 은하계 어딘가에서 지구를 정복하러 온 로봇 군단 서른 대의 부품으로 만들어졌다. 선발대로 파견된 우주선이 도중에 난파하면서 실려 있던 로봇들도 다 부서지고 말았는데, 관성의 법칙 때문에 계속 지구 쪽으로 날아가던 파편 중 아직 의식이 남아 있던 쓸 만한 부품들이 오랜 시간에 걸쳐 서서히 모여들었다. 그러면서 자체 수리와 재생이 시작됐다. 파편이 태양계에 도달할 무렵에는 그 덩어리가 제법 근사한 모양을 갖추게 되었다. 그렇게 만들어진 게 알록이었다.

그런데 수십 대의 로봇이 완전히 해체됐다가 합쳐지는 과정에서 예상치 못한 일이 일어났다. 악의는 사라지고 새로운 정신이 탄생한 것이다. 지구를 정복하려고 날아온 로봇 군단 속에서 지구를 지켜야 한다는 의식이 태어난 사건. 그래서 알록은 우주를 건너 날아오는 로봇 군단 본대에 맞서 지구를 지키기 위해 분연히 일어난다! 그게 그 만화의 초반 줄거리였다.

알록의 몸을 이루는 로봇 군단을 생각하면 반음은 피식 웃음이 나왔다. 무슨 로봇 군단이 그렇게 쨍한 색깔로 만들어져 있을까? 화성의 인간 거주지에 있는 물건들은 전부 여기저기에서 긁어모았어도 색깔이 아주 튀지는 않는다. 알록처럼 정신없는 배색이 되려면 우선 재료가 되는 서른 대의 로봇들이 정신없는 색깔로 제작되어야 한다.

만화에 나오는 로봇 군단은 총통부터 졸개까지 모두 흥이 많았다. 총공격을 지시할 때도 어깨를 들썩거렸고, 명령을 받는 쪽도 발걸음이 가벼웠다. 반면 지구방위대(정확한 명칭은 이게 아닐 것이다) 소속 지구인들은 다들 차분하고 음울했다. 주인공들은 하나같이 예술적인 재능이 충만해서 누구는 음악을 하고 누구는 그림을 그리고 누구는 심지어 시를 썼는데, 모였다 하면 종말 이야기뿐이었다. 그 만화를 보는 어린이들은 시즌 마지막 회 언저리에서 미묘한 혼란에 빠졌다. 이런 지구라면 차라리 발랄한 로봇 군단의 지배를 받는 편이 낫지 않을까.

알록이 지구를 탈출해 화성으로 날아온 것도 그 이유 때문일지 모른다. 알록처럼 정신없는 맥시멀리스트에게 지구

는 영 재미가 없다. 아무리 발전적 해체를 경험했어도 알록의
몸은 태생이 우주 종족이었던 것이다.

다만 정착기 화성에는 싸울 대상이 없었다. 그래서 전투
로봇 알록은 하는 일 없이 종일 반음을 따라다녔다. 외합절
축제처럼 반음의 마음이 살짝 들뜰 때는 저 멀리서 크라켄
과 엉겨 붙어 사투를 벌이는 모습이 보이기도 했다. 실망스럽
게도 승부는 대체로 크라켄의 승리였다. 거대한 오징어 괴물
에게 몸통과 팔다리가 완전히 결박당하기 직전, 마지막 남은
팔로 바닥을 두드려 항복을 선언하는 결말. 크라켄은 알록의
탭을 쿨하게 받아들여 곧바로 조르기를 풀고 알록의 몸을
일으켜 세운다. 그런 다음 제일 긴 촉수를 뻗어 알록의 어깨
를 툭툭 친 다음 유유히 석양 쪽으로 걸어간다. 내년에 다시
도전하게, 하는 폼으로.

'아, 이것들이 정말.'

반음은 알록의 화려한 외양이 싫지 않았다. 몇 년이나 봤
지만, 아직도 자세에 따라, 또는 각도에 따라 처음 보는 색 조
합이 나오는 신기한 몸체였다. 게다가 파손된 로봇 부품들이
아무렇게나 모여 자동 조립 된 것치고는 몸의 형태가 대단히
근사했다. 화려한 외관에 가려 간과되기 쉽지만 알록의 진짜
멋은 자세에서 나왔다. 반음은 모래 폭풍이 하늘을 뒤덮은
날, 창밖에 혼자 서 있는 알록의 실루엣을 보는 것을 좋아했

다. 물론 다른 사람들은 반음이 근심스러운 눈으로 종일 창밖을 바라보았다고만 생각했을 것이다.

'환각을 봐도 하필 저런 걸 봐가지고.'

반음이 알록을 본다는 사실을 아는 사람은 아무도 없었다. 화성 시간으로 13년간 쭉 그랬다. 그래서 비밀만 잘 간직하면 아무 문제도 없었다. 그렇게 될 일이었다. 그가 나타나지만 않았다면.

알록은 분명 반음의 약점이었다. 다른 사람은 몰라도 행성 대리인이 봐서는 안 되는 무언가였다. 그런데 문결은 그 사실을 알고 있다. 행성 반대편에 살고 있어서 마주칠 일이 없었지만, 그가 다시 나타나자 이야기가 달라졌다.

알록은 지구 방위라는 거룩한 임무를 포기하고 화성으로 날아왔다. 문제는 알록의 이주 시기였다. 알록은 반음과 정확히 같은 시기에 우주를 건넜다. 심우주를 날아가는 우주선에서 반음이 멍한 눈으로 창밖을 바라보고 있을 때, 그 시선이 닿은 곳에는 우아한 자태로 날아가는 알록이 있었다. 평범한 기차 여행이라면 아무도 눈치채지 못했겠지만 다섯 사람이 좁은 공간에 갇혀 프라이버시도 포기하고 몇 달간 날아가는 행성 간 우주 비행에서는 그렇지 않았다. 같이 탄 우주선 동기는 알고 싶지 않아도 알게 된다. 저 냄새나는 짐승이 무슨 생각을 하고 있는지, 저 한심하고 탐욕스러운 인간의 시선 끝에 무엇이 있는지를. 그게 알록이라는 사실은 알 수 없었어도, 뭔가가 있다는 것만은 분명히 알았을 것이다.

그러니 문결이 반음의 약점을 쥐고 있다는 판단은 망상이 아니었다. 화성 전체에서 제일 혐오하는 인간이 반음의 목숨줄을 쥐고 있다는 건, 의심의 여지 없는 명백한 사실이었다. 반음은 그 사실이 죽기보다 싫었다.

다음 날 새벽에도 일찍 눈이 떠졌다. 창밖에는 여명이 밝아오고 있었다. 하지만 아직 해가 뜨려면 멀었을 것이다. 화성의 여명은 푸른빛을 띨 뿐만 아니라 지구에서보다 지속 시간이 길다. 여명이나 석양이 푸른빛을 띠는 건 화성 대기에 떠있는 미세먼지가 하필 다른 색보다 푸른빛을 잘 통과시키는 크기이기 때문이다. 그런데 이 먼지가 어찌나 높이 떠다니는지 해가 뜨기 한참 전부터 푸른빛을 받아 흘려보내는 통에 여명이 일찍 시작된 것처럼 보이는 것이다.

반음은 아직 어두운 천장을 우두커니 바라보았다. 아흐네도 푸른빛으로 자기 존재를 표시하지만, 반음의 사적인 공간에는 허락 없이 발을 들일 수 없었다.

아흐네는 "그 사람들을 많이 저거"하자며, 대규모 탐사대파견을 지지했다. 반음도 곧바로 동의했다. 여기까지는 의견이 갈릴 여지가 없었다. 문제는 다음이었다.

탐사대가 활동을 시작하면 그 일대는 개발이 중단된다. 새로 수립된 계획은 모두 백지화되고 기존 계획도 줄줄이 유예된다. 예외는 없다. 그걸 되돌릴 사람은 화성에 없다. 행성관리위원회도 이 일에는 관여하지 못한다. 행성대리인이 화성을 대신해 내리는 결정이기에, 그 위에 머물러 사는 인간들은 이의를 제기할 수 없다. 그게 바로 레드벨트고, 현재 화성에서는 제일 강력하게 적용되는 규칙 중 하나다.

관건은 지하 깊숙한 곳에 있는 탐사 현장의 지상 부분도 계속해서 레드벨트로 묶을 것인가 하는 점이다. 아흐네와는 아직 그 문제에 관해 상의하지 않았다. 하지만 아흐네는 이미 그 일을 고려하고 있을지도 모른다. 화성의 비인간 대리자는 바보가 아니다. 언어 기능이 저 모양이기는 해도.

거기까지 생각이 이르자 문득 이상한 가설이 떠올랐다. 아흐네의 언어 기능이 반년 넘도록 고쳐지지 않는 이유에 관한 것이었다. 이곳 사람 중 누군가는 아흐네가 바보이기를 바라는 게 아닐까. 반음은 그보다 어리석은 일은 없다고 생각했다. 아흐네는 똑똑하다. 치밀하고 정교하며 부지런하고 안정적이다. 아흐네가 어떤 식으로 말하든 그건 아무 상관이 없었다. 다만 인간 파트너인 자신이 어휘가 부족해진 아흐네의 말을 알아듣느라 애먹을 뿐. 단지 그뿐이다.

'이 깻잎만 한 사발인 깻잎샐러드는 누가 무슨 의도로 고안

한 괴식일까?'

그날 저녁, 푸른빛이 감도는 긴 일몰이 지난 뒤에, 정반음은 새로 생긴 펍에 앉아 메뉴를 들여다보던 참이었다. 음식이름과 이미지가 전혀 어울리지 않는 메뉴판을 보며 주문을 망설이고 있는데, 탐사 현장에 긴급 파견 된 음파 탐지기가 반음에게 동굴 네트워크 지도를 보내왔다. 문결의 도시 계획에 포함된 지역 아래까지 복잡하게 뻗어 있는 동굴이었다. 대략적인 조사여서 정확한 형태는 파악이 안 됐지만, 자세히들여다보니 좁고 긴 동굴 하나가 살짝 위로 솟구친 모습이보였다.

'아, 저러면 지상에 가까워지는데. 저건 얼마나 위로 뻗어가려나.'

반음은 그림으로 표시된 결과를 무시하고 그 부분의 도표를 작성하는 근거가 된 숫자를 들여다보았다. 숫자는 반음을 속이는 경우가 거의 없다. 전혀 없지는 않지만, 다른 숫자와의 관계를 따져보면 금방 빈틈이 드러나는 거짓말이다. 숫자를 검토해보니 아직은 동굴의 정확한 모양을 알기 어려워 보였다. 구체적인 모양을 확인하려면 탐사대가 투입돼야 할 것같았다.

'저 동굴의 방향이 정해지기 전에 어서 지상 부분을 레드벨트에서 분리하는 원칙을 정해두는 게 좋겠어. 이건 어떤

논리로 접근하는 게 자연스러울까? 비슷한 사례가 있었는데……'

시간제한이 생겼다. 사태가 조금 긴박해졌다. 왠지 숨이 턱막히는 것 같았지만, 반음은 그 또한 망상일 뿐이라는 걸 잘알고 있었다.

'진정하자. 늘 그렇듯 이 건물 산소 공급기는 멀쩡해. 실제로 그런 사고를 겪은 적은 한 번도 없잖아. 침착해. 이건 망상이니까.'

그때였다. 반음은 갑자기 다가오는 인기척에 흠칫 놀라 고개를 들었다. 옆자리가 비자마자 냉큼 다가서서 자리를 차지하는 사람이 있었다. 시간이 지나도 익숙한 냄새. 문결이었다.

저 냄새는 실제로 나는 걸까, 반음은 자신의 후각을 의심했다. 어쩌면 자신의 뇌가 문결에 관한 기억을 후각 영역에 대충 처박아놓은 것일지도 모른다. 무의식이 한 짓이라면 칭찬하고 싶은 일이었다.

"직접 보고 왔다고? 어때?"

반음은 그렇게 말하는 문결의 얼굴을 흘끗 쳐다보았다. 아흐네만큼 생략이 많은 말이었다. 그래도 무슨 말인지 알아들을 수 있는 걸 보면, 역시 처음부터 다 알고 접근한 게 분명했다. 반음은 덫에 걸려 허우적거리는 자신의 모습을 상상했다. 누구든 빠질 수밖에 없는 그럴싸한 함정에. 한심한 노릇이었다. 알록이 주먹을 힘껏 내리쳐 건물 지붕이 내려앉고 옆자리에 앉은 인간이 납작하게 뭉개지는 상상을 했다. 찌그러진 얼굴로 그가 다시 말했다.

"이 중에는 맥주가 제일 나아. 내가 사지."

"됐어. 내 건 내가 사. 마음도 고맙게 안 받아, 우리는."

반음은 덫에 걸린 사냥감이 마지막까지 존엄을 지키듯 딱 잘라 거절했다. 실은 남은 호흡을 전부 쥐어짜서 겨우 뱉어낸 대답이었다.

문결이 흠칫하더니 딱딱하게 대꾸했다.

"저런, 아직 입장 정리가 덜 됐나 보군. 그래도 다른 건 꼭 내가 사지. 그건 잊지 마."

반음에게 떼 주기로 한 땅 이야기였다. 반음은 문결의 눈을 노려보았다. 진심이 너무 많이 담겼는지, 반음이 입을 떼기도 전에 문결은 자리에서 일어났다. 그러면서 한마디를 남겼다.

"그 친구한테도 안부 전해주고. 또 보자고."

그러고는 밖으로 나가버렸다.

호흡이 정상으로 돌아오기를 기다리며, 반음은 말도 안 되는 이름과 사진을 연결해놓은 메뉴판을 펼쳐놓은 채 방금 장면을 곱씹었다. 반음에게는 급습이었지만 문결에게는 준비된 시나리오가 있었을 것이다. 어쨌거나 이건 원래 이렇게 흘러가게 되어 있는 대화였다. 예고편과 똑같이 방영된 본편일 뿐이었다.

그래서인지 협박은 생각보다 아프지 않았다. 그보다는 문결이 말한 "입장 정리"가 더 골치 아팠다. 스스로도 잘 알고 있는 행성대리인의 모순적인 처지가.

이상한 이야기지만, 행성대리인은 인간의 법에 구속되지 않는다. 심지어 치외법권 같은 특권도 누린다. 범죄 혐의가 확정되면 처벌을 받지만, 다른 사람처럼 엄격한 조사를 받지는 않으므로 혐의가 인정되기 어렵다. 불공평해 보이지만, 행성대리인을 외압으로부터 보호하려면 꼭 필요한 제도다. 아직은 그렇다. 또한 행성대리인은 화성 곳곳에서 인간 문명의 진출한계선을 긋는다. 그렇게 사람들과 분리되고, 사람들과 거리를 두고, 인간의 욕망에 반론을 제기한다.

정반음은 펍 안을 둘러보았다. 엉터리 술집치고는 꽤 화기애애한 분위기였다. 반음은 그 복닥복닥한 기운을 좋아하지 않지만, 인간이 이렇게 살아야 하는 이유는 안다. 반음은 늘 사람들과 거리를 두려 하지만, 그렇다고 화성 사람들이 행성대리인을 꺼리거나 따돌리는 일은 없다. 그들은 가장 까탈스러운 행성대리인에게조차 늘 관대하고 따뜻하다. 개인차는 있어도 기본적으로는 그렇다. 반음이 뭐 하는 사람인지 알려진 뒤에도 마찬가지다.

덕분에 반음은 고고하게 인간 사회와 거리를 둘 수 있다. 공동체로부터 삶에 필요한 수단을 얻을 수 없다면 행성대리인은 훨씬 비굴해질 게 뻔하다. 반음은 자신이 얼마나 나약한 인간인지 잘 알았다. 상황이 비참해지면 우선 신념부터 내다 버릴 비루한 인품이었다. 반음은 사람들의 온기에 자주 등을 기댄다. 너무 자주.

아마 그 깨달음 때문이었을 것이다. 문결이 아니었어도 요즘 반음은 점점 마음이 흔들리고 있었다. '결국 인간이 화성에 온 건 사람들을 쫓아다니며 개발을 제한하기 위해서가 아니라 새 문명을 꽃피우기 위해서잖아.' 하지만 그와 동시에 반음은 자기 직업을 진심으로 사랑했다. 사람들을 쫓아다니며, 넘어서는 안 될 경계선을 그어대는 그 일을. 반음은 어느 쪽으로도 확실하게 기울지 못하고 늘 중간에 서 있었다. 그게 문제였다. 너무 오래 줄타기를 하는 사람은 좀처럼 발을 디딜 지면을 확보하지 못한다.

반음은 그런 식으로 자기 직업을 잃어가고 있었다. 아무도 흔들 수 없는 고고한 행성대리인은 아무도 강요하지 않은 내면의 파면을 겪고 있었다. 또한 반음은 잘 알고 있었다. 자신이 그 지위를 잃어버리는 순간 지금껏 스스로를 지탱해온 힘 또한 상실하고 말 거라는 사실을.

다음 날은 현장이 사람들로 북적댔다. 그래봐야 스무 명밖에 안 되지만, 보통 세 명 이상은 보기 힘든 탐사 현장에서 그 정도 인원이면 거의 인파에 가까웠다. 사람들을 에워싸고 탐사 차량 10여 대가 둥그렇게 늘어서서 제법 베이스캠프다운 대형을 이루었는데, 한쪽 끄트머리에 있는 행성대리인실 차량 앞쪽에는 파란 불이 들어와 있었다. 베이스캠프 앞 공터에는 차에서 꺼내놓은 각종 탐사 장비가 가득했다. 그야말로 대규모 탐사대인 셈이었다.

"무거운 장비는 크레인이 설치될 때까지 들여보내기 힘들 거예요. 당장은 드론밖에 못 들어갑니다."

탐사대장을 맡은 광물학자가 말했다. 돌아가며 맡는 직책이어서 그래 봐야 특별히 우월한 지위는 아니다. 엔지니어들이 탐사대장에게 질문했다.

"안에는 드론이 몇 대나 들어가 있나요?"

"세 대가 들어가서 바닥에 자리를 잡았어요. 고정된 위치에서 신호를 송출할 거니까 임시로 내비게이션 역할을 할 수 있을 거예요."

얼마 지나지 않아 행성대리인실 현장 실사 차량 앞쪽에 켜져 있던 파란 불이 사라졌다. 아흐네가 지하에 있는 장비로 옮겨 간 모양이었다. 직접 내려갈 필요까지는 없을 텐데, 왜 저렇게까지. 이제는 같은 지위를 공유하는 파트너마저 반음의 가장 여린 살이 드러난 곳으로 파고드는 느낌이었다.

탐사가 진행되는 동안 반음은 현장에서 전해지는 데이터를 살폈다. 반음은 행성대리인실 차량에 머물렀고, 알록은 구멍 근처에 쪼그리고 앉아 드론이 드나드는 모습을 지켜보았다.

작업 진행 속도는 더뎠다. 데이터를 새로 모으기보다는 드론을 더 집어넣고, 새 드론들이 더 깊숙한 곳까지 사고 없이 날아갈 수 있도록 땅속 상황을 상세히 파악하는 것이 우선 과제였다. 무거운 장비를 내려보낼 대형 크레인은 아직 수백 킬로미터 떨어진 곳에 있다고 했다. 크레인이 현장에 도착해 자리를 잡으려면 적어도 나흘은 걸릴 예정이었다.

반음은 아래에 있는 드론에서 전해지는 숫자를 가만히 응시했다. 숫자는 의미를 담고 있지만, 직관적으로 머리에 박히는 건 아니다. 아흐네는 직관적으로 보고 있을지 몰라도 반음에게는 가능한 일이 아니었다.

물론 반음의 관심사는 먼 곳에 뻗어 있는 동굴 네트워크의 형태였다. 제발 지상 쪽으로 뻗어 있지만 않으면 일이 조금 수월할 텐데. 반음은 괜히 마음을 졸였다. 원래는 서두를 필요가 없는 게 화성 탐사인데, 지금은 왠지 시간이 촉박했다. 양심을 팔아 땅을 사는 거래는 상상했던 것보다 훨씬 피곤했다.

해 질 무렵이 되자 반음은 녹초가 되고 말았다. 몰입은 에너지를 많이 소모하는 운동이어서, 쾌적한 실내에 가만히 앉아 있을 뿐인데도 마치 현장 여기저기를 뛰어다닌 듯 목덜미가 땀에 젖어 있었다.

"저기는 영 그렇겠는데. 아무래도 저거하겠어."

혼잣말처럼 중얼거리는 아흐네의 목소리에 깜짝 놀라 고개를 들었다. 차 안에 파란 불이 들어와 있었다. 인공지능인 주제에 인기척을 내느라 하는 혼잣말이었다. 아흐네는 요즘 따라 반음이 흠칫 놀라는 일이 잦다고 느꼈지만, 반음은 그 점을 자각하지 못했다.

아무렇지도 않은 듯 목소리를 가장하며 반음이 물었다.

"그게 무슨 말이죠? 이번 건 진짜 못 알아듣겠는데."

"아니, 일하는 저게 그래 보인다고."

"작업 일정이 많이 지연될 것 같다고요?"

"맞아, 그거!"

반음은 이게 뭐 하는 짓인가 싶었다.

'누가 저 고장 난 인공지능 좀 고쳐줬으면. 아흐네와 나누는 지적인 대화가 내 삶의 전부였던 적도 있는데.'

반음은 그 시절을 떠올렸다. 아흐네와 나누는 대화에는 우주가 있었다. 지구 시간으로 40억 년이 넘는 행성의 역사와 태양계의 진화가 담겨 있었다. 한때 밀도 높은 대기가 있고

물이 흘렀던 화성의 웅장함과 지금 남은 폐허의 아름다움도 함께였다. 둘 중 어떤 상태가 더 좋은 상태인지를 판단하는 게 행성의 입장에서 무슨 의미가 있을까 하는 논쟁은 거의 반년이나 이어졌다. 답을 찾을 수 없는 토론이었지만, 행성대리인실의 존재 이유를 고민하는 소중한 기회였다.

'그런 대화를 다시 나눌 수 있을까. 아흐네가 영영 저렇게 망가져 있다면. 나도 나대로 이렇게 바스러지면.'

반음이 아련한 감상에 잠겨 있을 때, 아흐네가 갑자기 진지한 목소리로 말했다. 단호하면서도 단도직입적인 목소리였다.

"여기 말인데, 저거 좀 봐봐."

그 목소리에 반음은 정신을 차렸다. 아흐네는 표정을 지을 일이 없는 인공인격체지만, 저 목소리에는 생각보다 풍부한 감정이 담겨 있다고 반음은 생각했다.

오후 내내 반음이 들여다보고 있던 모니터에 지도가 나타났다.

"여기에 저거를 그거해보려고 해."

이번에도 반음이 알아듣기 어려운 말이었지만, 곧 아흐네가 하고 싶은 말이 지도에 덧씌워졌다. 반음은 화면을 가만히 들여다보았다. 인근 지역 레드벨트의 경계를 표시한 지도였다. 그런데 레드벨트 한쪽, 꽤 넓은 지역이 옅은 핑크색으로 표시되어 있었다. 흐릿하게 채색된 붉은 구역 안에는 며칠 전 반음이 현장으로 오면서 들렀던 곳도 포함되어 있었다. 언젠가 반음의 집이 들어설 곳.

갑자기 숨이 턱 막혔다.

'다 알고 있었어! 이 인공지능은 도대체 뭘 확인하려고 직접 땅속을 뒤지고 다닌 걸까? 그리고 뭘 알아낸 걸까?'

어디론가 고개를 돌리고 싶었지만 아흐네가 있는 곳을 특정할 수 없어서 파란 불빛이 들어온 곳으로 고개를 돌렸다. 애초에 그러라고 만든 불빛이기도 했다.

다시 지도를 살폈다. 2차원으로 표시되어 있지만 3차원 정보를 담은 지도였다. 나머지 한 축은 깊이였다. 지도 위에 직선을 그으면 케이크를 자르듯 땅이 양쪽으로 나뉘고, 잘린 단면이 화면에 표시된다. 아래쪽은 새빨갛고 위쪽은 붉은 흙색인 두꺼운 화성의 지면 아래쪽이.

여기저기 직선을 옮겨가며 화면을 들여다보던 반음이 말했다.

"이건 설마, 레드벨트를 심도에 따라 다르게 적용하는 안을 표현한 건가요?"

"그렇지."

"왜요?"

반음의 목소리가 떨렸다. 그 짧은 질문에는 이런 말이 함축되어 있었다.

'어디까지 알고 있는 거죠? 그리고 언제부터?'

아흐네가 뜸을 들였다.

"왜냐하면,"

반음은 아흐네의 표정을 읽을 수 있을 것 같았다.

"왜죠? 왜 아흐네 씨가 굳이 이런 걸 하려는 거예요? 이건 내가 할 일인데. 내가 꾸며내서 당신을 속이려고 한 그 이론이잖아요."

감정이 격해졌다. 적반하장이라는 말이 떠올랐다. 어이없게도 반음이 아흐네를 추궁하는 상황이었다. 아흐네는 곧바로 대답하지 않았다. 그러더니 반음의 심장박동이 가라앉을 때까지 기다렸다가, 반음도 처음 듣는 다정한 목소리로 문장을 쥐어짜냈다.

"나한테는 당신도 그거야."

단번에 무슨 말인지 알아들었지만, 반음은 일부러 못 알아들은 척 다시 물었다.

"그거라니, 그게 뭔데요? 연구 대상이라고요?"

"아니, 그거보다는 더."

"설마 사랑한다고요?"

"그건 아니지! 너무 갔잖아."

장난을 장난으로 돌려주는 따뜻함에 굳어 있던 마음이 녹아내렸다.

"그렇게 질색할 건 없잖아요. 그럼 뭔데요?"

"왜 그거 있잖아, 그거."

반음이 마지막으로 물었다. 반음이 아흐네에게 느낀 것과 같은 감정이었다.

"소중하다고요?"

"그래! 매우, 대단히, 굉장히, 아주, 정말로! 나한테는 당신이 정말로 그거해."

아흐네가 어렵게 문장을 끝마쳤다. 결국 완성되지 않은 문장이었지만, 반음은 그 말만으로도 눈물이 핑 돌았다. 그러면서 생각했다. 갑자기 너무 거대해져서 입 밖으로는 빠져나오지 못하는 말이었다.

'이 직업을 잃으면 나는 정말로 죽고 말 거야.'

몇 주 뒤에 회의 날짜가 잡혔다. 레드벨트 조정을 위한 회의였고, 장소는 시청 소회의실이었다. 특별히 진영을 나눌 생각은 없었지만, 한쪽에는 화성 과학탐사기구에서 나온 전문가들이 자리하고, 반대편에는 문결과 도시 계획 담당자들이 나란히 앉았다. 반음의 자리는 두 진영을 좌우에 둔 헤드테이블이었다. 아흐네는 어디든 존재할 수 있었지만, 편의상 반음의 옆자리에 푸른빛을 밝혀 회의에 출석했음을 표시했다.

그리고 창밖에는 머리까지 알록달록한 인간형 로봇 한 대가 커다란 얼굴을 들이밀고 있었다. 이건 반음의 눈에만 보이는 광경이었는데, 너무나 압도적이어서 시선을 피하기 어려웠다. 그래서 반음은 피식 웃고 말았다.

문결이 그 모습을 지켜보고 있다가 미세하지만 음울한 미소를 흘렸다.

'어째서 저 동물은 회심의 미소까지도 침울할까.'

회의는 짧게 끝날 예정이었다. 회의실 사용 시간도 겨우 30분으로 잡혀 있었다. 다들 마음 편히 출석한 티가 났지만, 그중에서도 문결은 유난히 기분이 좋아 보였다. 반음은 그게 마음에 들지 않았다.

행성대리인 협의체를 대표해 아흐네가 먼저 개회를 선언했다.

"다들 얼른 저거하고 이쪽은 그거나 하지."

교차 검증을 위해 멀리서 소환된 과학자 몇 명이(아흐네를 모르는 사람들이) 크게 당황했지만 아흐네는 신경 쓰지 않았다. 반음이 마지못해 통역에 나섰다.

"회의는 짧게 마치고, 여기 계신 과학자분들은 탐사에 집중합시다."

아흐네는 만족스러워하며 다음 순서로 넘어갔다.

"자, 그거는 다 받았지? 보니까 좀 그런 사람?"

"미리 배포한 자료는 다 검토해보셨죠? 주제 발표는 생략

할 테니 이견 있으신 분부터 말씀해주세요."

문결은 신이 난 듯 고개를 절레절레 저었다. 이견 같은 건 없다는 의미였다.

그가 그렇게 신이 난 데는 그럴 만한 이유가 있었다. 레드벨트를 조정하는 과정에서 가장 까다로운 건 행성의 비인간 대리자다. 인공지능은 일단 매수가 불가능한 데다, 별 희한한 고려 사항을 다 검토하고 있어서 인간의 관점으로는 미리 대비하기가 힘들다. 또한 웬만한 반론을 들어서는 절대 양보하지 않는다. 한번 마음을 굳힌 아흐네를 설득하는 건 거의 불가능에 가깝다는 뜻이다. 아흐네가 이 안건에 대해 어떤 입장을 지녔는지 파악하기 위해 개발팀이 며칠 밤낮을 분주하게 뛰어다닌 이유다.

그런데 정작 이번 회의를 앞두고는 그럴 필요가 하나도 없어져버렸다. 문결이 설계한 도시개발예정지역을 개발제한구역에서 제외하자는 안을 낸 장본인이 바로 아흐네였기 때문이다. 근처에 대규모 탐사가 필요한 지역이 있음에도, 깊이에 따라 레드벨트를 다르게 지정하면 된다는 새로운 논리까지 직접 개발해 온 덕분에, 개발팀 입장에서는 따로 준비할 내용이 하나도 없었다. 그냥 아흐네가 하자는 대로 잠자코 따라가기만 하면 그만이었다.

정반음이 도대체 무슨 짓을 한 건지 알 수 없지만, 문결은 반음에게 주기로 한 대가가 하나도 아깝지 않다고 생각했다. 일을 이렇게 깔끔하게 처리해줄 줄 알았다면 더 좋은 부지를 제안할 수도 있었을 것이다. 아직 화성으로 건너오지도 않은 진짜 지구 부자들에게 떼어줄 노른자위 땅 같은 것을.

회의는 일사천리로 진행되었다. 탐사팀에서도 특별히 이견을 제시하지 않아서, 시작하자마자 정해진 절차의 절반을 뛰어넘을 지경이었다.

"그럼 다 된 거냐?"

아흐네가 예의마저 놓아버린 말투로 물었다. 모두가 고개를 끄덕이자 급기야 회의는 마지막 단계로 치달았다. 행성대리인 협의체의 최종 판단을 듣는 순서였다.

"나는 좋아."

조금의 망설임도 없이 아흐네가 말했다. 기본적으로 온 행성을 덮고 있는 레드벨트를 '조정'하기 위한 회의였으므로, 좋다는 말은 레드벨트 해제에 찬성한다는 의미였다. 비인간 대리자의 의사를 확실히 밝혀두기 위해 정반음이 말을 길게 풀어서 아흐네에게 질의했다.

"레드벨트 조정에 찬성한다는 뜻인가요?"

"그렇다."

옛날 영화에 나오는 로봇처럼 어색한 말투에 개발팀과 탐사팀이 모두 웃음을 터뜨렸다. 웃음이 걷히자, 이번에는 아흐네가 반음에게 물었다.

"그쪽은?"

모두의 시선이 반음에게 쏠렸다. 무겁지 않은 침묵이 내려앉았다. 말하자면 반음의 마지막 발언을 기다리는 레드카펫 같은 적막이었다.

반음은 창밖에서 고개를 디밀고 있는 알록의 거대한 얼굴로 눈길을 돌렸다. 4층에 있는 회의실이니 창밖의 알록은 약간 구부정한 자세로 서 있을 것이다.

'조금만 기다려. 이제 다 됐으니까 곧 나가서 같이 놀자.'

반음은 지난 몇 주 동안 있었던 일들을 떠올렸다. 지하 동굴, 새집, 우주선 동기, 그리고 알록까지. 마침내 힘든 시기는 다 지나갔다. 고민도 많았고, 영민한 파트너를 어떻게 설득해야 하나 전략도 이것저것 짜두었지만, 그런 건 이제 다 필요가 없었다. 아흐네가 반음을 비호하고 나선 이상 거리낄 건 아무것도 없었다. 결국 좋은 게 좋은 법이다. 일은 어차피 처음부터 한 방향으로 흘러가게 되어 있었다. 반음에게 남은 건 실제로 그 일을 마무리하는 절차뿐이다.

짧고 기분 좋은 침묵을 깨고 마침내 반음이 입을 열었다.

"싫어요."

그것은 정말 이상한 결론이었다.

반음은 자기가 한 말에 깜짝 놀라, 그 자세 그대로 멍하게 정면을 바라보았다. 다른 사람들도 마찬가지였다. 탐사팀 전문가 몇 명은 짐을 챙기던 손을 우뚝 멈춰 세웠다.

"저기, 행성대리인?"

문결이 반음을 공식 직함으로 불렀다. 엄숙한 자리이니 격식을 갖추고 제대로 진행하라는 뜻 같았다. 반음은 방금 자기가 무슨 말을 한 건지 상황을 복기했다. 아흐네의 푸른 불빛이 한결 쨍해진 것 같았다.

'내가 지금 뭐라고 말한 거지?'

문결이 불러준 공식 직함 덕분에 반음은 정신이 번쩍 들었다. 시선은 늘 텅 빈 붉은 사막과 푸른빛을 띠는 여명을 향하고 있지만, 두 발은 항상 복닥복닥한 인간 거주지 안쪽을 밟고 서야 하는, 불완전하기 그지없는 독립 기관. 사고 과정 전체에 오류가 드리워 있지만, 그렇기에 누구보다 오래 싸웠고 결국 누구보다 강해진 인간의 마음. 그 사이에 뿌리내리고 나이테를 품은, 어딘가 불안정한 행성대리인의 삶. 문결이 부른 건 바로 그 이름이었다.

반음은 그 이름을 좋아했다. 아니, 그건 반음의 전부였다. 혼란스러운 삶을 버텨낸 이유이고, 그렇게 버텨낸 삶의 마지막 행선지이기도 했다. 그러니 어쩌면 화성 또한 반음의 선택을 이해해줄지 모른다.

'정신 차리자. 이 직업을 유지하려면 싫어도 이 말을 하는

수밖에 없어.'

행성의 인간 대리자 정반음이 자신 없는 목소리로 다시 한 번 선언했다.

"싫습니다, 저는."

공기가 빠져나간 듯 다시 침묵이 공간을 지배했다. 잠시 후 좌중이 웅성거리기 시작했다. 바로 앞에서 하는 말인데도 웅성거리는 소리로밖에는 안 들렸다. 화성의 대기로 채워진 에어로크에 지구 대기압만큼 공기가 채워지듯, 조용하다가 갑자기 커지는 소리였다.

반음의 눈썹이 움찔거렸다. '이건 또 무슨 소리야?' 하고 자책하는 것만 같았다.

맨 먼저 사태를 파악한 개발팀이 자리에서 벌떡 일어났다. 별 이해관계가 없는 탐사팀은 느긋하게 앉은 채로 자기들끼리 속닥거렸다. 알록이 창밖에서 눈썹을 찡긋했다. 사실 눈썹이 따로 있는 로봇은 아니지만, 알록은 딱 그렇게 보이는 얼굴로 반음을 바라보았다.

"이유가 뭡니까? 갑자기 이게 무슨 일이에요? 밑도 끝도 없이 그냥 싫다니요."

문결이 따지듯 물었다. 반음은 딱히 해줄 말이 없었다.

"그건 모릅니다. 하지만 그냥 싫어요. 이렇게 되는 건 좀 아닌 것 같아서요."

평소의 반음답지 않게 기어들어가는 말투였다. 눈썹이 억울한 듯 가운데로 모였다. 지금 상황이 아무리 이상하게 보여도 반음이 하는 말은 다 진심이라는 뜻이었다.

정말로 반음은 레드벨트를 해제해서는 안 되는 이유를 설명할 수 없었다. 깊이를 기준으로 분리하는 안이라는 게 아주 불합리한 발상은 아니지 않은가. 반음은 그저 싫을 뿐이었다. 노련한 행성 과학자의 직관이든 오래된 망상의 소산이든, 아무튼 과정을 몽땅 생략하고 대뜸 결론으로 점프한 말인 건 분명했다. 약점을 잡힌 고위 관리치고는 참 위태로운 비약이었다.

문결은 그 사실을 잘 알았다. 그래서 쉽게 물러나지 않았다.

"뭐가 말입니까? 뭐가 싫다는 거냐고요? 근거를 대야 재심의를 요청하든 뭐를 하든 방법을 찾을 거 아닙니까? 사고 과정을 설명해주세요."

"아, 그놈의 사고 과정! 진짜 모르겠다니까요. 그냥 저게 좀 그렇잖아요. 일이 이렇게 되는 건 아무리 생각해도 저거하다고요. 저거 몰라요, 저거? 어? 왜, 저거 있잖아요."

아흐네가 아니라 반음이 한 말이었다. 그 말을 들은 아흐네의 파란 불빛이 파르르 떨리듯 깜빡거렸다. 누구보다 오래 아흐네를 지켜본 반음에게 그것은 일종의 춤으로 보였다. 몸이 없는 행성의 비인간 대리자가 감정을 주체하지 못해 추는 기묘한 어깨춤 같은. 그것은 지구를 정복하러 간 알록의 적들처럼 뜬금없이 산만하고 발랄한 제스처였다.

아흐네가 말했다.

"역시 좀 그렇지? 그럼 오늘 이거는 저거된 걸로 한다. 다들 그렇게 알고 가."

모두가 멍하니 파란 불빛을 바라보았다. 그게 무슨 뜻인지 설명을 요구하는 눈빛이었다. 그러자 아흐네가 부연 설명을 덧붙였다.

"끝."

아흐네의 푸른 불빛이 회의실에서 사라졌다.

'망했어. 결국 다 말아먹었어. 화성까지 와서 이게 무슨 꼴이람.'

반음은 근방에서 제일 높은 산의 꼭대기에 올라 있었다. 거기에서 아래를 내려다보면 행성의 얼굴이 아주 많이 보였다. 인적 없는 곳에서 태고의 모습을 간직한 행성의 얼굴을 바라보고 있자니 왠지 화성에 첫발을 내디딘 인간이 된 것 같았다. 우주선이 다시 지구로 출발할 때까지 거의 2년에 이르는 긴 시간을 어디서 뭘 하며 버텨야 하나 생각하는 것만으로도 눈앞이 캄캄해지는 최초의 인간. 하지만 다른 한편으로는, 그러거나 말거나 지금 이 순간 외에 다른 시간은 존재하지 않는 것처럼 처음 본 화성의 풍경을 두 눈 가득 담아 내는 것 말고는 아무것도 생각하기 싫은 순수한 탐험가.

반음은 벼랑 끝 언저리에 서 있었다. 이제는 정말 돌아갈 곳이 없다고, 반음은 스스로에게 속삭이고 또 속삭였다. 행성대리인이라는 챔피언 벨트를 내려놓으면 더는 이 삶을 버텨낼 자신이 없다고.

반음은 벼랑 아래쪽을 가만히 내려다보았다. 빨려 들어갈 듯 아득한 풍경이었다. 계속 그렇게 보고 있다 보면 어느새 몸도 그곳에 다다라 있을지 모른다.

그런데 문득 저 아래에서 누군가가 산을 오르는 모습이 보였다. 산을 올라본 적이 한 번도 없는 듯 지치고 힘든 모습이었다.

'누구지? 누군데 체력이 저 모양이야? 중간까지는 차를 타고 왔을 거 아냐.'

한참 뒤에 정상 근처까지 올라온 사람의 헬멧 안을 들여다보니 매년 건강검진을 하러 찾아오는 바로 그 의사였다.

"선생님 본인은 건강검진 무사히 통과하세요?"

반음은 정상을 앞두고 마지막 오르막을 오르는 정신과 의사에게 손을 내밀었다. 나야는 산을 오르느라 갑자기 늙고 지친 듯 몸을 제대로 펴지도 못하고, 반음이 내민 손을 잡지도 못했다.

마침내 정상에 오른 나야가 숨을 헐떡이며 말했다.

"건강검진은 통과하라고 하는 게 아니에요. 떨어진다는 개념 자체가 없어요. 저 보면 알잖아요. 이런다고 자를 수 있는 것도 아니고."

"선생님도 우주선 타기 전에는 거의 운동선수 체력 아니었어요? 안 그러면 선발되기 힘들었을 텐데. 아무리 기준이 완화됐어도 근육이 없는 인간은 아니었을 거잖아요. 그간 어쩌고 살았길래?"

"송구합니다. 제가 잘못했어요. 그만 야단치세요. 맨날 혼나요. 건강 가지고 의사 혼내면 재밌나 봐요. 아이고, 힘들어."

두 사람은 바닥에 아무렇게나 퍼질러 앉아서 광활하게 펼쳐진 화성의 풍경을 바라보았다. 지구를 정복하러 간 우주의 악당들이 죽어서 산이 되면 저렇게 발랄하게 솟구칠 것이다. 그 광경을 동양화풍으로 그리려면 붉은 계열의 먹이 아주 많이 필요할 것 같았다. 생각만 해도 정신이 조금 아찔해지는 풍경화였다.

하지만 그 풍경화에 초가나 암자를 그려 넣어서는 안 된다. 레드벨트니까. 눈에 보이는 산 대부분은 차량이나 도보로 접근하는 것도 금지되어 있다. 전부 정반음이 설정한 성역이었다. 아니, 설정이야 행정 전체에 일괄적으로 내려진 조치지만, 해제하고 말고는 반음의 소관이었다. 며칠 전까지는 그랬다.

"그래서, 이 지역 행성대리인이 환각을 본다고 신고가 들어온 거예요?"

나야의 호흡이 안정되자 반음이 넌지시 물었다.

"아, 그거요? 네, 익명으로 제보가 들어왔다고 그러더라고요."

"그럼 이건 공식적인 면담이고요?"

"아니요, 공식 면담을 이런 데서 할 리가. 절차가 개시되면 다른 의사가 하겠죠, 저 말고. 정직된 순간부터 제 소관이 아니셔서."

"아. 그런데 정직은 아니고 업무 배제……."

"뭐, 그거나 그거나요. 하여간 너무 마음 쓰지 마세요. 닥치면 또 어떻게든 됩니다. 저보다 잘 아시겠지만."

둘은 말없이 먼 산을 바라보았다. 한참 뒤에 반음이 물었다.

"그럼 뭐 하러 여기까지?"

그러자 나야가 힘겹게 자리에서 일어나더니 반음에게 고개를 숙인 후 준비한 말을 읊었다.

"정말 수고 많으셨습니다. 혼자서 외롭게, 그리고 힘겹게 싸워오셨어요. 다른 사람은 몰라도 저는 그게 얼마나 어려운 건지 알잖아요. 직업이 이래서. 평생 그렇게 살아오셨다니, 게

다가 무려 행성대리인 직책까지 훌륭하게 수행하고 계셨다니! 어떻게 그게 가능하죠? 와! 그래서 존경을 표하려고요."

반음은 조금 어이가 없었다.

"하필 여기서요?"

"딱 적당하지 않나요? 호연지기도 기르고."

"보아하니 화성에 와서 처음으로 기르신 것 같은데."

"아무튼."

"아무튼? 사실처럼 들리잖아요!"

"아무튼! 여기서 보이는 풍경이 전부 정 박사님 관할 구역이잖아요. 이게 전부. 여기까지 와서 보는 건 처음이기는 하지만, 저도 실은 이 행성을 꽤 사랑해요. 그래서 감사 인사를 드리고 싶었어요. 행성을 대신해서 행성이 하고 싶은 말을 해주셔서."

"그렇게 안 봤는데, 싱거우시네요."

"그렇죠? 상담할 때는 가면이 필요하니까요."

"어쨌든 알았으니 그만 앉으세요. 지쳐 보이세요."

"그럴까요? 고산병인가, 좀 힘드네요."

어차피 산소 공급기를 달고 온 주제에 나야가 이마를 짚는 시늉을 하며 말했다.

반음은 나야가 왜 거기까지 올라왔는지 알 것 같았다. 반음이 혼자 산으로 갔다는 소리를 듣고 혹시 잘못된 선택이라도 할까 봐 황급히 뛰어왔을 게 분명했다. 아직 좀 이르지만, 영 틀린 판단은 아니었다. 나야도 자기 눈으로 직접 반음의 상태를 확인하고서야 비로소 마음이 놓이는 눈치였다.

둘은 다시 나란히 앉아서 행성의 원경을 바라보았다.

"그런데 정 박사님, 여기 오면 화성 신의 계시도 받고 그러시나요?"

반음의 몸이 자기도 모르게 움찔했다. 물론 대답은 다르게 나왔다.

"분명히 말씀드릴게요. 화성 신 같은 건 없어요. 제가 모시는 분은 그냥 법인격입니다."

"아, 네. 법인격. 그럼, 박사님이 보시는 건 누구죠? 지구에 두고 온 사람인가요? 궁금한 게 있는데, 지구 사람 환영이 화성에 오면 헬멧을 쓰고 있나요? 외부 활동복은요?"

아무래도 이 의사는 알록이 얼마나 큰 로봇인지 모르는 것 같았다. 그건 그나마 다행이었다.

"바로 요 아래 바위에 걸터앉아 있어요."

나야는 반음이 가리킨 쪽으로 눈을 돌렸다. 사람이 걸터앉을 만한 곳은 보이지 않았다. 거기에 있는 거라고는, 거인이 아니고서야 도저히 편히 앉기는 어려워 보이는 둥글넓적한 암석의 돌출된 부분이 다였다. 대체 저기에 어떻게 앉아 있다는 걸까. 도저히 상상이 안 되는 위치였다.

"그런데 저 망했어요."

반음은 아까부터 내내 생각하고 있던 걸 소리 내어 말했다. 나야가 아래로 내려보낸 시선을 거두더니 반음의 어깨를 톡톡 두드리며 반사적으로 위로의 말을 건넸다.

"그래도 용감했어요. 근사하게 망하셨고요. 그 직업을 지켜내셨잖아요. 저는 제 직업에 얼마나 기여하고 있나 생각하면, 흡, 아득하기만 합니다."

"이제 제 직업은 아니게 됐는데요."

"맞아요, 그런 사소한 문제가 있었죠. 그럼, 혹시 그림 잘 그리세요? 상상력이 굉장하시니까 활용하면 좋을 텐데."

"완전 못 그리는데."

"아, 저런."

근거리 통신회선은 쭉 열려 있었지만, 대화는 한참 동안 이어지지 않았다. 정말 아무 일도 일어나지 않는 조용한 풍경이었다. 사실 행성은 한순간도 쉬지 않고 움직이고 있지만, 그건 지질학 규모의 시간에서나 알아챌 수 있는 사건이었다. 인간이 볼 수 있는 건 수만 쪽짜리 책의 펼쳐진 두 페이지뿐이었다. 그래도 그 두 쪽을 자세히 들여다보면 수만 페이지 앞에 일어난 사건 몇 가지를 어렴풋이 알게 된다. 그런데 그건 과연 재미있는 독서일까? 반음에게는 그랬다. 다른 사람은 어떤지 몰라도.

알록이 심심했는지 자리에서 일어났다. 그러더니 등에 달린 부스터를 가동해 건너편 봉우리로 날아갔다. 부스터에서 뿜어져 나온 강력한 불길이 반음과 나야가 앉은 곳을 덮쳤다(보통 사람들에게는 그게 더 재미있는 사건일 것이다). 순식간에 봉우리가 새까맣게 그을렸지만, 나야는 개의치 않고 천진난만한 얼굴로 다음 질문을 던졌다.

"그래서 화성에 온 게 후회되세요?"

반음이 피식 웃으며 불길에 휩싸인 정신과 의사에게 말했다.

"후회요? 아니요. 그럴 리가. 이건 과학자가 할 수 있는 최고의……."

"뭐, 그럼 됐어요."

"끝까지 안 듣고요?"

"하도 많이 들어서. 아이고, 감동적이다."

알록이 건너편 봉우리에 가볍게 착지했다. 고양이처럼 날렵하고 피아니스트의 손처럼 정확한 동작이었다. 우아하게 뻗은 외계 로봇의 실루엣은 화보 촬영을 하듯 매력이 넘쳤다.

"박사님이 지켜내신 거예요. 이 풍경을, 그리고 우리를. 하지만 뭐, 다음에는 또 다른 사람이 지키겠죠. 그걸 언제까지 혼자 다 지켜요? 산신령이야 뭐야."

나야가 먼 하늘에 떠 있는 먼지구름처럼 아련하게 말했다.

"산신령이라, 그건 좀 좋네요."

잔잔하게 멀어지는 목소리로 반음이 대답했다. 기분이 한결 가벼워졌지만, 하늘을 보아하니 아무래도 오늘은 모래 폭풍이 한바탕 불어닥칠 모양이었다.

긴 탐사를 마치며

2020년 어느 날 외교부로부터 연구 의뢰를 받았다. "먼 미래에 화성 이주가 본격화되면 화성에 어떤 세계가 들어설 것인가?"라는 주제였다. 이 거대한 질문은 "화성에서 사람은 어떻게 살아갈 것인가?"라는 질문의 일부고, 화성살이의 여러 측면 중 가장 거시적인 층위에 관한 전망을 요구하는 물음이다. 사람들은 어쩌다 이 연구 의뢰가 나에게 왔는지 궁금해하지만, 경위는 의외로 자연스럽다. 이 질문에 답하려면 국제정치학을 전공한 SF 작가가 필요한데, 한국에 그런 사람은 나밖에 없어서다.

나에게 이 일은 꽤 SF 같은 사건이었다. 그해 12월에 1년 차 연구 결과를 발표하는 작은 세미나가 외교부 주최로 열렸다. 그 회의에 참석하면서 나는 SF영화에서 자주 본 장면을 상상했다. 정부에서 주최하는 학술대회장에 어떤 과학자가 충격적인 연구 결과를 들고 나타난다. 국가가 은폐하고 있는 충격적인 진실. 내용은 세계의 종말이어도 좋고, 외계인의 출현이어도 좋다. 객석에서 홀로 진실을 부르짖던 과학자는 검은 옷을 입은 사람들에게 붙들려 행사장 밖으로 쫓겨난다. 그런 클리셰다. 바로 내가 그 쫓겨나는 학자 역할을 맡게 된 것이다!

물론 그날 나를 쫓아낸 사람은 아무도 없었다. 오히려 나는 파일럿 연구의 성과를 인정받아 다음 해에는 더 길게 연구를 이어가게 됐다. 그래도 2020년 12월은 온 세상이 SF의 일부가 되어버린 듯한 비감함이 감도는 시기였다. 국내 코로나19 일일 확진자가 처음으로 1,000명을 넘어선 흉흉한 시기였고(돌이켜 생각하면, 겨우 1,000명이었다!), 나는 다른 사람과의 접촉을 줄이기 위해 지하철 대신 택시를 타고 행사장을 오가야 했다.

코로나19 팬데믹은 인류 전체가 직면한 위기였고, 동시에 개개인의 일상 깊숙이 침투한 재난이기도 했다. 행성 규모의 위기가 닥치면 국가들도 별수 없이 글로벌한 대응을 하리라는 국제정치학의 오랜 예언은 간단하게 무시되었다. 행성을 지배하는 거의 모든 국가가 글로벌한 대응을 준비하는 대신 국경을 폐쇄하고 다른 인종을 비난하는 정책으로 간단히 회귀했다. 지구의 행성살이는 증오와 불신과 패배감으로 치달아가고 있었다.

그토록 비장한 2년을 보낸 끝에, "화성의 행성정치: 인류 정착 시기 화성 거버넌스 시스템의 형성에 관한 장기 우주 전략 연구"라는 제목의 보고서를 완성했다. 부제가 길고 복잡해진 건 '어른의 사정' 때문이고, 행성살이의 가장 거시적인 측면에 대한 나의 해석은 '화성의 행성정치'라는 제목에 압축했다. 이 연구에는 일종의 낙관, 혹은 기원이 담겨 있다. 아무리 힘들고 두렵더라도 지구의 국제정치를 그대로 화성에 옮겨놓지는 말기를. 지구의 국제정치는 행성을 가꾸어가는 데에는 정말 아무짝에도 쓸모없는 제도였으니까.

그 낙관은 이 책에 수록된 이야기에도 일관되게 담겨 있다. 국가 없이 어떻게 행성을 꾸려나갈 수 있는지 도무지 상상이 안 된다면, 이 책에 담긴 새 행성의 삶을 차분히 들여다보기를 바란다.

보고서가 완성될 무렵 이 연구는 새로운 운명을 맞이하게 되었다. 연구를 의뢰하고 지원한 국장님이 어느 나라 대사로 발령받으면서, 결과를 평가하고 지속적으로 활용할 핵심 독자가 사라진 것이다. 그런데 시간이 지나자 새로운 독자층이 생겨났다. 우주 분야에 종사하는 과학자들이었다.

글쓰기는 작가를 정말 이상한 곳으로 데려가는 경우가 많다. 〈화성의 행성정치〉라는 보고서 덕분에 나는 천문연구원과 항공우주연구원에서 우주 분야 전문가들을 앞에 두고 강연할 기회를 얻었다. SF 작가로서는 꽤 당황스러운 일인데, 보통은 과학자가 강연하고 SF 작가가 듣는 게 정상이다.

내 연구는 새로운 독자를 만나 다시 생명력을 얻었다. 과학자들은 나에게 후속 연구를 제안하거나 학술회의 발표 기회를 주는 등의 방식으로 연구의 가치를 평가했는데, 학문에 종사하는 사람들이라면 이게 어떤 의미인지 잘 알 것이다. 말하자면 가치를 인정받은 셈인데, 아쉽게도 나는 이미 연구자가 아닌 소설가의 길로 들어선 지 오래여서 그 호의를 다 받아들이지는 못했다.

과학자들이 그 연구를 가치 있다고 평가한 이유는 대체로 질문을 던지는 방식의 차이 때문이다. 우주에서 인간이 어떻게 살아갈지에 대한 과학기술 분야의 연구는 적지 않다. 그런데 그 연구들은 삶을 정의하는 방식이 지극히 과학적이다. 화성에서 살아갈 사람들의 사회적인 삶에 대해서는 거의 관심을 기울이지 않는 것이다.

"화성에서 인간은 '무엇'을 먹고 살 수 있을까?"

과학자나 공학자는 이 질문에 나오는 '무엇'을 '식량'으로 해석한다. 어떤 영양소를 얼마나 공급할 수 있는지에 집중하는 것이다. 반면, 인문학이나 사회과학의 관점에서 '무엇'은 식량이 아니라 '음식'이다. 인문학에서 인간은 식량을 먹지 않는다. 요리가 귀찮아진 자취생은 가끔 식자재를 거의 조리하지 않은 상태로 뜯어 먹기도 하지만, 그건 아마 스스로 생각하기에도 인간적인 삶은 아닐 것이다.

물론 이 말은 어느 한쪽이 다른 쪽보다 우월하다는 이야기가 아니다. 과학은 화성에서 인간이 어떤 작물을 재배하고 조달할 수 있을지를 결정한다. 그걸 어떻게 조리해 음식으로 만들 수 있을지는 그다음 일이다. 그래서 인문학은 미래 화성에서 인간이 무엇을 먹고 살지를 예측할 수 없다. 인문학은 어떤 환경에 처한 사람들이 구체적으로 어떤 음식을 만들어 먹었는지를 사후적으로 추적해 그 의미를 발견할 때 가치가 있다. 이처럼 두 관점은 서로의 빈 곳을 채우는 관계다.

내 연구를 읽은 과학자들이 한결같이 하는 말은, 지금껏 우주를 연구하면서 그런 사회과학적이고 인문학적인 질문을 던질 생각은 한 번도 안 해봤다는 점이다. 물론 인문학적인 질문을 던지는 게 과학기술의 책무는 아니니 그들이 잘못한 건 아니다. 다만, 인간의 인문학적이고 사회적인 삶을 함께 고려할 때 과학자가 조망하는 우주살이도 보다 구체적인 모습을 갖게 되는 건 사실이다.

그리고 이제 드디어 이 책에 실린 소설 이야기를 꺼낼 때다.

"화성에서 인간은 '무엇'을 먹고 살 수 있을까?"

이 질문에 관해 SF는, 인문학조차 아직 다룰 수 없는 '무엇'의 내용, 즉 '음식'의 실체를 구체적인 형태로 다룰 방법을 제시한다. SF(Science Fiction이자 Speculative Fiction)라는 도구를 통해 소설가는 화성에서 재배한 깻잎을 맛보거나, 화성에서 갑자기 간장게장이 먹고 싶어진 인간을 구체적으로 묘사할 수 있다. 여기서 깻잎의 화성 재배 가능성은 논외다. 말하자면 과학이나 공학, 인문학이나 사회학을 넘어, 소설만이 던질 수 있는 질문에 도달할 수 있다는 뜻이다.

학자가 논문에서 이 방법을 활용하면 "소설 쓰고 있네"라는 비난을 받겠지만, 작가는 마음 놓고, 그리고 자랑스럽게, 이 일을 할 수 있다. 충분히 예측할 수 있는 것과 아직 예측해서는 안 되는 것을 섞어서 화성에 도달한 인간의 삶을 구체적으로 형상화해도 좋다는 말이다. 이 사고실험은 과학이나 인문학이 던지는 질문을 다시 한번 보완한다. 이런 식으로 질문해야만 포착할 수 있는 삶의 진실도 있다. 작가가 상상력으로 현실에 직접 참여할 수 있는 매우 드문 지점이다.

외교부의 의뢰를 받아들이기로 한 무렵에, 나는 가까운 SF 작가 두 사람에게 이렇게 선언했다.

"저는 당분간 작가 말고 화성 연구자로 살겠습니다!"

그 말대로 나는 한동안 화성 연구자처럼 지냈다. 그런데 그렇게 시작된 연구는 결국 지구와 화성을 오가며 살아가는 사람들에 관한 연작소설을 쓰는 것으로 마무리되었다. 역시 제일 중요한 정체성이 작가여서일까? 소설로 던질 수 있는 질문에까지 답하고 난 뒤에야 나는 비로소 연구가 완결됐다는 느낌을 받았다. 3년에 걸친 나의 화성 탐사는 이 책을 출간하면서 일단락된 셈이다.

또한 기획 단계부터 이 작업을 함께한 편집자 최지인 팀장에게도 이 마무리가 부디 개운한 결말이기를 바란다. 3년은 꽤 긴 시간이고, 작가와 대등한 정도의 책임감 없이는 완주해내기 어려운 여정이었을 것이다.

또 하나 덧붙이고 싶은 이야기. 연구보고서를 쓰고 이 책에 실린 여섯 편의 단편소설을 쓰는 동안, 나는 한국예술종합학교에서 소설 수업을 맡게 되었다. 뒤늦게 찾은 천직이 아닐까 싶을 정도로 재미있는 일인데, 누군가 "수업을 하나만 하셔서 그래요"라는 날카로운 지적을 한 뒤로는 천직까지는 아닐지도 모른다고 생각을 고쳐먹었다. 수업 내용 중에, 새로운 것을 공부하고 그렇게 알아낸 걸 소설로 바꾸는 요령을 설명하기 위한 사례로 〈화성의 행성정치〉 보고서와 이 책에 실린 소설 몇 편을 활용했는데, 작업 과정 전체를 보여준 건 아니어서 학생들에게 충분히 전수되었는지는 확신이 없다.

그래도 분명한 건, 내 몸에 익은 노하우를 다른 사람에게 설명하는 과정에서 내가 비로소 내 작업 과정을 이해하게 됐다는 점이다. 작가는 사실 자기가 뭘 어떻게 쓰는지 잘 모른다. SF 작가는 SF소설 쓰는 법을 몰라도 SF를 쓸 수 있다. 그냥 쓰면 되기 때문이다. 그런데 다섯 학기 동안 소설 수업을 하면서, 세계의 스토리와 인물의 스토리를 연결하는 방법, 세계를 몇 개의 층위로 나누어 표현하고 그 층위를 중첩해 소설의 무대를 만드는 요령, 학술서적의 말을 소설의 말로 바꾸는 노하우 같은 것을 도표로 그릴 수 있을 만큼 충분히 이해하게 됐다. (그렇게 정리된 내용은 섣불리 공개하지 않고 혼자만 알고 있다가 수업에서만 자세히 풀기로 했다. 소설 수업은 재미있기 때문이다!)

어느 날은 학생들에게 SF소설의 구조를 짜보는 과제를 내주면서 예시로 내가 곧 써야 할 소설의 구조를 간략하게 설명했는데, 그 뼈대 그대로 살을 붙여 완성한 소설도 이 책에 수록되어 있다. 공동 집필을 한 것까지는 아니지만, 이 책을 쓰는 내내 내가 평소보다 치열한 문학적 고민 속에 잠겨 있었던 건 학생들의 고민과 수고 덕분이다. 여섯 편이 다 수록된 책을 보고 나면 학생들도 그때 배운 게 뭐였는지 어느 정도는 정리되리라 믿어본다.

작가는 그때그때 하는 일의 종류가 바뀐다. 지난 3년간 내

일은 대략 네 가지였는데, 연구하기, 소설 쓰기, 학교 수업, 그리고 외부 강연이다. 2022년이 저물 무렵엔 이 네 가지 직업 활동이 모두 한 주제로 이어져 있었다. 화성에 사는 사람들의 이야기였다. 프리랜서의 삶이 이렇게 일관성 있게 정리되는 경우는 많지 않을 텐데, 드물게 잘 정돈되고 충만한 시기였다. 그런 시기가 오래 지속되기는 어렵겠지만, 아무튼 이 책은 그 기간에 완성되었다. 공부하면서 소설을 쓰는 건 너무나 피곤하고 번거로운 일이지만, 덕분에 작가는 데뷔 후 20년이 지나도 소진되지 않고 여전히 새로운 길로 나아갈 수 있다.

책을 만드는 과정이 거의 마무리되어가던 어느 날 뜻밖의 부고가 전해졌다. 소중한 벗을 통해 정성스럽게 전해진 부고였다. 천구 전체에서 가장 날카롭게 빛날 별 하나가 졌지만, 사람들은 아마 그 사실을 잘 모를 것이다. 그래서 나는 붉은 행성의 방식대로 오래오래 그 작가를 기억하려 한다.

마지막으로, 먼 훗날 화성에 살면서 이 책을 보게 될 독자들에게,

이 책은 작가와 같은 시대를 살아가는 독자만을 위한 이야기는 아니다. 소설의 출발점인 〈화성의 행성정치〉 연구의 최종 목표는, 미래를 그럴듯하게 예측하는 것이 아니라 언젠가

화성에서 살게 될 사람들이나 인류의 화성 진출을 꿈꾸는 사람들이 겪게 될 문제를 미리 고민해보는 것이었다. 정답이 아니라 질문을 도출하는 게 목표였다는 뜻이다. 물론 소설은 그보다 훨씬 가벼운 마음으로 썼지만, 연구하면서 정말 중요하다고 생각한 문제 몇 개는 소설에 그대로 옮겨놓기도 했다.

SF에서 미래는 작가가 속한 시대와 완전히 분리된 시간이 아니다. 이 시대 SF 작가에게 자주 요구되는 자질은, '지금 이 순간'과 '미래의 어느 날'을 한꺼번에 담아낼 수 있는 큼직한 시간 개념을 고안해내는 재주다. 역사학의 시간도 이럴 때가 있는데, 그래서 어떤 SF는 미래사처럼 보이기도 한다. 그 길고 단일한 시간 덕분에 작가는 굳이 예언 같은 걸 시도하지 않고도 먼 미래의 사람들과 이어질 수 있다. 그렇게 믿는다.

그 아득한 시간의 저편에서 하루하루를 살아가는 당신들에게 안부를 전한다. 부디 미래의 화성인들이 지구의 괴물을 그대로 화성에 옮겨놓지 않았기를. 새로 시작한 행성의 문명은 지구에서 우리가 해결할 수 없었던 문제를 가뿐히 초월한 문명이기를. 참된 평화와 조화로운 번영이 오래오래 당신들과 함께하기를!

2023년 가을
지구에서 배명훈

화성과 나

배명훈 연작소설집

초판 1쇄   2023년 11월 14일
초판 2쇄   2023년 11월 21일

지은이 | 배명훈

발행인 | 문태진
본부장 | 서금선
책임편집 | 최지인   래빗홀 | 이은지 장서원

기획편집팀 | 한성수 임은선 임선아 허문선 이준환 이보람 송현경 유진영 원지연
마케팅팀 | 김동준 이재성 박병국 문무현 김윤희 김은지 이지현 조용환
디자인팀 | 김현철 손성규   저작권팀 | 정선주
경영지원팀 | 노강희 윤현성 정헌준 조샘 서희은 조희연 김기현
강연팀 | 장진항 조은빛 강유정 신유리 김수연

펴낸곳 | ㈜인플루엔셜
출판신고 | 2012년 5월 18일 제300-2012-1043호
주소 | (06619) 서울특별시 서초구 서초대로 398 BnK디지털타워 11층
전화 | 02)720-1034(기획편집) 02)720-1024(마케팅) 02)720-1042(강연섭외)
팩스 | 02)720-1043   전자우편 | books@influential.co.kr
홈페이지 | www.influential.co.kr

ⓒ 배명훈, 2023

ISBN 979-11-6834-143-2   (03810)